Sonderausgabe 4

Neue Wege

von

Jaliah J.

Impressum

Alle Rechte am Werk liegen beim Autor
J., Jaliah
4. Sonderausgabe zu der Llora por el amor Reihe
Neue Wege

Berlin, November 2017
Erstauflage
Lektorat: Günter Bast, Theresa
Cover/Bildgestaltung: Wolkenart – Marie Katharina Wölk

©2017
Herstellung und Verlag: BoD – Books on Demand, Norderstedt.
ISBN 978-3-7448-6413-8

www.jaliahj.de

Ich nehme euch nach einer langen Zeit mal

wieder mit ...

nach Sierra

LES SURENAS

† Ramon & Jennifer   Rodriguez & Melissa   Paco

Miguel
Sami

Dilara
Damian
Amalia

Chico & Adriana   Ramos & Juana   Mano & Gabriella   Hernandez & Elena   Josir

Jesus   Adora   Nesto   Kasim
Omar   Marina

TREZ PUNTOS

&	Bella	Juan & Sara
Leandro Latizia Lando		Sanchez Ciro

Miko & Sam	Raul & Eva	Pepo & Danijela	Tito & Lucia
Enrique (Rico) Abelia	Estefania	Saul Yara	Prince (PJ)

Kapitel 1

»Paco, der Abend war wirklich wunderschön.« Er will sie nicht gehen lassen, nicht so, nicht ohne ihr noch näher zu sein, auch wenn er genau weiß, dass er das nicht sollte. »Ja, das war er wirklich.« Einen Augenblick wartet sie und sieht ihn an, doch als sie sich dann abwenden will, verabschiedet sich sein Verstand endgültig.

Paco hält sie am Arm fest, sodass sie nicht von ihm weggehen kann. Als er so nah bei ihr steht und ihr in ihre schönen Augen sieht, fühlt es sich so verdammt richtig an, obwohl es so falsch ist. Beim ersten Berühren ihrer Lippen weiß Paco tief in sich, dass er nichts anderes mehr möchte. Er küsst sie und es ist fast wie Atmen, noch nie hat sich etwas für ihn so richtig und gut angefühlt, er hält sie fest an sich. Als er den Kuss vertieft und sie sich an ihn schmiegt, weiß er genau, dass all das nicht mehr aufzuhalten sein wird.

Er kann nicht aufhören sie zu küssen, ihren süßen Geschmack zu schmecken und sie fest an sich zu drücken. Als Bella an seinem Mund ein leises Keuchen entfährt, geht es ihm durch den ganzen Körper. Sein festes Vorhaben, Abstand zwischen ihnen zu wahren, auch wenn er nicht darauf verzichten konnte, sie noch einmal zu treffen, löst sich in Luft auf. Paco hat in seinem Leben schon einige Macht gespürt, seine, die seiner Familia, die der anderen Familias, noch nie hat ihn etwas in die Knie gezwungen. Und diese zarte Punto-Frau in seinen Armen bezwingt ihn. Er kann sich mit dieser Tatsache weder anfreunden, noch sie verhindern …

»Papa!« Paco weigert sich, die Augen zu öffnen, er spürt etwas auf seinem Rücken, doch sein Traum hat ihn ganz an den Anfang zurück-befördert, dorthin, wo all das, alles, was jetzt sein Leben ausmacht, begann. »Papa, ich möchte unbedingt Kuchen!« Nun öffnet Paco doch schnell seine Augen und dreht sich um, dabei hebt er Lando hoch und setzt ihn sich wieder auf die Brust, sodass er ihn ansehen kann. »Du hast nicht genascht, oder?« Der weiße Zuckerguss, der um Landos Mund und an seinen weichen Wangen klebt, gibt ihm Antwort genug und Paco flucht leise, was Landos Augen, die er von ihm hat, größer werden lassen.

»Mama hat gesagt, du darfst solche Wörter nicht mehr sagen und im Kindergarten, wenn jemand so etwas sagt, muss man auf einem Stuhl sitzen und darüber nachdenken, warum man so etwas nicht sagen darf!« Paco reibt sich die Augen und sieht seinen jüngsten Sohn an, der gerade vier geworden ist. »Und Mama hat dir gestern auch verboten, vom Kuchen zu essen, Lando!« Er versucht, ihn streng anzusehen, doch das klappt nicht richtig, sein jüngster Sohn hat ihn komplett um den Finger gewickelt.

»Okay, ich sage Mama nichts von dem bösen Wort und du sagst ihr nichts vom Kuchen, aber schneidest du mir jetzt ein richtiges Stück ab?« Paco ahnt Schlimmes und steht schnell auf, dabei behält er Lando gleich auf dem Arm und ist leise, um Bella nicht aufzuwecken. Er trägt nur eine Boxershorts und seine Miniausgabe trägt eine ähnliche Schlafshorts. Es ist momentan sehr heiß in Puerto Rico und nur deswegen haben sie auch dieses Tortenproblem gerade zuhause.

»Sehen wir uns an, was du angestellt hast.« Lando nimmt seinen Zeigefinger in den Mund und versucht, noch das letzte bisschen Zuckerguss abzubekommen, während Paco mit ihm nach unten in die Küche geht. Dabei sieht er, dass es sechs Uhr am Morgen ist. In den letzten Tagen ging es hier zu wie in einem Irrenhaus, die Frauen waren so beschäftigt, dass sie heute, wo fast alles erledigt ist, sicher etwas Schlaf nachholen können. Trotzdem hätte er gedacht, alle würden schon aufgeregt durchs Haus schwirren. Doch es ist ganz leise, die Ruhe vor dem großen Sturm.

»Wow.« Das hat Lando gestern immer wieder gesagt, als sie die Küche betreten haben. Es wird sofort kalt, in der gesamten Küche stehen Kühlstrahler, die die riesige achtstöckige weiße Torte dauerhaft kühlen. Paco sieht auf die weiße Creme und atmet ein, sie sieht aus wie gestern, keine der hellen Rosen und Verzierungen scheint zu fehlen, lediglich ganz unten, wo Lando herankommt, sind ein paar Minilöcher, die von seinen Fingern stammen müssen.

Sie mussten ihn gestern schon die ganze Zeit von der Torte fernhalten und Paco ist froh, dass sie noch unbeschädigt ist und Lando sie nicht umgeschmissen hat. All das nur, weil die Konditorin, die alles für heute fertig macht, keinen Platz zum Lagern mehr hat, da die Frauen so viel eingeplant haben, als würden sie ganz Puerto Rico heute zu Besuch erwarten.

»Hier entlang, öffnen Sie die Terrassen so weit, dass alles durchpasst.« Melissa kommt ins Haus und mit ihr mehrere Männer, die Tische in den vollgestellten und geschmückten Garten bringen. Nur für heute wurden die Mauern und Zäune zwischen den Grundstücken der vier Häuser, die auf dem alten Les Surena-Anwesen stehen, entfernt, sodass heute auf einer riesigen Fläche gefeiert wird. All das wurde während der letzten Tage mit weißen Stühlen, vielen Schleifen, Rosenblättern, Tischen und jeder Menge Kitsch vollgestellt. Es gibt jetzt sogar einen Brunnen, wo die vielen weißen Tauben darauf warten, heute freigelassen zu werden. Ihre Frauen haben einfach mal die Mauern und Zäune für einen Tag einreißen lassen.

Gerade wird das Surena-Anwesen ohnehin erweitert, es werden zwei weitere Häuser gebaut. Miguel lebt mittlerweile mit Shanice in dem Haus, in dem er aufgewachsen ist, in dem Ramon gelebt hat und Paco tut es gut, dort wieder Leben im Haus zu spüren. Das wilde Haus, das alte Haus ihrer Eltern, in dem alle Söhne der Familia zusammen leben, gibt es auch noch. Dort treffen sich alle immer wieder, hauptsächlich gehört es aber Sami. Leandro lebt mal dort, mal bei ihnen mit Dania, doch bald schon zieht er in ein Haus, das extra neben dem wilden Haus gebaut wird. Das gesamte Gelände wird erweitert, da Damian auf der anderen Seite auch sein eigenes Haus bekommt.

Sie werden älter, brauchen mehr Platz und ein eigenes Zuhause, auch wenn sie alle trotzdem zusammenbleiben möchten. Auch bei seinem Schwager und den Puntos wird gerade kräftig gebaut, es werden Häuser für die neue Generation bereitgestellt, alles ist im Umschwung und Paco hat das Gefühl, die Zeit gleitet ihm aus den Händen.

»Das Buffet wird vorbereitet. Guten Morgen, wo sind Bella und Latizia?« Paco gibt seiner Schwägerin einen Kuss und Lando wechselt sofort auf ihren Arm.

»Die schlafen noch, ich habe gerade die Torte gerettet.« Melissa sieht Lando mahnend an, als sie den Zuckerguss entdeckt. »Die beiden müssen aufstehen, sofort!« Paco wird das hier unten alles zu hektisch, als weitere Leute in den Garten gehen und dort an den Seiten Tische aufstellen. »Papa, ich möchte Kuchen, gestern hast du gesagt, wir essen einfach alles auf und dann gibt es keine Hochzeit.« Paco muss schmunzeln, sein Sohn verrät seine geheimen Wünsche und Melissa zieht ihre Augenbrauen hoch.

»Hast du dich immer noch nicht mit der Hochzeit abgefunden? Rodriguez und du, ihr könnt es auch nicht sein lassen. Musa musste ihn jetzt schon zu so vielen Aufträgen begleiten und noch immer traut er ihm nicht zu, alleine für Dilara zu sorgen. Ich will gar nicht wissen, was Adán alles tun musste, die können einem echt leidtun. Ihr müsst lernen, eure Töchter loszulassen. Komm Lando, gleich werden die ersten Sachen aufgestellt und davon kannst du dir etwas aussuchen.«

Paco sieht auf die Torte und seiner Schwägerin hinterher, die lachend mit Lando zum Garten geht. »Sie ist doch noch meine kleine Prinzessin.« Paco verschränkt die Arme vor der Brust und Melissa dreht sich noch einmal um. »Und sie hat ihren Prinzen gefunden und wird mit ihm in ein neues Schloss ziehen, finde dich damit ab.« Melissa muss über Paco schmunzeln und zwinkert ihm noch einmal zu, bevor sie in den Garten geht und überwacht, dass alles richtig platziert wird. Paco schüttelt nur leicht den Kopf, er wird sich mit gar nichts abfinden.

Als er durch die Küchenfenster sieht, dass Jennifer und Adriana gerade dabei helfen, alle Männer und Lieferwagen, die zu ihnen möchten, durchzusehen, knackt er seine müden Knochen. Jennifer geht es wieder viel besser, sie ist oft bei ihnen zu Besuch, lebt aber in Schweden. Sie arbeitet dort mittlerweile als Spanischlehrerin und scheint sich ein neues Leben aufgebaut zu haben, was sie glücklich macht, doch noch immer kommt sie oft und gerne zu ihnen und das ist das Wichtigste.

Paco geht wieder nach oben und direkt zum Zimmer seiner kleinen Prinzessin. Mitten in ihrem riesigen Himmelbett liegt sie selig schlafend, ihre Haare sind auf große Wickler gedreht, ihr Gesicht ist perfekt, seine kleine Prinzessin ist wunderschön. Sie hat wie immer die Decke von sich geschoben und Paco sieht die hellen, zarten und dünnen Narben an ihrem Körper von dem Tag, als sie fast getötet wurde. Noch niemals hat er sich so schlecht gefühlt wie an den Tagen, an denen er an Latizias Bett um ihr Leben gebangt hat, und Paco hat schon einige schlimme Zeiten hinter sich.

Neben Latizia liegt Dilara, ihre Locken sind über alle Kissen verteilt, die beiden waren schon immer unzertrennlich, auch wenn Dilara ein wenig älter als Latizia ist. Dilara und Latizia sehen aus wie kleine, wunderschöne Engel, wenn sie so friedlich schlafen, doch sobald sie ihre Augen öffnen, bereiten sie Rodriguez und ihm Kopfschmerzen, wieso müssen Töchter so schnell groß werden und …?

»Was …« Dilara öffnet langsam die Augen und unterbricht Pacos Gedanken. »Ihr solltet vielleicht so langsam aufstehen, keine Eile, aber …« Dilara sieht auf ihr Handy und springt in der nächsten Sekunde auf. »Latizia, wir haben verschlafen, heute ist deine Hochzeit.« Sofort ist Pacos Prinzessin wach und sieht sich schockiert um. »Oh nein, das darf nicht wahr sein. Ich verschlafe meine eigene Hochzeit. Stell dir vor, Adán muss in der Kirche auf mich warten und geht dann einfach wieder. Wir müssen sofort unter die Dusche, die Frisöse kommt in fünf Minuten.«

Paco beobachtet die beiden aufgebrachten Prinzessinnen, wie sie zwischen Bad und Zimmer hin und her laufen und sogar einmal fast zusammenprallen. Paco gefällt der Gedanke mit Adán in der Kirche. »Beruhigt euch doch erst einmal. Lasst uns in Ruhe nach unten gehen, einen Kaffee trinken …«

Latizia bleibt stehen und legt den Kopf schief. »Das ist doch nicht dein Ernst, Papa, oder? Wo ist Mama?« Paco lacht leise und geht wieder aus dem Raum, er kann so viel Hektik am Morgen nicht ertragen. Er geht zurück in sein Schlafzimmer und schließt die Tür. Lange braune Wellen erstrecken sich über einen zarten Rücken. Paco erkennt die Formen ihres traumhaften Körpers unter der weißen Decke und legt sich schnell zu seiner Frau zurück ins Bett. »Guten Morgen, Cariño.« Er küsst ihre Schultern, ihre Wange, schiebt ihre

Haare beiseite und sieht auf die schönste Frau. Es gab und gibt für ihn keine schönere. Bella war von der ersten Sekunde an seine Traumfrau und ist es bis heute geblieben.

Ein leises, zufriedenes Murren und ein zartes Lächeln lassen Pacos Lippen weitergleiten. »Ich liebe dich, mein Schatz und wenn ich mich heute noch einmal entscheiden müsste, würde ich alles so machen, wie ich es getan habe. Ich bereue nicht eine Sekunde, die ich mit dir verbracht habe.« Bella entzieht sich seinen Küssen, dreht sich um und warme grüne Augen blicken ihn an. »Ich auch nicht, mein Schatz, was ist los? Wieso bist du …?« Ähnlich schnell wie Dilara steht plötzlich Bella auf den Beinen. »Heute ist Latizias Hochzeit!«

Paco würde am liebsten die Augen verdrehen, doch auch er steht auf. »Ja, das ist aber in ein paar Stunden und Adán sollte ruhig eine Weile auf Latizia warten, wenn er sie schon so schnell heiraten muss.« Bella sieht ihren Mann mahnend aber doch auch sehr liebevoll an. »Paco, lass ihn endlich. Er ist ab heute dein Schwiegersohn und er hat mehr als einmal gezeigt, dass er sehr gut auf Latizia aufpassen kann und dass er sie über alles liebt. Nur du liebst sie noch mehr, doch du musst unsere Kleine gehen lassen, sie muss ihre eigene Familie gründen.«

Bella gibt ihm einen Kuss auf den Mund und will sich schnell einen Morgenmantel überziehen, doch Paco hält sie auf und zieht sie an sich. »Der Tag wird garantiert nicht gut, wenn ich nicht richtig von meiner Frau am Morgen begrüßt wurde.« Bella lacht und Paco kann davon niemals genug bekommen, doch bevor sie ihn noch einmal küsst, hält sie ein. »Habe ich dir eigentlich erzählt, dass ich gestern auf dem neu ausgebauten Dach von Sanchez' Haus war? Der Mond war über mir und … mittlerweile ist die Aussicht vom Dach auf unserem Gebiet doch schöner.«

Paco schmunzelt, als er an diese Zeit denkt, ihr erstes Date, ihr erster Kuss, Gott, er war seiner Frau schon damals komplett verfallen. »Das liegt nur daran, dass du dich nicht mehr an den Ausblick hier erinnerst, wir müssen mal wieder ausgehen. Nur du und ich.« Bella küsst ihn und Paco schließt die Augen, er genießt diesen kurzen

Moment, er weiß, dass sie davon heute nicht viele haben werden. Auch Bella denkt offenbar daran.

»Benimmst du dich heute?« Paco sieht sie unschuldig an. »Immerhin habe ich den beiden meinen Segen gegeben.« Bella legt den Kopf schief. »Ich musste tagelang auf dich einreden, du hast darauf bestanden, dass die Hochzeit hier stattfindet und es macht dich wütend, dass sie nicht hierher ziehen.« Paco seufzt auf. »Ich würde ihnen ein großes Haus bauen, sie haben hier alles. Was wollen sie in Adáns kleiner Bruchbude und dann auch noch so weit weg?«

Bella lacht und macht sich von Paco los. »Das Haus ist wunderschön, Latizia hat viel Liebe da reingesteckt und der Wasserfall ist ein Traum. Er will für sie sorgen, lass ihn, und Paco … es ist sogar noch in Sierra, du musst sie gehen lassen.« Er verschränkt die Arme vor der Brust. »Ich werde aber immer auf sie aufpassen.« Bella zieht die Augenbrauen hoch.

»Davon kann dich nichts und niemand abhalten, dass hat mittlerweile jeder …« Ein aufgeregtes Schreien unterbricht sie. »MAMA!« Und Bella ist weg. Paco geht zurück zum Bett und legt sich noch eine Minute hin, er schließt die Augen, hört die vielen aufgeregten Stimmen aller, die er liebt, im Haus, das freudige Lachen von Lando aus dem Garten und weiß, wie wahr seine Worte sind.

Er würde niemals etwas ändern, er liebt sein Leben, seine Familie und seine Familia und ist unendlich dankbar dafür.

Lange kann er nicht liegen bleiben, da kommt Bella wieder zurück, geht schnell duschen und läuft aufgeregt zwischen ihrem und Latizias Schlafzimmer umher. Juana, Gabriella und Elena kommen und Paco flüchtet nach unten, wo er versucht, neben der kalten Torte und all den Leuten, die hier herumlaufen, wenigstens einen Kaffee zu trinken. Paco geht in den Garten und bedient sich ein wenig am Bufett, sieht zu, wie Lando vor Adora und Marina davonläuft, die ihn in einen winzigen Anzug stecken wollen und bringt danach einige Becher mit Kaffee nach oben, wo zehn Frauen um Latizia herumstehen und aufgeregt durcheinanderschnattern. Paco schüttelt den Kopf, schneller als er den Mund öffnen kann, sind alle Kaffeebecher weg. Er schafft es, einen Blick auf seine wunderschöne Tochter zu erhaschen, die gerade die Haare gemacht bekommt, während gleichzeitig eine Frau ihr mit einem Pinsel im Gesicht herumfuchtelt.

Latizia sieht ihm in die Augen und strahlt, Paco lächelt, all das macht er nur deswegen mit. Latizia ist glücklich, sie liebt Adán und Paco weiß auch, dass Adán sie liebt, sonst wären sie heute nicht hier. Auch wenn er es nicht zugeben würde, kann Paco mit seinem zukünftigen Schwiegersohn zufrieden sein, doch er wird das nie erfahren, um nicht auf den Gedanken zu kommen, sich darauf auszuruhen.

Paco verlässt das Zimmer wieder, als neben Dilara auch noch Adora, Abelia, Estefanie und Yara ins Zimmer kommen. Alle Cousinen sind Brautjungfern und ziehen das gleiche hellrosa Kleid an, das in Italien angefertigt wurde, genau wie Latizias Brautkleid, was Paco aber noch nicht sehen durfte. Latizia möchte auch ihn damit überraschen.

Nun ist er dran unter die Dusche zu gehen, er zieht danach den Anzug an, den Bella ihm aufs Bett gelegt hat. Er kauft sich seine Anzüge immer selbst, diesen musste er aber unter den strengen Augen von Bella und Melissa kaufen, die auf jedes Detail geachtet haben. Als Paco dann aber fertig vor dem Spiegel steht, muss er zugeben, dass es sich gelohnt hat, er sieht gut aus, zu gut und zu jung, um seine Tochter schon zum Traualtar zu führen, sie sollten das ganze noch ein paar Jahre nach hinten verschieben.

»Das kratzt.« Lando kommt zu ihm ins Zimmer, stellt sich genau vor seinen Vater und sieht auch zum Spiegel. Lando trägt den gleichen Anzug wie Paco und sieht nun komplett aus wie seine Mini-Version, nur mit Brotkrümeln um den Mund herum. »Komm, ich zeig dir, wie ein Mann sich fertig macht.« Paco hebt seine Miniausgabe hoch und trägt ihn ins Badezimmer. Dort macht er sich noch die Haare und Lando genau dieselbe Frisur, Lando bekommt auch einen Spritzer von seinem Parfüm und als sie ins Schlafzimmer zurückkommen, strahlt ihnen Bella entgegen. »Meine beiden Hübschen.« Paco stockt, er weiß, dass er eine wunderschöne Frau hat, doch als er sie jetzt sieht, weiß er sofort wieder, warum sie seit so vielen Jahren die einzige Frau ist, die für ihn zählt.

Bella trägt genau wie Melissa und Sara ein rotes Kleid. Auf Hochzeiten heben sich so die Frauen der Anführer hervor. Bella hat es bei ihm schon früher getragen, auch als sie noch nicht verheiratet waren, eigentlich tragen es aber nur die Frauen der Anführer, deswegen auch noch keine der Freundinnen der neuen Generation. Ihre Söhne haben zwar mittlerweile den meisten Teil ihrer Geschäfte übernommen, trotzdem sind sie weiterhin immer noch Anführer und werden sich das auch nicht so einfach nehmen lassen.

Paco wollte, dass auch Jennifer ein rotes Kleid trägt, doch das erste Mal wird sie darauf verzichten, sie scheint sich wirklich gut zu fühlen und langsam über den Verlust von Ramon hinwegzukommen. Paco wünschte, er könnte das ebenfalls von sich sagen, er träumt fast jede Nacht von seinem älteren Bruder und es tut ihm weh, dass er nicht dabei ist, wenn Latizia heute heiratet.

Die Töchter der Anführer tragen ein zartes rotes Band um ihr Handgelenk, Latizia wird es heute um die Taille gebunden, so ist allen immer klar, dass diese Frauen zu den Anführern gehören. Paco lächelt, Bella sieht umwerfend in ihrem Kleid aus. Ihre helle Haut sticht besonders hervor, genau wie ihre weiblichen Rundungen. Sie trägt lange goldene Ohrringe mit roten Steinen, ihre Haare fallen in weichen Wellen über ihre Schultern und ihre grünen Augen strahlen ihm entgegen. »Mein Engel!«

Auch Lando atmet tief ein. »Mama, du bist sooo schön, wie eine Puppe.« Bella lacht und küsst sie beide. »Danke, ihr Chaoten, den Charme hat dein Sohn auf jeden Fall von dir geerbt. Wir fahren in einer Stunde los, kannst du dafür sorgen, dass alle Männer bereit sind und die Autos auch schon alle bereitstehen?« Paco gibt Bella einen langen Kuss, den sie lächelnd erwidert, bis Lando mit ihnen meckert, weil er zwischen ihnen eingequetscht wird. »Ich kümmere mich um alles, wir wollen ja nicht, dass die Hochzeit doch noch ausfällt.« Er lässt seine Frau los und geht mit Lando auf dem Arm nach unten, er hört noch eine leise Warnung seiner Frau, doch Paco geht schnell vor seine Haustür und verschafft sich einen Überblick.

Leandro kommt gerade mit Dania. Sein Sohn sieht auch wie eine jüngere Version von ihm aus, Dania trägt ein pfirsichfarbenes Kleid, was ihr sehr gut steht. Sie versteckt sich mittlerweile nicht mehr, die Liebe von Leandro hat sie selbstbewusst werden lassen und das nicht ohne Grund, Dania ist eine wunderschöne Frau und Paco versteht, wieso auch sein Sohn schon so früh von einer Frau gezähmt wurde.

Leandro trägt einen Blumenstrauß in der Hand, den Brautstrauß, genau wie alles im Garten ist er mit weißen und hellrosa Rosen bestückt, alles ist ein wenig mit Gold untermalt, so hat seine Frau versucht, ihm das Farbschema der Hochzeit zu erklären, doch Paco hat nicht so wirklich zugehört. Paco begrüßt die beiden, Lando hüpft gleich auf den Arm seines Bruders und die drei gehen ins Haus, während Paco die Autos durchzählt, die schon alle geschmückt vorgefahren wurden, um bereitzustehen, wenn es losgeht.

Er sieht Miguel und Sami schon im Anzug zu dem wilden Haus gehen, deswegen wendet sich Paco erst einmal um und geht zu Rodriguez. Er schließt die Augen, als er die himmlische Ruhe hier vernimmt. Sein jüngerer Bruder liegt auf der Couch, auf seiner Brust schläft die kleine Amalia in einem Kleid aus dem gleichen Stoff wie das ihrer anderen Cousinen. Rodriguez hat zwar schon seine Hose und ein Hemd an, aber weiter ist er offenbar nicht gekommen, erst als Paco zu ihm tritt, öffnet er verschlafen die Augen und umfasst Amalia.

»Sie sollte noch einmal schlafen, bevor wir losgehen, aber momentan will sie nur bei mir schlafen.« Paco lacht und nimmt vorsichtig seine süße Nichte von Rodriguez und legt sie sich auf die Brust, während er sich auf die weiche Couch legt.

Amalia ist gerade ein Jahr alt geworden und läuft erst seit wenigen Tagen. Paco vergöttert die kleine Schönheit, sie ist Dilara und Melissa wie aus dem Gesicht geschnitten, auch wenn man trotzdem erkennt, dass es Rodriguez' Tochter ist. »Die Frauen warten, mach dich fertig!«

Kapitel 2

Rodriguez eilt die Treppen zum Bad hoch, während sein Bruder mit Amalia auf dem Arm unten bleibt. Wäre Paco nicht gekommen, hätte Rodriguez vielleicht wirklich alles verschlafen. Seit einer ganzen Weile schläft er unruhig, es gibt einiges, was ihm Sorgen bereitet und was ihn nachts nicht wirklich zur Ruhe kommen lässt.

Rodriguez geht ins Badezimmer seines Schlafzimmers, dabei stolpert er über einen Teddy und flucht leise. Er macht sich noch einmal frisch, schnappt sich sein Jackett und legt sich die Krawatte um, da hört er Amalia unten schon lachen, seine kleine Tochter ist ganz verrückt nach ihrem Onkel Paco und er auch nach ihr. Wenn er mit Lando irgendwohin fährt, nimmt er Amalia immer mit.

Sie haben nie geplant, noch ein Baby zu bekommen, Melissa und Rodriguez haben sich mit Dilara und Damian immer vollständig gefühlt, doch während seiner langen Gefangenschaft hat Melissa die Pille nicht weiter eingenommen und bei seiner Befreiung hat niemand darüber nachgedacht. Rodriguez ist froh darüber, dass Gott sie mit noch einem kleinen Wunder beschenkt hat, er liebt Amalia über alles und seitdem er wieder zuhause ist, hat er das Gefühl, die Liebe zu Melissa ist nur noch stärker geworden, obwohl sie schon immer alles für ihn war.

Rodriguez geht die Treppen wieder hinunter, sie müssen langsam los. Er genießt diese Zeit, die Zeit mit seiner Frau, der Kleinen, mit seiner Familia, weniger Verantwortung zu haben, doch gleichzeitig fällt es ihm schwer zu akzeptieren, dass Dilara und Damian nun schon völlig selbstständige Wege gehen. Er vermisst die Zeit, als sie kleiner waren und er noch eingreifen konnte, jetzt erfährt er von all den Sachen, die schief laufen, meist erst später und das ist auch eine Sache, die ihn oft nachts unruhig sein lässt.

Was ist, wenn sie zu früh die Geschäfte abgegeben haben? Wenn einem ihrer Söhne etwas passiert, obwohl sie noch die Geschäfte hätten leiten können? Rodriguez würde sich das niemals verzeihen und dass so etwas schnell gehen kann, hat er bei Ramon gesehen.

»Wann lernst du das endlich mal?« Paco stellt Amalia hin und richtet Rodriguez noch einmal die Krawatte, dabei sieht Rodriguez seinem älteren Bruder in die Augen. »Du wirkst so entspannt, habe ich etwas verpasst oder hast du wirklich einen Plan entwickelt, um diese Hochzeit zu verhindern?«

Paco sieht sich Rodriguez noch einmal an und dann an ihm vorbei in den Spiegel, bevor er Amalia die Hand hinhält und sie das Haus verlassen. »Nein, meine Tochter ist glücklich, das ist alles was zählt, außerdem habe ich immer eine Waffe bei mir. Sollte sie eines Tages nicht mehr glücklich sein, ist Papa sofort da.« Rodriguez lacht und sieht sich auf dem großen Vorhof ihres Anwesens um. Die Autos stehen bereit, langsam finden sich alle ein, Miguel und Sami gehen gerade in Pacos Haus. Er sieht Omar, Nesto, Kasim und Damian aus dem wilden Haus kommen, alle tragen Anzüge und Rodriguez' Brust füllt sich mit Stolz, als er zu ihnen blickt, trotz aller Zweifel und Bedenken kann er nicht leugnen, stolz auf sie alle zu sein.

»Ich habe den ganzen Morgen auf den Anruf gewartet, dass Paco seinen zukünftigen Schwiegersohn erschossen hat und die Feier ausfallen wird, doch offenbar zieht ihr das echt durch.« Mano und Josir stellen sich zu ihnen und Paco stöhnt leise auf. »Ihr tut so, als hätte ich mich nicht im Griff.« Hernandez trifft auch ein und lacht leise. »Wir haben es verhindern müssen, dass du einen Sechstklässler zur Rechenschaft ziehst, weil er Latizia getreten hat, wenn es um deine Prinzessin geht, hast du dich nicht im Griff.«

Rodriguez muss lachen, als er daran denkt, wie wütend Paco damals war, allerdings hatte Latizia wirklich ein ziemlich blaues Schienbein. »Lach du mal, deine Tochter ist als Nächstes dran.« Nun hat Paco ihn. »Nein, Dilara ist zu sprunghaft, ich schätze, das dauert noch eine Weile und das ist gut so, außerdem ist Musa … okay. Er liebt sie.«

Paco schnauft auf und sieht zu Rodriguez. »Natürlich liebt er sie. Adán liebt Latizia auch über alles … sie sind aber Tijuas und sie haben noch immer nicht vor, das zu ändern.« Rodriguez muss grinsen und sieht zu seinem Sohn, der mit seinen Cousins näher kommt. Das stört Paco am meisten. Adán führt die Tijuas an, ihr Gebiet ist im unteren Teil Sierras, Musa ist seine rechte Hand. Sie haben nicht so ein Vermögen wie sie, doch ihre Geschäfte laufen gut, ihre Familia wächst und sie zählen nun zu der Familia, die den Trez Puntos und den Les Surenas und der neuen Generation den Trez Surentos am nächsten stehen.

Paco wollte, dass Latizia und Adán herziehen, doch sie wollen in Adáns Haus leben, auch Rodriguez ist nicht glücklich darüber, dass Dilara nur noch bei Musa ist, doch sie müssen sich damit abfinden, dass ihre Mädchen eigene Leben leben. Rodriguez fällt es auch schwer, aber er zeigt es nicht so offen wie Paco, er schläft dafür weniger. »Sieh es doch so, zumindest hast du es geschafft, dass die Hochzeit hier stattfindet.«

Paco will ihm gerade etwas sagen, da ist Damian endlich nah genug, dass Rodriguez leise aufflucht und seinem Sohn entgegengeht.

Damian ist sein einziger Sohn, Rodriguez hat ihn von der ersten Sekunde an über alles geliebt. Damals, als er Melissa getroffen und sich dazu entschlossen hat, Dilara und sie zu sich zu holen, hat Rodriguez nicht geglaubt, dass er für so etwas geschaffen ist. Eine Familie, Verantwortung, diese tiefe Liebe und die Sorge, die man immer mit sich herumträgt. Doch er wurde eines Besseren belehrt, er liebt Melissa und Dilara über alles, und als er damals Damian das erste Mal auf dem Arm hatte, war das das beste Gefühl, was er bis dahin erlebt hat.

Damian ist viel zu schnell groß geworden, er sieht nicht nur so aus wie Rodriguez in seinem Alter, er kommt auch vom Charakter komplett nach ihm und das macht Rodriguez große Sorgen. Damian ist wild, durstig nach Macht und er benimmt sich, als könne ihm niemals jemand etwas anhaben. Er ist unberechenbar und ohne Furcht, er führt die Geschäfte von allen neuen Anführern am härtesten und Rodriguez ist froh, dass Leandro, der ein wenig zurückhaltender und bedachter ist, immer an seiner Seite ist.

Damian lacht und knöpft sich seinen Hemdärmel zu, als Rodriguez sich vor ihm aufbaut und ihn so zum Stoppen bringt. »Was ist das?« Er sieht seinem Sohn ins Gesicht, der auf seiner Wange einige üble Kratzer hat. »Kasim und ich hatten gestern ein Problem bei der

Übergabe einer Lieferung, einer dachte, wir können nicht rechnen und na ja … jetzt denkt er nicht mehr so.« Rodriguez schüttelt den Kopf, Paco stellt sich zu ihm, genau wie Hernandez, der ·Damians Kopf zu sich dreht und sich die Wunden auch ansieht.

»Und das hätte nicht anders geklärt werden können? Latizia heiratet und du siehst aus, als kämst du direkt aus einem Straßenkampf.« Damian seufzt müde auf und sieht seinem Vater in die Augen. »Denkst du, irgendjemand auf der Hochzeit macht sich falsche Illusionen darüber, wer wir sind? Sollte ich den Mistkerlen einfach so 30000 Dollar schenken? Ich habe nur nicht aufgepasst und als ich jemandem die Waffe abgenommen habe, übersehen, dass er noch einen Stein in der Hand hatte, das ist alles.«

Paco schnalzt die Zunge und stellt sich neben Damian und legt den Arm um ihn. »Lass ihn, mir ist damals fast dasselbe passiert, weißt du noch, der Venezuela-Deal mit diesem komischen Fettsack Esconaro? Ich hoffe, deinem Kopf geht es nicht so schlimm wie meinem damals, sonst nimm eine Aspirin.« Sein Bruder Paco nimmt Damian oft vor Rodriguez in Schutz. Er weiß, dass Damian ein wenig zu wild ist, doch Paco sagt Rodriguez immer wieder, dass er Geduld haben müsse, Damian muss noch etwas gebändigt werden, aber das wird mit der Zeit kommen.

Sie haben auch keine Zeit mehr, darüber zu diskutieren, die Tür geht auf und nacheinander kommen alle heraus. Seine Nichten, Jennifer, Dania, Leandro, Miguel, Sami. Als seine Frau mit Bella herauskommt, schwillt Rodriguez' Herz noch mehr an, sie ist wunderschön in ihrem roten Kleid. Ihre blauen Augen suchen nach seinen und ihrer kleinen Tochter und sie lächelt. Dann kommt Dilara und Paco stößt Damian leicht von der Seite an. Sie sieht auch wunderschön aus, das hellrosa Kleid schmeichelt sich um ihren Körper, sie strahlt und ist genauso hübsch wie ihre Mutter. »Sie wird die Nächste sein!« Rodriguez wirft seinem Bruder einen mahnenden Blick zu und der grinst über beide Wangen, doch das vergeht ihm, als hinter Dilara Latizia aus dem Haus kommt.

Allerdings bleibt auch Rodriguez einen Augenblick die Luft weg. Latizia sieht aus wie eine Prinzessin. Das Kleid ist oben enganliegend, unter der Taille wird es dann weit, ein zartes rotes Band ist um die Taille geschnürt, als Zeichen dafür, dass sie die Tochter des Anführers ist. Sie hat ihre Haare offen und gelockt, ein langer Schleier ist darin festgesteckt, ihre Cousinen warten an der Tür und halten ihn hoch, damit er nicht schmutzig wird.

Latizia strahlt über das ganze Gesicht, sie ist traumhaft schön, Rodriguez hat schon einige Bräute gesehen, selbst geheiratet, doch Latizia übertrifft alle, neben Melissa ist sie für ihn die schönste Braut, die er jemals gesehen hat. »Ich verliere mein kleines Mädchen.« Man erkennt an Pacos Stimme, dass ihn dieser Anblick sehr berührt. Rodriguez räuspert sich leise. »Tust du nicht, vielleicht wirst du ja bald Opa!« Nun blickt sein Bruder zu ihm und tötet ihn fast mit seinem Blick, bevor er zu seiner Tochter geht und ihre Stirn küsst.

»Du bist wunderschön, mein Engel!«

Niemanden, wirklich keinen von ihnen lässt Latizias Erscheinung nicht kurz einhalten, als die Puntos kommen, kann vor allem Juan kaum aufhören, Latizia zu umarmen. Für sie alle ist das etwas ganz Besonderes. Latizia ist fast gestorben und auch davor schon war sie für jeden von ihnen immer ein kleiner, lieber Engel. Und nun ist sie die Erste der neuen Generation, die heiratet, die sogar in eine neue Familia einheiratet.

Als sie alle in der Kirche Platz nehmen, wird das auch wieder sehr deutlich, viele müssen stehen, obwohl die Kirche bereits größer wieder neu erbaut wurde, doch mit den Tijuas, die ebenfalls alle anwesend sind, wird es trotzdem ziemlich eng. Rodriguez sitzt mit Melissa vorne, neben ihm Bella, die sehr nervös ist. Es ist ein beeindruckendes Bild, was sich ihnen bietet. In der Mitte steht der Padre, der, der sie alle getraut hat, und Latizia nun in den Bund der Ehe entlassen wird. Man sieht ihm seine Jahre immer mehr an, doch Rodriguez hofft, dass er noch lange bei ihnen ist, er kann sich nicht vorstellen, einen anderen Mann da oben zu sehen.

Neben dem Padre steht auf der einen Seite Adán, der in seinem Anzug auch sehr gut aussieht. Doch er ist nervös, man erkennt das sofort an seinem Blick, den er zur Kirchentür wirft. Egal, was er schon alles in seinem Leben erlebt hat, das hier ist mehr als offensichtlich das wichtigste Ereignis für ihn.

Neben ihm stehen Musa und vier weitere Männer der Tijuas. Auf der anderen Seite, ihnen gegenüber, stehen Dilara, Abelia, Adora, Yara, Estefania und Marina, alle in den gleichen Kleidern, alle wunderschön, und neben ihnen stehen Leandro, Damian, Miguel, Sami und Sanchez. Es ist bei ihnen Tradition, dass vor allem wenn Familias untereinander heiraten, die Anführer die Braut mit übergeben und das hat nun die junge Generation der Anführer übernommen, die stolz ihrer hübschen Cousine und Schwester entgegenblicken, sie alle lieben Latizia über alles.

Als die leise Musik zu spielen beginnt, erheben sich alle. Rodriguez selbst bekommt eine Gänsehaut, als Paco Latizia in die Kirche führt. Sein Bruder wirkt so stolz, Latizia an seinem Arm so wunderschön, es ist kein Wunder, dass Bella und Melissa neben ihm zu weinen beginnen und sich die Tränen wegwischen. Sie alle sind ganz leise, er sieht niemand anderen an, niemand soll sehen, wie sehr ihn das berührt. Auch die Kirche ist ganz in weiß und hellrosa geschmückt, Paco und Latizia laufen über Rosenblätter und als sie beim Padre ankommen, wischen sich auch Dilara und Abelia Tränen weg und Adán räuspert sich leise. Nun wirkt er nicht mehr nervös, er sieht zu Latizia und stellt sich vor Paco.

Einen winzigen Augenblick halten noch einmal alle in der Kirche den Atem an, auch Rodriguez verfolgt gespannt, ob Paco noch einen Rückzieher macht, doch er sieht seinem Schwiegersohn in die Augen, küsst Latizias Stirn und übergibt ihre Hand in die von Adán, bevor er sich zu Leandro stellt und zusammen mit ihnen allen verfolgt, wie der Padre die beiden traut. Als Adán Latizia endlich küsst, atmen sie alle aus.

Nach und nach treten alle nach vorne und gratulieren, als sie wenig später aus der Kirche kommen, wird laut Musik gespielt, es fliegen Rosenblätter und Konfetti, die Männer schießen in die Luft und jedem ist klar, dass die Feier eine der größten in Sierra werden wird.

Selbst eine Woche später schwärmen noch alle Frauen von der Feier. Es gab alles, den besten Kuchen, die beste Musik, Dilara hat ein wunderschönes Lied gesungen und alle zu Tränen gerührt, selbst Rodriguez musste schwer schlucken. Es wurde viel getanzt und gelacht. Es gab fliegende Tauben, ein Feuerwerk, viel zu essen und zu trinken und drei Familias, die endgültig zusammengefunden haben.

Rodriguez war froh, als er sich heute mit Paco und Juan mit alten Geschäftspartnern treffen konnte, um mal wieder einige neue Geschäfte abzuwickeln. Diese gute Stimmung ist aber sofort weg, als sie in die Einfahrt des Surena-Anwesens fahren und Rodriguez einen Anruf von noch einem alten Geschäftspartner bekommt, der sehr wütend ist. Auch er hat mittlerweile seine Söhne eingesetzt, und gestern gab es ein Treffen, um neue Konditionen für Lieferungen auszuhandeln.

Damian sollte das machen, allerdings sind Kasim, Sami und er erst eine halbe Stunde später gekommen als vereinbart, aber statt sich zu entschuldigen, hat Damian einem der wichtigsten Männer dort wegen einer Bemerkung die Nase gebrochen. Rodriguez hat den Lautsprecher eingeschaltet und trommelt wütend mit den Fingern auf dem Lenkrad herum, Damian ist außer Kontolle. Paco beschwichtigt den alten Geschäftspartner und sagt, dass sie sich in der nächsten Woche treffen und alles klären werden. Rodriguez parkt und steigt aus, er wartet nicht auf seinen Bruder, doch er spürt ihn hinter sich.

»Beruhige dich, wir waren genauso in seinem Alter, wir haben uns auch nichts bieten lassen.« Rodriguez geht ins wilde Haus und läuft fast in Nesto hinein, der schnell ausweicht und durch die Zähne pfeift. »Gleich ist einer dran, wer hat dieses Mal Scheiße gebaut?« Es ist am Vormittag und Rodriguez geht die Treppen hoch, es ist unwahrscheinlich, dass sein Sohn schon aufgestanden ist, er dreht sich nur halb zu Paco um. »Wir hatten Ramon, der uns zurechtgewiesen hat! Ich wette, er hat sich danach noch groß gefeiert, er kommt da nach dir, Paco!«

Sein älterer Bruder lacht, als sie vor Damians Tür halten. »Aber sieh mich an, dann wird doch was aus ihm.« Rodriguez hat keine Zeit für so etwas, er öffnet laut die Tür und wie er es gedacht hat, liegt Dami-

an noch im Bett und sieht verschlafen zu ihnen. Der Raum ist abge-
dunkelt, einen Mischung aus altem Rauch und Sex liegt in der Luft
und man erkennt genug, um zu sehen, dass es hier sehr wild zuge-
gangen sein muss.

Eine blonde Haarpracht erhebt sich ebenfalls neben Damian und als
Rodriguez wütend zu Paco sieht, der nur noch breiter grinst und ihm
andeutet, dass Damian genau wie er ist, erhebt sich auch noch eine
zweite, während Damian wütend zu ihnen blickt, langsam wird er
wach. »Was soll ...«

Rodriguez könnte seinem Sohn den Hals umdrehen, er deutet nach
unten. »Zwei Minuten!« Sie drehen sich um, um den Raum wieder zu
verlassen, doch dann wendet sich Rodriguez noch einmal zu ihm. »Es
wird Zeit, dass du eine Frau findest, die dich in den Griff bekommt!«

Unter Pacos leisem Lachen gehen sie die Treppe wieder hinunter.
»Ich hatte nie zwei gleichzeitig, dass war deine Spezialität, was sagt
man, der Apfel fällt nicht weit vom ...« Gerade als sie unten ankommen, stürmt auf einmal Melissa ins Haus, sie hat Tränen in den
Augen und sieht Rodriguez völlig aufgewühlt an.

»Ich habe dich hierher gehen sehen ... du wirst nicht glauben, wer
gerade angerufen hat.«

Kapitel 3

»Nala!« Verwundert dreht sich Nala zu der ihr bekannten Stimme um, hätte sie die Stimme gleich zuordnen können, hätte sie es nicht getan, denn nun sieht sie in die besorgten Augen ihres alten High School-Lehrers. »Oh hallo, Mister Lautner.« Der ältere Mann, der sicherlich nicht mehr lange als Lehrer tätig sein wird, richtet sich die Brille auf seiner Nase. Fast so, als könne er nicht glauben, wen er hier vor sich hat.

»Wie geht es dir, Nala? Wir haben nichts mehr von dir gehört … nach dem … schrecklichen …« Nala hebt schnell die Hand, sie will es nicht hören. »Mir geht es gut. Ich wohne jetzt hier in der Nähe und ja, mir geht es gut.« Mister Lautner lächelt ein wenig. »Das ist schön und auf welche Schule gehst du hier? Du hättest doch auf unserer bleiben können, du warst so eine gute Schülerin, der Schulweg wäre doch nicht so weit.« Nala sieht auf die Uhr, ihre Schicht fängt gleich an.

»Das hat leider nicht geklappt, Mister Lautner, doch ich werde mal wieder vorbeikommen, ich muss los. Ich habe noch sehr viel zu tun … für die Schule und … ich komme bald mal vorbei.« Wird sie nicht, Nala geht schnell über die Straße, der turbulente Verkehr in den Straßen von Las Vegas verschafft ihr eine schnelle Fluchtmöglichkeit vor ihrem alten Leben, das sie so schnell wie nur möglich hinter sich lassen will. Es ist nicht so, dass es ein tolles Leben gewesen wäre, es gibt nicht viel, was sie daraus vermisst.

Nala überquert die ihr so bekannten Straßen, sie ist müde, ihre Schicht im Casino ist erst seit vier Stunden zu Ende, doch sie hat heute die Frühschicht in der Fabrik und steckt müde ihre Anwesenheitskarte in den Auswerter ganz am Anfang der Fabrik. Sie läuft fast in Conceta hinein, nachdem sie ihre Sachen in dem kleinen Spind eingeschlossen und ihre Schutzkleidung angezogen hat. Zusammen gehen sie an ihren Arbeitstisch, schon jetzt bekommt Nala leichte Schweißausbrüche, für diesen Job hier musste sie ihre geheime Angst vor zu stark gefüllten Räumen unterdrücken.

Sie arbeitet mit vielen illegalen Einwanderern zusammen an einem langen Fließband neben großen Anlagen, wo Putzmittel in verschiedene Behälter gefüllt werden. Sie verschließen die Behälter mit kindersicheren Deckeln und kleben die Aufkleber und Schutzhinweise darauf, stundenlang. Nala hasst diese Arbeit, sie ist monoton, man bekommt Kopfschmerzen von den Dämpfen und die Bezahlung ist ein Witz, doch sie wird bezahlt und braucht das Geld, deswegen setzt sie sich neben Conceta auf ihren Platz und ist froh, dass sie heute nur für das Aufkleben der Etiketten eingeteilt ist. Dort bekommt man weniger Kopfschmerzen, als wenn man die Deckel auf die Behälter schrauben muss.

Nala begrüßt alle, sie arbeitet schon beinah ein Jahr hier und kennt fast jeden, auch wenn die Mitarbeiter immer mal wieder wechseln, weil einige beim Schwarzarbeiten erwischt wurden, viele sind immer nur ein paar Tage weg und kommen dann wieder, selten kommt es mal dazu, dass jemand nicht wiederkommt. Nala fragt nicht nach, was mit ihnen passiert in den paar Tagen, jeder hier weiß, dass Nala noch nicht achtzehn ist, sie alle haben gefälschte Ausweise und keiner fragt den anderen über die Hintergründe aus, wieso sie hier gelandet sind. Dass sie es sind, vereint sie und auch wenn Nala die monotone Arbeit nicht mag, mag sie ihre Arbeitskollegen in der Fabrik mittlerweile sehr.

Hier wird nur Spanisch gesprochen, kaum einer kann Englisch. Nala hat seit der Grundschule Spanisch gelernt, sie war immer gut in dieser Sprache, doch erst hier hat sie richtig sprechen und verstehen gelernt und dass sie jetzt hier so entspannt sitzt und Gonzales dabei zuhört, wie er über seinen neuen Schwiegersohn herzieht, hat sicherlich gut ein halbes Jahr gedauert. Hin und wieder muss Nala mit den Mitarbeitern Englisch üben, sie kommt sich dann vor wie eine Lehrerin in einer wissensdurstigen Klasse, doch sie haben immer alle Spaß.

Heute ist das junge Mädchen wieder da, das sich vor einer Woche schwer verletzt hat. Sie tragen nicht umsonst die Schutzmäntel und Handschuhe und eine Atemmaske. Einige der Putzmittel haben es ganz schön in sich und solch eines mit hohem Anteil an Salzsäure hat sich das Mädchen aus Versehen über den Arm gekippt. Es war schrecklich, obwohl ihnen immer gesagt wird, wie sicher sie mit den Schutzumhängen sind, hat das Zeug ein Loch in den Stoff gebrannt und die Haut des hübschen Mädchens verätzt.

Nala hat zwei Nächte kaum geschlafen, weil sie die Schreie nicht vergessen konnte. Sie ist nicht naiv, sie weiß, dass niemand hier arbeiten dürfte, dass diese Fabrik es sich gar nicht leisten könnte, normale Arbeiter und richtige Sicherheitsvorkehrungen zu treffen, sonst müssten sie die Preise für ihre Produkte anheben und würden so aus dem Wettbewerb fallen.

Sie weiß auch, dass sie nur ein kleines Rad in einem miesen System ist, sie alle hier sind das, doch sie ist freiwillig hier, niemand zwingt sie dazu, sie braucht das Geld und hat nicht vor, für immer diese Arbeit zu machen, deswegen hat sie gelernt, über so vieles hinwegzusehen, zu akzeptieren, dass man gewisse Dinge nicht ändern kann, zumindest nicht in ihrer Position.

Nala weiß, dass keiner der Arbeiter hier eine Krankenversicherung hat, auch sie nicht. Die Firma hat eine Ärztin hier, die im Notfall eingreifen kann, das hat sie an dem Tag auch gemacht, doch man hat schnell gemerkt, dass die Frau nicht viel Ahnung davon hatte, was sie genau zu tun hat.

Das Mädchen hat ihren Arm noch immer verbunden, doch sie lächelt schon wieder im Gespräch mit ihrer Nachbarin und Nala konzentriert sich auf das Geschimpfe von Gonzales. Der Mann mit den vielen Lachfalten im Gesicht und mit einem goldenen Schneidezahn hat schon von Anfang an immer wieder versucht, Nala mit seinem Sohn zu verkuppeln, der auch in der Fabrik arbeitet, aber in dem Bereich für das Beladen der Auslieferungstransporter zuständig ist.

Alle hier kennen Nalas Freund Samuel, doch keiner hier mag ihn wirklich, sie alle sagen Nala ständig, dass sie etwas Besseres verdient hat. Eigentlich ist es ihr egal, sie hat noch nie viel davon gehalten, was andere sagen. Es ist ihre eigene Schuld, jedes Mal wenn sie sich über Samuel ärgert, lässt sie hier auf der Arbeit Dampf ab. Es ist kein Wunder, wenn keiner ihn hier wirklich mag, auch wenn sie ihn persönlich erst ein paar Mal gesehen haben, wenn er mal da war, um Geld abzuholen oder Nala von der Arbeit mitzunehmen.

Sie hat Samuel kennengelernt, als sie damals aus der kleinen Wohnwagensiedlung geflohen ist, in der sie geboren wurde. Er war immer für sie da, sie hat nicht mehr viel, doch er ist an ihrer Seite und das lässt sie sich nicht so alleine fühlen.

Nala ist froh, dass Gonzales heute aus dem Schimpfen nicht mehr herauskommt und vergisst, Nala zu fragen, ob sie nicht einmal mit seinem Sohn essen gehen möchte. Sollte sie wirklich jemals mit seinem Sohn ausgehen, würde Gonzales noch mehr über sie schimpfen als über seinen armen Schwiegersohn.

Auch wenn sie hier auf der Arbeit eher ruhig ist, was überwiegend daran liegt, dass sie zwei Jobs hat und immer sehr müde ist, weiß Nala, dass sie einen sehr schwierigen Charakter hat, ihr Leben hat sie sehr berechnend und hart werden lassen. Sie mag alle Mitarbeiter hier sehr, doch egal was für schreckliche Schicksale sie teilweise hier hinter sich haben, sie haben immer ein echtes und zuversichtliches Lächeln auf den Lippen, aber das hat Nala nicht und das kann sie auch nicht vortäuschen, dafür hat sie schon zu viel Schlechtes im Leben erlebt.

Nala schleppt sich durch die sechs Stunden, die sie am Fließband arbeiten muss und geht dann direkt in die kleine Wohnung, die sie seit mehreren Monaten mit Samuel zusammen bezogen hat. Es ist nur ein Zimmer, ein winziges Bad und eine kleine Kochnische, doch es reicht für sie. Hier in Las Vegas kann man froh sein, wenn man etwas hat, was man bezahlen kann.

Als der Vermieter auf der Feuerleiter vor ihrem Haus steht und schon auf sie zu warten scheint, ahnt Nala Schlimmes. Seit drei Tagen ist die Miete fällig und sie haben sich bisher immer vor ihm versteckt, heute hat Samuel aber das Geld für ein überholtes Motorrad bekommen und wollte so die nächsten drei Monatsmieten auf einmal bezahlen. Samuel hat keinen richtigen Job, er repariert Autos, Motorräder, manchmal auch Trucks und steuert so etwas zu ihrem Leben bei.

»Nala, ich habe vorhin deinen Freund aus dem Bett geklingelt, er hat mir versprochen, das Geld morgen früh vorbeizubringen, du weißt, wie viele auf eure Wohnung warten? Ich habe eine Liste, die ist so lang wie ...« Nala stemmt die Hände in die Seiten und sieht zu ihm hoch, die Sonne blendet sie, doch die massige und schmierige Gestalt ihres Vermieters kann man gar nicht übersehen.

»Ich weiß, Henry, wenn Samuel sagt morgen, dann bekommst du es morgen ...« »Ich hatte schon Nachmieter dabei, du kennst die Regeln: zwei Tage, danach lasse ich die Wohnung räumen ...« Er sieht auf Nalas Rock und ein schmieriges Grinsen setzt sich auf seine wulstigen Lippen. »Samuel meinte, du kommst später kurz vorbei, vor deiner Arbeit ...« Nala atmet tief aus, sie hasst es und sie versteht nicht, wieso Samuel noch nicht bezahlt hat.

»Ich komme später vorbei, Henry.« Wütend geht sie nach oben in ihre Wohnung, Samuel ist nicht da. Es riecht nach dem Zeug, was Samuel ständig raucht. Nala hat noch nie geraucht, sie hasst diesen Geruch, auch ihre Mutter hat nie geraucht, doch ihre Männer immer, der Geruch erinnert Nala immer nur an Ärger und Unruhe, deswegen hat sie wohl auch nie angefangen.

Nala sieht in den Kühlschrank, lediglich einen Apfel und eine Flasche Milch findet sie darin, Samuel wollte eigentlich auch einkaufen, sie hat das letzte Mal gestern Abend etwas Richtiges gegessen und sie muss in vier Stunden ihre nächste Schicht anfangen. Wütend und hungrig legt sie sich auf das kleine Bett, das Samuel ihnen aus Paletten zusammengebastelt hat. Nala schläft sofort ein, auch wenn sie durch das offene Fenster das laute Las Vegas hört, der kalte Rauch in der Nase und der Hunger im Magen eine Übelkeit in ihr aufkommen lassen, die sie schon zu oft verspürt hat, packt sie die Müdigkeit und lässt sie einige Stunden all dem entkommen.

Als der Wecker Nala gefühlte fünf Minuten später wieder in die Realität zurückholt, ist es bereits früher Abend und sie muss sich beeilen. Die schlimmste Müdigkeit überkommt sie unter der Dusche, ihr Hungergefühl lässt sich durch den Apfel und die Milch auch nicht vertreiben. Sie muss unbedingt etwas essen, doch erst muss sie dafür sorgen, dass sie nicht ihre Wohnung verlieren.

Bevor sie eingeschlafen ist, hat sie Samuel geschrieben und gefragt wo er steckt, bis jetzt hat er die Nachricht nicht gelesen. Auch wenn Nala weiß, dass es nichts bringen wird, versucht sie ihn anzurufen, doch natürlich ist sein Handy ausgeschaltet.

Nala cremt sich ein und zieht die kurze Shorts über, die nur knapp unter ihren Pobacken endet. Dazu das bauchfreie Top mit dem Logo des Casinos, in dem sie die Nacht über kellnert. Sie sieht in den Spiegel und wischt den letzten Dunst des Duschwassers weg. Schon immer haben ihr alle Leute gesagt, wie hübsch sie ist, ihre Mutter war immer so stolz auf sie. Als sie kleiner war, hat sie sie zu allen möglichen Schönheitswettbewerben gebracht und Nala hat auch fast immer gewonnen. Ihre Mutter, die Träumerin.

'Nala', ihr Name bedeutet Königin und vielleicht hat sie immer gedacht, ihre Tochter wird einmal etwas ganz Besonderes, groß herauskommen ... die Realität ist sehr ernüchternd.

Sie hat diese wilden blonden Locken, ständig wird sie Shaki genannt, nach der bekannten lateinamerikanischen Sängerin, die alle so lieben. Selbst ihre Mutter hat ihr den Spitznamen gegeben, doch statt brauner Mandelaugen wie die Sängerin haben ihre Augen zwar die Mandelform, doch sie sind grün. Nala mag ihr Gesicht, sie hat eine kleine Nase und schöne volle Lippen, ein wenig Lipgloss genügt und sie bemerkt, wie ihr alle Männer immer auf den Mund starren. Sie mag sich, ist zufrieden mit ihrem Körper, doch sie hat schon sehr früh gemerkt, dass das nicht reicht, dass sie das nicht viel weiter bringt.

Immer wenn ihr Geld knapp war, hat ihre Mutter sie zu einer der vielen Model-Agenturen geschleppt. Nala ist zwar schlank, doch sie hat noch viel zu viele Kurven für ein richtiges Model, außerdem ist sie viel zu klein, deswegen hat sie immer nur kleine Aufträge für Werbeanzeigen bekommen, die ihre Mutter und sie kurze Zeit versorgt haben. Für Nala war das immer schrecklich, sie wurde ein halbes Jahr in der Schule genervt, weil sie einen Werbespot für Milch gedreht hat und mit so einem peinlichen Milchbart gefilmt wurde. Damals war sie zehn.

Jetzt setzt Nala ihr Aussehen nur noch dafür ein, was sie wirklich braucht und um was sie nicht herumkommt. Eigentlich bindet sie sich ihre Locken immer zu einem Zopf, doch heute lässt sie sie offen, um schneller beim Vermieter wieder herauszukommen. Sie muss sich die Haare wieder schneiden, ihre Locken gehen ihr mittlerweile bis fast unter die Brust und das bedeutet bei ihr immer schneiden.

Nala tuscht sich die Wimpern und trägt Lipgloss auf, schnappt sich ihre Tasche und zieht ihre schwarzen Ballerinas an. Sie schüttelt sich vor Ekel, bevor sie an der Tür des Vermieters klopft, der sofort öffnet.

Nala hasst es, wenn Samuel sie in solch eine Situation bringt. »Also möchtest du mit mir über die Miete sprechen?« Der Vermieter sieht Nala lüstern an. Er trägt nur ein weißes Unterhemd mit Flecken und eine Jogginghose und betrachtet Nala von oben bis unten. Sie seufzt leise aus, sie muss sich beeilen. »Ja, bitte … unbedingt.« Nala lächelt und sieht ihm in die Augen, dabei streicht sie sich mit ihrer Hand über den freien Bauch und der Vermieter beeilt sich.

Er geht in die Küche und schließt die Tür bis auf einen Spalt, durch den er sie beobachtet. Nala spürt seine gierigen Augen auf sich und dreht sich um, sie trägt nur die kurze Shorts und beugt sich. »Oh, mein Schnürsenkel ist offen.« Sie hört das Rascheln seiner Hose und verdreht die Augen, er kann sie dabei ja nicht sehen.

»Du weißt, dass du … böse bist, es ist nicht gut, die Rechnung nicht zu bezahlen.« Nala dreht sich um, sie hört, wie gepresst seine Stimme ist und zwingt sich, nicht darüber nachzudenken, was er da gerade tut. »Ich bin sehr böse, aber morgen bekommst du das Geld, denkst du, das geht in Ordnung?« Nala spricht langsam, dreht sich wieder zu ihm und streicht sich dabei über den Bauch, sie schiebt sich das Shirt ein wenig höher, damit er ihren BH sehen kann. »Ich weiß nicht.« Nala hört, dass es nicht mehr lange dauert, sie umfasst eine ihrer Brüste und befreit sie ein wenig aus dem BH, da hört sie ein lautes Grunzen aus der Küche und zieht das Shirt wieder herunter, am liebsten würde sie die Augen verdrehen, als sie die erschöpfte Stimme des Vermieters hört.

»Geht in Ordnung, Nala, bis morgen.«

Nala geht, sie sieht auf der Kommode einen eingepackten Schokoriegel, ruft dem Vermieter zu, dass sie sich den nimmt und verlässt mit schnellen Schritten die Wohnung und das Haus, sie hat ihnen wie so oft aus der Patsche geholfen und ist wirklich gespannt, wieso Samuel sich nicht wie versprochen um alles gekümmert hat.

Als Nala ihre Schicht im Casino antritt, ist es wie immer voll. Eigentlich ist es egal, wie spät es ist, es ist immer viel los. Nala bedient die Spieler an den Automaten, ihre Aufgabe ist es, sie immer wieder nach Getränken zu fragen, zu fragen, ob sie ihnen Scheine wechseln soll oder sie auf jede erdenkliche Weise dazu zu bringen, weiter zu spielen und ihr Geld in die Automaten zu stecken.

Nala hasst es hier, sie kennt die Geräusche nur zu gut, sie haben sich fest in ihren Erinnerungen verankert, und als sie heute einen Mann beobachtet, der wie besessen Münzen in einen ihrer vielen Automaten wirft und neben dem ein kleines blondes Mädchen traurig auf einem Hocker sitzt und ihrer kaputten Puppe die Haare kämmt, sind die Erinnerungen wieder so präsent, dass Nala wütend wird.

Sie muss sich zusammennehmen, als sie dem Mann etwas zu trinken bringt und der Kleinen ein Glas Wasser. Als sie fragt, ob sie noch etwas tun kann, schickt sie der Mann genervt weg, die Kleine, die höchstens sechs ist und um diese Zeit eigentlich nichts hier verloren hat, sieht sie aus großen traurigen Augen an, es kommt Nala vor, als würde sie einige Jahre in die Vergangenheit reisen.

Sie geht in die Küche, nimmt sich ein Sandwich und schlingt es schnell hinunter und sieht in der Kindergeschenkkiste nach. Sie haben so eine Kiste, da es immer wieder passiert, dass Kinder traurig das Casino verlassen, weil ihre Eltern viel Geld verloren haben, sie dürften hier gar nicht sein, doch statt darauf zu achten, sind sie angewiesen, den Kindern kleine Flummis, Bälle, Spielzeugpistolen oder kleine Puppen zu schenken, als würde das ihre verkorkste Kindheit retten.

Nala sucht sich die schönste Puppe heraus, nimmt sich einen Muffin und bringt der Kleinen beides. Wenigstens hat sie ihre Augen für einen kleinen Augenblick zum Strahlen gebracht, mehr kann sie nicht tun. Gerade will sie sich ihr Tablett wieder schnappen und weitermachen, da umfassen sie vertraute Hände. »Hallo, meine sexy Maus.« Nala macht sich los und wirbelt zu Samuel um.

Samuel ist ein schlanker Mann, er sieht wild und gefährlich aus mit seinen dunklen Augen, dem Dreitagebart und den vielen Tattoos,

Nala hat sich damals sofort sicher bei ihm gefühlt, doch mittlerweile macht er ihr immer mehr Ärger.

»Ich musste heute den Vermieter wieder beruhigen, wolltest du dich nicht darum kümmern? Wieso ist kein Essen da? Was ...«

Samuel will ihr einen Kuss auf den Mund geben, doch Nala weicht aus. »Ich kümmere mich darum, bin gerade dabei, mach dir nicht immer solche Sorgen.« Nala sieht ihm in die Augen. »Wo ist das Geld von der Reparatur?« Samuel sieht die ganze Zeit zu einem jüngeren Mann, der unruhig bei den Automaten herumsteht und etwas hinter seinem Rücken verbirgt.

»Mach dir keine ...« Nala zieht an seinem Arm, sodass Samuel endlich richtig zu ihr sieht. »Wo ist das Geld, Samuel?« Ihr Freund seufzt leise auf. »Da war ein Boxkampf, Baby, es war absolut sicher. Ich schwöre es dir, die Quoten waren gigantisch, ich habe einen Tipp bekommen, doch der Boxer wurde an dem Tag von seiner Freundin ...« Nala lässt ihr Tablett sinken. »Du hast es verwettet?«

Samuel legt den Kopf schief. »Ich besorge es gerade wieder, Baby, das dreifache. Mein Plan ist bombensicher, du musst dich nur ...« Nala will nichts mehr hören, sie wendet sich um. »Du weißt, dass ich vieles ertragen kann, aber kein Wetten, kein Casino, all den Scheiß hast du mir geschworen sein zu lassen.« Samuel hält sie am Arm zurück. »Aber Baby, mein Plan ist brillant und danach kannst du hier kündigen, wir suchen dir eine neue Stelle und du ...«

Nala will nur noch weg, doch sie ahnt Schlimmes. »Welcher Plan?« Samuel lächelt und will nähertreten. »Lass das meine Sorge sein, Baby, aber ich verspreche dir ...« Nala reicht es, immer wieder sieht Samuel zu dem Jungen, ihr Chef kommt gerade nach vorne und auch er scheint zu bemerken, dass Samuel nervös wirkt. »Welcher Plan, Samuel?« Nala flüstert. Samuel winkt ihrem Chef und küsst Nala, ohne dass sie den Kuss erwidert, er beugt sich zu ihrem Ohr.

»Du weißt, dass genau jetzt die erste Fuhre an Geld aus den Automaten abgeholt wird. Die ersten Säcke werden immer in dem kleinen Raum zwischen der Küche und den Toiletten zwischengelagert, du hast mir letztens den Code verraten, weißt du noch? Mein Kumpel geht gerade nach hinten, wir haben zwei genau identische Säcke mit

Papiergeld gefüllt und werden sie gegen zwei echte austauschen. Bis das alle bemerken, kann es Tage dauern, der Plan ist perfekt.«

Nala reißt sich von Samuel los. Sie hat vor einigen Wochen zufällig den Code zu den Räumen mitbekommen, in denen das Bargeld, bis es abgeholt und zur Bank gebracht wird, gelagert wird. Sie musste ihrem Chef schwören, den Code für sich zu behalten, sie vertraut Samuel und hat ihm davon erzählt, da solch ein Fehler sonst nie passiert und sie es nicht fassen konnte, doch sie hätte nicht gedacht, dass er das sofort ausnutzt. Nala hat ihm vertraut.

»Bist du … total bescheuert, das wird alles auf mich zurückfallen, wie …« Nala ist so geschockt, sie findet nicht einmal die richtigen Worte, während Samuel sie zuversichtlich anlächelt. Nala weiß in diesem winzigen Moment genau, dass sie genauso geworden ist, wie sie es sich geschworen hat, nie zu sein. Sie lässt sich von einem Mann ihr ganzes Leben verpfuschen.

»Nala! Ich hatte gehofft, dich nicht wieder hier zu sehen und dieses Mal ist es nicht deswegen, weil du in einer Fabrik arbeitest, obwohl du in der Schule sein müsstest, nein, dieses Mal ist es wegen versuchten Betruges!«

Nala versucht krampfhaft, nicht zu weinen, sie war schon so oft im Büro von Officer Boilt. Der dunkelhäutige Mann mit dem kleinen Schnauzbart und dem Bild seiner kleinen perfekten Familie auf dem Schreibtisch hat es immer gut mit Nala gemeint, das weiß sie und das hat sie auch immer gespürt, doch so lange wie sie dieses Mal in der Zelle warten musste und so wie er ihre Akte auf den Tisch knallt, wird er es dieses Mal nicht können.

»Ich kann nichts dafür, ich wusste nichts von dem Plan. Das …« Officer Boilt setzt sich ihr gegenüber. »Das glaube ich dir, doch gleichzeitig schützt du deinen Freund. Ihr könnt froh sein, dass man den Kumpel von deinem Freund noch beim Versuch in das Zimmer zu kommen geschnappt hat, hätte er die Säcke schon ausgetauscht, wäre das ganze hier noch einmal eine Nummer größer. So geht dein Freund bis zur Verhandlung erstmal in den Knast, er hat zu viele Vorstrafen, du bist nur des Mitwissens angeklagt. Doch ich denke, wenn du endlich die komplette Wahrheit sagen wirst, bekommen wir dich da auch raus, aber du musst dich von Samuel lossagen, er ist nicht gut für dich.«

Nala lacht leise auf. »Er ist alles was ich habe und nur weil er einen Fehler ...« Officer Boilt sieht sie streng an. »Einen Fehler? Eine Straftat! Ich kann dich nicht wieder gehen lassen, Nala, dieses Mal nicht. Du bist noch nicht volljährig, deine Versprechungen haben alle nichts gebracht, du bist weder zur Schule noch zu deiner Pflegefamilie gegangen. Du musst noch fünf Monate bei einem Vormund leben und nun erst recht. Eigentlich wollte ich dich in das Heim zurückschicken, von dem du zweimal abgehauen bist, doch dann habe ich noch einmal richtig recherchiert. Deine Mutter hat damals ein Testament verfasst, bisher muss das völlig untergegangen sein. Du sollst im Falle ihres Todes zu deiner Patentante, ich habe sie kontaktiert und sie ist schon auf dem Weg hierher.«

Nala versteht gar nichts mehr. »Meine Patentante? Ich habe Ihnen doch schon gesagt, dass wir keine Familie mehr haben.« Der Officer lehnt sich zurück. »Offenbar doch, Melissa Surena, sie lebt in Puerto Rico und war laut ihrer Aussage am Telefon früher gut mit deiner Mutter Emilia befreundet. Sie ist bereit, dich bei sich aufzunehmen, dafür zu sorgen, dass du zur Schule gehst und dich auf deinen Prozess vorzubereiten, du wirst bei ihr in Puerto Rico leben und zu den Gerichtsverhandlungen ...«

Nala unterbricht ihn. »Wir hatten nie etwas mit dieser Frau zu tun!« Der Officer ist offenbar mehr als zufrieden mit dieser Entwicklung, während es in Nalas Kopf rumort. Melissa Surena?

Er lächelt. »Na jetzt hast du das aber!«

Kapitel 4

Nicht mal 24 Stunden später sitzt Nala einer völlig fremden Frau gegenüber in einem Privatjet, der so groß wie eine normale Passagiermaschine ist. Nur dass in diesem Flieger alles reiner Luxus ist und das für gerade mal eine Handvoll Personen. Neben den Piloten, die Nala die Hand geschüttelt haben und einer Stewardess, die ständig nachfragt, ob sie ihr noch etwas bringen kann, sind nur noch Nala und Melissa an Bord.

Nala hat schon viele merkwürdige Situationen in ihrem Leben gehabt, doch noch nie solch eine. Sie sitzt einer völlig fremden Frau gegenüber, die sie in den Arm genommen hat und sie nun unsicher anlächelt. Der Officer hat Nala in seinem Büro noch einmal klargemacht, dass sie keine Alternative hat, ihre alte Pflegefamilie will sie nicht mehr, das Heim hat Nala auch noch nie beeindruckt, sie ist jedes Mal abgehauen, doch der Officer muss sicherstellen, dass Nala gut betreut ist und zu den Gerichtsverhandlungen erscheint.

Sie hat erfahren, dass ihr eine Bewährungsstrafe und Samuel sogar eine mehrjährige Haftstrafe droht, deswegen wird er bis zur ersten Verhandlung auch im Gefängnis bleiben. Der Officer hat Nala erlaubt, ihr Handy wieder mitzunehmen, sodass Samuel sie wenigstens erreichen kann, wenn sie jetzt schon halb entführt wird. Nala durfte nicht einmal nach Hause fahren, es wurde ein Streifenwagen zu ihrer Wohnung geschickt, die Beamten haben alle ihre Klamotten in eine Tasche gepackt, ihren Ausweis und andere Papiere, sonst gab es nichts von Wert und Nala weiß, dass sie die Wohnung nun eh verloren haben.

Nala musste im Büro warten, bis Melissa kam, sie hat sie umarmt, obwohl Nala sie noch nie gesehen hat, danach hat sie lange mit dem Officer gesprochen und dann Nala mitgenommen. Der Officer hat sie zum Flughafen begleitet, Nala die Tasche in die Hand gedrückt und ihr gesagt, dass sie sich benehmen soll, sollten

Beschwerden kommen, muss sie auch bis zu den Gerichtsverhandlungen in Haft genommen werden und das möchte er unbedingt verhindern.

Nala wurde nicht gefragt, ihr wurde nichts erklärt. Als sie in das Flugzeug eingestiegen sind, das sofort gestartet ist, kam sie sich fast so vor, als würde sie abgeschoben werden. Im Grunde hat sie gar nichts getan. Sie weiß, dass der Officer das nur gut meint, doch sie ist am besten aufgehoben, wenn sie sich um sich alleine kümmert, das war schon immer so. Jetzt sitzt sie hier mit einer völlig Fremden, und die Stewardess stellt Getränke und kleine Baguettebrote vor Nala auf den Tisch.

Das Flugzeug ist ausgestattet wie eine kleine Wohnung, sie sitzen gerade auf bequemen Sesseln, es gibt hier einen großen Fernseher, zwei kleine Räume gehen noch ab, sie erkennt ein Badezimmer mit Dusche, Nala hat noch nie eine derart luxuriöse und große Wohnung gesehen, sie kann gar nicht fassen, dass das hier nur ein Flugzeug ist. Als sie sich weiter umsieht, treffen ihre Augen auf die strahlend blauen Augen von Melissa, die sie neugierig ansieht.

»Du warst als Baby schon wunderschön, ich kann nicht fassen, wie hübsch du geworden bist.« Ach ja, da war ja noch was. Nala nimmt sich ein Baguette, als Melissa ihr andeutet, sich zu bedienen und auch etwas zu trinken, der Officer hat ihr zwar eine Pizza kommen lassen, doch das ist auch schon wieder eine Weile her. Nala trägt noch immer die Shorts und das Top von ihrer Arbeit im Casino.

Melissa ist eine elegante, sehr schöne Frau, als sie den Flur zum Präsidium betreten hat, haben sich alle nach ihr umgedreht. Nala weiß, dass sie eine berühmte Sängerin ist oder war, doch nicht das, ihr ganzes Erscheinungsbild lässt einen einhalten. Sie hat lange dunkle Haare, die zu einem hohen Zopf nach oben gebunden sind. Sie trägt eine Jeans mit Löchern und ein einfaches weißes Shirt dazu, doch auch, wenn das Outfit lässig und leger wirken soll, merkt man sofort, dass es unfassbar teuer sein muss.

Melissa hat drei Kinder, hat ihr der Officer berichtet, doch sie hat eine Top-Figur und man würde sie auf Anfang dreißig schätzen. Sie hat ein bildhübsches, feines Gesicht, besonders die blauen Augen stechen sehr hervor und diese Frau nennt sie hübsch? Melissa spricht mit Nala Englisch, doch sie antwortet ihr auf Spanisch.

»Ähmm danke, aber um ehrlich zu sein, kann ich mich nicht an Sie erinnern. Meine Mutter hat manchmal … über Sie geredet, also nicht wirklich, eher darüber gemeckert, wie ungerecht das Leben doch sein kann, wo Sie stehen und wo sie steht, aber viel mehr weiß ich nicht. Sie hat immer gesagt, dass sie mit ihrem damaligen Leben abgeschlossen hat. Ich weiß nicht, was ich jetzt hier bei Ihnen soll und ...« Melissa hebt die Hand. »Bitte sag Du, ich bin deine Patentante und ich habe dich, bis du ungefähr ein Jahr alt warst, regelmäßig gesehen, deine Mutter und ich waren sehr gut befreundet. Ich habe extra diese Bilder hier rausgesucht ...« Sie holt einige Bilder aus ihrer Handtasche und zeigt sie Nala.

Darauf ist Melissa mit ihrer Mutter und einem kleinen Mädchen mit wilden Locken. Alle drei strahlen in die Kamera, es gibt noch einige Bilder von Melissa und Nalas Mutter, auch eines von Melissa mit Nala auf dem Arm, als sie noch ganz klein ist. Ein Mann steht neben ihr, der einen kleinen Jungen auf dem Arm hat, der etwas älter ist, das Mädchen mit den wilden Locken ist auch auf dem Bild und streckt die Zunge heraus, sie ist dort noch ein Stück älter als auf dem ersten Bild.

Nala sieht sich die Bilder genau an, sie zeigen ihre Mutter, doch irgendwie auch nicht. Nala hat ihre Mutter nie so strahlen gesehen, nie so erholt und glücklich, wie sie auf den Bildern wirkt. Das ist eine ganz andere Frau als die Frau, die sie großgezogen hat. »Was genau ist passiert?« Nala sieht Melissa fragend an, sie weiß es nicht, doch vielleicht kann sie es ihr beantworten, offenbar kennt sie eine ganz andere Frau als die, die ihre Mutter war.

Melissa nimmt nun auch einen Schluck und lehnt sich auf den gemütlichen Sesseln zurück, während sie Amerika verlassen und nach Puerto Rico fliegen. Nala hätte niemals gedacht, dass sie dieses Land jemals sehen wird, sie hat sich nicht groß Gedanken darüber gemacht, woanders hinzureisen. Das einzige Land, in dem sie immer war, ist Italien, ihre Mutter stammt aus einem kleinen Dorf ganz am Ende des Stiefels, sie sind ab und zu dorthin geflogen. Ihre Oma hat dort alleine in einem kleinen Haus gelebt, ihr Mann war bereits tot und Nalas Mutter ihre einzige Tochter, sie hatte sonst niemanden.

Nala hat die Zeit in Italien immer genossen, ihre Mutter hat von Anfang an auch Italienisch mit ihr gesprochen. Erst nachdem ihre Oma gestorben war, als Nala ungefähr zehn war, sind sie nicht mehr nach Italien geflogen und ihre Mutter hat auch nicht mehr so oft auf Italienisch mit Nala gesprochen, nur wenn sie vor jemandem etwas geheim halten wollten. Melissa unterbricht ihre Gedanken, sie wirkt sehr traurig, als sie von damals erzählt.

»Deine Mutter und ich waren sehr gute Freunde. Ich hatte gerade angefangen mit meiner Musikkarriere und deine Mutter hat bei mir in der Maske angefangen.« Melissa lächelt. »Im Gegensatz zu allen anderen hat Emilia mir nie nach der Nase geredet. Wenn sie etwas nicht gut fand, hat sie das auch gesagt und das war so … ehrlich erfrischend, alle anderen haben mir immer nur gesagt, was ich hören wollte. So kam es, dass sie und Jorge, mein Stylist, schnell zu meiner kleinen Familie wurden. Es war eine wunderschöne Zeit, wir sind durch die Welt gereist, haben gefeiert, gelebt, jede Sekunde genossen.«

Melissa deutet auf ein paar Bilder und Nala muss lächeln, sie kann sich nicht vorstellen, dass ihre Mutter mal solch ein Leben geführt hat. »Ich wurde schwanger und konnte mich bei allem immer auf Emilia verlassen, auch als ich beschlossen habe, meine Karriere zu beenden, mich an meiner Familie zu rächen, egal was damals war, deine Mutter war immer für mich da.

Sie hat mir sehr mit meiner Tochter geholfen, Dilara, du wirst sie auch kennenlernen. Es gab auch einige gefährliche Zeiten, Dilara und Emilia wurden einige Tage wegen mir gefangengehalten.

Ihnen wurde nichts getan, doch sie wurden in ein kleines Gartenhaus gesperrt. Dilara hat bis heute deswegen Angst in zu engen Räumen, bei Emilia habe ich damals nie eine Veränderung bemerkt, vielleicht hat sie mir das auch nur nie gezeigt und hat mich doch dafür gehasst. Ich weiß es nicht, eigentlich war danach wieder alles in Ordnung.

Ich bin nach Puerto Rico gezogen, zu meinem Mann. Auch da war immer noch alles in Ordnung, Jorge und Emilia lebten weiter in L.A. Doch Emilia war oft bei mir, ihren ganzen Urlaub hat sie in Puerto Rico verbracht, einmal waren wir auch zusammen in Italien bei deiner Oma. Es hat sich erst alles geändert, als sie deinen Vater kennengelernt hat.

Emilia war so verliebt, so kannte ich sie gar nicht. Wir haben seltener telefoniert, sie kam nicht mehr so oft. Als ich nach L.A. geflogen bin, hatte sie kaum Zeit, doch ich hatte damals Verständnis dafür, sie war verliebt. Bei der Taufe meines Sohnes Damian war sie da, doch ohne deinen Vater. Sie hat ihn nicht mitgebracht und auch kaum von ihm gesprochen. Ein paar Monate später war sie dann schwanger mit dir. Da hat sie mir auch das erste Mal erzählt, dass ihr Leben sich verändert hat.

Dein Vater war nicht immer sehr … nett zu ihr, er hatte keine Arbeit und hat das Geld, was deine Mutter verdient hat, ausgegeben …« Melissa versucht, die richtigen Worte zu finden. »Es war eine sehr schwere Zeit, es war schwierig für mich, an Emilia ranzukommen. Sie hat mir einiges erzählt, doch dann war sie wieder bei ihm und hat getan als wäre nichts. Ich habe ihr immer angeboten, zu mir zu kommen, sich Gedanken zu machen, wie es weitergehen soll, eine Auszeit von allem zu nehmen. Ich habe sie oft besucht und da auch deinen Vater kennengelernt.

Er war nicht … sehr nett und ich wusste, dass er Emilia nicht gut behandelt, doch sie wollte sich nicht helfen lassen. Langsam hat aber auch mein Mann mitbekommen was los ist und wollte meine Kinder und mich natürlich nicht mehr in die Nähe deines Vaters kommen lassen. Es war eine schwere Situation. Auch Jorge hat versucht, deiner Mutter zu helfen, doch sie wollte sich einfach nicht von uns helfen lassen.

Alles hat sich verschlimmert, als Jorge erschossen wurde. Es war ein Streit nach einer langen Nacht in einem Nachtclub, er war mit Freunden dort, Jorge wollte den Streit schlichten und ja ... wir haben damals einen wichtigen Menschen verloren.

Manchmal denke ich, dass wir da auch noch den Rest von Emilia verloren haben. Ich bin kaum noch an sie herangekommen, doch ich habe sie auch nie aufgegeben. Sie hat die Wohnung in L.A. verloren, weil sie die Miete nicht mehr zahlen konnte und ist mit ihm nach Las Vegas gezogen, kurz nach deiner Taufe. Auf deiner Taufe war ich noch mit meinem Mann und den Kindern, und nachdem mein Mann deinen Vater das erste Mal richtig kennengelernt hat, wollte er nicht mehr zulassen, dass ich in seiner Nähe bin.

Wahrscheinlich hat er geahnt, dass es nur noch schlimmer wird, irgendwann hat er deine Mutter so sehr geschlagen, dass sie ins Krankenhaus gekommen ist, du warst noch klein und als ich bei ihr war, habe ich ihr gesagt, dass ich dich zu mir nehmen möchte, solange, bis sie das mit deinem Vater in den Griff bekommen hat, zu deiner Sicherheit. Oder ich wollte euch beide mitnehmen, ich habe ihr alles angeboten. Emilia wusste, dass sie bei uns sicher ist, sie hätte neu anfangen können, doch als ich sie am nächsten Tag im Krankenhaus besuchen und ihre Antwort hören wollte, war sie weg, mit dir. Ich habe nie wieder etwas von euch gehört, ich habe sie noch ein paar Mal kontaktieren können, doch sie hat mir jedes Mal gesagt, dass ich mich aus eurem Leben heraushalten soll.

Es tut mir leid, Nala, ich wäre gerne mehr für dich und deine Mutter dagewesen, doch sie hat mich nicht gelassen.« Nala kennt die Frau vor sich kaum, doch sie hat eine gute Menschenkenntnis und spürt, dass Melissa wirklich darunter leidet, was damals passiert ist. Sie sieht auf den Tisch und nimmt sich noch ein kleines Baguettebrot. »Ich schätze, meine Mutter wollte einfach nicht, dass du siehst, wie verkorkst unser Leben war.«

Melissa versucht zu lächeln, sie bemerkt Nalas Versuch, ihr ein wenig von dem schlechten Gewissen zu nehmen. »Was genau war denn alles so los bei euch und wieso ist deine Mutter so früh gestorben? Der Officer hat mir nur gesagt, dass sie gestorben ist und du seitdem auf dich gestellt warst. Er hat dich immer im Auge behalten und geduldet, dass du dich so durchschlägst, doch jetzt … nachdem was gestern war, kann er das nicht mehr und du brauchst einen Vormund und musst deiner Schulpflicht nachkommen.«

Nala würde am liebsten die Augen verdrehen, das Letzte, was sie will ist, wieder zur Schule zu gehen, doch erst möchte sie Melissa einen Einblick in die kranke Welt geben, in der sie großgeworden ist. »Also die Frau, so wie sie auf den Bildern bei dir da ist, so kenne ich meine Mutter ehrlich gesagt gar nicht. Wir hatten einen Wohnwagen, solche Wohncontainer, ich kann mich nur daran erinnern, dass wir in Las Vegas gelebt haben. Mein Vater ist für mich auch nicht mehr so richtig greifbar, ich weiß, dass ich einmal Ärger mit ihm bekommen habe, er war so sauer, dass er mich geschlagen hat, das weiß ich noch und ich durfte wegen der blauen Wange eine Woche nicht in den Kindergarten. Ich musste oft bei ihm sitzen, wenn er im Casino gespielt hat. Dann weiß ich noch, wie die Polizisten in unseren Container kamen und gesagt haben, dass mein Vater sich beim Wetten im Casino und diesem verbotenen Spiel Russisch Roulette selbst in den Kopf geschossen hat.«

Melissa sieht sie entsetzt an, doch für Nala ist das einfach nur ihre Vergangenheit. »Ich weiß, dass ich nicht sehr traurig war und Mama auch nicht, vielleicht hätten wir da ein neues Leben beginnen können, doch Mama hatte schnell einen neuen Mann und dann wechselten die Männer sehr oft. Wir mussten umziehen, weil einer der Männer Ärger gemacht hat und sind noch näher an die Casinos gezogen, wieder in einen Trailerpark.

Ich kenne es ehrlich gesagt nicht anders. Meine Mutter war immer für mich da, sie hat zumindest dafür gesorgt, dass wir Essen da hatten und ich zur Schule gegangen bin. Sie hatte immer den gleichen Typ Mann, laut, spielsüchtig, nur am Trinken und nach nicht mal ein paar Monaten sind sie wieder abgehauen, meist wenn sie Mamas Geld ausgegeben haben.«

Melissa reibt sich über die Stirn und schüttelt den Kopf. »Aber sie hat weiter als Visagistin gearbeitet?« Nala lacht leise. »Nein, sie war Kassiererin bei Walmart. Aber an Halloween sind immer alle Kinder zu uns gekommen und haben sich von ihr schminken lassen.« Nala lächelt, es war nicht alles schlecht in ihrer Kinderheit, doch das meiste war schon ziemlich verkorkst, da macht sie sich gar nichts vor.

»Mama hat immer gerne getrunken, geraucht, viel gearbeitet und die falschen Männer gehabt. Ich bin damit klargekommen, einmal wollte mich einer ihrer Kerle anfassen, da ist sie ausgerastet, ansonsten haben sie mich weitgehend in Ruhe gelassen. Als ich kleiner war, hat sie mich an Schönheitswettbewerben teilnehmen lassen, ich habe ein paar Werbespots gedreht und so hatten wir etwas Geld, vor allem nach dem Tod meines Vaters hat uns das geholfen wegen der Beerdigung und allem anderen.

Später habe ich neben der Schule auch immer ein wenig gearbeitet, besonders als Mama krank wurde, sie hatte sich bei einem ihrer Männer mit einem starken Virus angesteckt, irgendwas komisches. Daraus ist eine Lungenentzündung entstanden und weil sie nie zum Arzt gegangen ist, konnte ihr am Ende nicht mehr geholfen werden.«

Nala weiß, dass sie sehr kalt über all das spricht, doch sie hat gelernt, damit zu leben und sich damit abgefunden. »Dann habe ich einfach alleine mein Ding gemacht. Ich habe Samuel kennengelernt und wir haben uns so einigermaßen durchgeboxt, alles war in Ordnung … bis gestern.« Melissa lächelt und gießt ihr noch etwas zu trinken ein. »Ich finde es unglaublich, was für eine hübsche und selbstständige Frau aus dir geworden ist. Du kannst stolz auf dich sein, deine Mutter ist es sicherlich auch und ich bin froh, dass ich dich jetzt wiedergefunden habe. Ich weiß, dass man die Zeit nicht mehr zurückdrehen kann, doch ich kann dir jetzt helfen und würde mich freuen, wenn du meine Hilfe annimmst.

Ich kann mir vorstellen, dass es für dich nicht leicht ist, jetzt mit mir nach Puerto Rico zu kommen, doch ich denke, es wird dir dort gefallen. Wir haben dir schon einen Platz an der Uni in Sierra besorgt, ich bin erstaunt, wie gut du Spanisch sprichst und der Officer hat gesagt, dass du früher in der Schule sehr gut in allen mathematischen Fächern warst und auch die sozialen Lehrgänge auf der Highschool dir gut gefallen haben. Du hast ein paar Kurse in diesen Bereichen, aber alles ganz unverbindlich, du kannst dir alles selbst zusammenstellen. Für das Gericht ist nur wichtig, dass du noch ein wenig die Schule besuchst, bevor du volljährig bist.

Bei uns in Sierra ist das alles nicht so streng, aber da du ja danach sicherlich wieder in Las Vegas leben möchtest, versuchen wir alles einzuhalten. Du hast in unserem Haus ein eigenes Zimmer und wir haben einen der besten Anwälte, der morgen eingeflogen wird und deinen Fall übernimmt. Mach dir keine Gedanken, versuch einfach, die nächsten Wochen bis zu deiner Volljährigkeit in Puerto Rico zu genießen. Wir können die Zeit nutzen, um uns besser kennenzulernen.«

So wie Melissa von alldem redet, hört sich das alles wie ein kleiner Luxusurlaub an, den Nala nimmt, bevor sie zurück in ihr normales Leben kehrt. Vielleicht wird das doch nicht so schlecht. »Und ihr lebt von dem Geld, was du als Sängerin verdienst, oder wie könnt ihr euch all das leisten?« Nala sieht sich beeindruckt in dem Flieger um.

Melissa atmet tief ein und scheint einen kurzen Augenblick zu überlegen, was sie sagen soll. »Nein, also natürlich verdiene ich mit meiner Musik auch noch Geld und hin und wieder bringe ich auch mal wieder etwas raus, doch mein Mann und seine Familie sind … sehr große, bekannte Familien in Puerto Rico. Sagen dir die Namen Les Surenas oder die Trez Puntos etwas? Weißt du, was eine Familia ist?« Nala nickt, sie hat die Namen schon einige Male gehört, unter anderem von Mitarbeitern aus ihrer Fabrik, da sind auch einige aus Puerto Rico dabei gewesen.

»Das sind Familias? So ähnlich wie die Mafia, oder?« Melissa lacht leise. »Na ja, nicht so ganz. Sie sind Geschäftsmänner und haben viel Macht. Deswegen all das ... Aber sie alle sind sehr nette Menschen. Du wirst schon sehen, wir leben ganz normal, also zumindest ... einigermaßen normal, die Familie ist halt sehr groß. Das wirst du bald selbst mitbekommen, aber ich hoffe, du wirst dich wohlfühlen.

Ich habe eine ältere Tochter, Dilara, sie ist zweiundzwanzig, Damian ist etwas älter als du, er ist neunzehn und meine kleine Tochter Amalia ist ein Jahr alt. Wir fliegen noch ein wenig, du kannst dich umziehen und duschen oder auch noch etwas Warmes essen, wenn du möchtest.«

Nala lächelt, sie mag keine großen Familien, eigentlich mag sie all diesen Familienkram nicht, am liebsten ist sie für sich, doch wenn sie da jetzt durchmuss, um nicht in ein Heim oder ins Gefängnis zu müssen, wird sie das jetzt durchziehen. Sie lächelt und versucht, es nicht allzu verkrampft wirken zu lassen.

Wer weiß, vielleicht wird es ja gar nicht so schlimm.

Damian sieht Sanchez in die Augen. »Das ist doch nicht sein Ernst? Sind wir hier ein Scheiß-Supermarkt? Was denkt sich der Trottel eigentlich?« Sanchez lacht und lädt seine Waffe nach, seine Freundin Celestine ist nicht so für Waffen und deswegen versucht Sanchez, sie nicht allzu oft damit in Berührung kommen zu lassen. Damian versteht dieses Theater nicht, sie weiß doch, wer er ist.

»Das habe ich auch gedacht, aber wir können ihn gleich fragen, doch lass mich erst einmal mit ihm reden. Das ist auch kein Grund, ihn gleich zu erschießen, deine Toleranzskala ist momentan etwas aus dem Gleichgewicht, du gehst von 0 auf 200 in zwei Sekunden, das kann nicht gesund sein, zumindest nicht für dein Gegenüber.«

Damian würde Sanchez am liebsten noch einen Spruch mitgeben, doch dafür hat er keine Zeit, er will los und sich ihre neuen Geschäftspartner vorknöpfen, die ernsthaft glauben, neben ihren Waffenlieferungen könnten sie auch gleich ein paar Säcke Kaffee und Bananen einfliegen lassen.

»Ich muss noch auf meine Mutter warten, Miguel hat gesagt, er ist in fünf Minuten da. Geh du Sami aus dem Bett holen, sag ihm, er soll sich beeilen, ich hoffe, ich bin in fünf Minuten hier weg.« Sanchez nickt und deutet zu Damians Elternhaus. »Stimmt, mein Vater hat gesagt, dass ihr für einige Wochen Besuch einer Schwerkriminellen bekommt.« Damian lacht leise und geht schon zum Haus. »Na wenn man sich dabei erwischen lässt, Geldsäcke austauschen zu wollen, sollte man lieber irgendwo einen neuen Weg einschlagen.« Sanchez lacht auch auf und geht zum wilden Haus. »Hier kann sie lernen, richtig krumme Dinger zu drehen und sich dabei nicht erwischen zu lassen.«

Damians Vater öffnet die Tür und schüttelt den Kopf. »Ihr lasst schön die Finger von der Sache. Melissa ist das Mädchen sehr wichtig! Sanchez, wieso ist dein Vater nicht bei dir? Er wollte vorbeikommen!« Damian würde am liebsten die Augen verdrehen, geht aber an seinem Vater vorbei ins Haus, wo ihm Amalia schon entgegenrennt. »Er musste noch etwas erledigen und wird gleich da sein.« Sein Vater nickt und schließt die Tür wieder, während Damian seinen kleinen Engel durchknuddelt. Er liebt seine kleine Schwester, alles an ihr, sie ist das Gute, eine reine Seele und wenn sie einen anlacht, kommt das von ganzem Herzen.

Rodriguez geht mit Amalia in die Küche, wo Musa am Tisch sitzt und ein Sandwich isst, während Dilara an der Küchentheke steht und ihrem Vater entgegensieht. »Wo hast du die Tage gesteckt? Darfst du das Tijuas-Gebiet nicht mehr verlassen?« Damian gibt Dilara einen Kuss auf die Wange und sie will ihm durch die Haare wuscheln, was er schnell verhindert, indem er sich zu Musa umwendet und ihn begrüßt.

»Ich möchte da gar nicht mehr weg.« Dilara lächelt, doch bevor Damian etwas erwidern kann, stellt sich ihr Vater zu ihnen und sieht sie alle der Reihe nach an.

»Eurer Mutter ist Nala sehr wichtig, benehmt euch einfach und versucht, sie nicht zu erschrecken. Mehr verlange ich nicht von euch.« Er sieht zu Damian, der die Hände hebt. »Mir ist das alles egal, ich halte mich eh fern von alldem, ich muss auch gleich los!« Dilara schüttelt den Kopf. »Du bist so unfreundlich, Damian. Ich werde mich um Nala kümmern, wir werden tolle Freundinnen werden und … es wird ganz toll werden.« Musa lacht leise auf und Damian und sein Vater sehen verwundert zu seiner hübschen Schwester, während Amalia den Kopf auf Damians Schultern legt und vor sich hinträumt.

»Wieso seht ihr mich so an? Musa hat mir gesagt, dass ich oft unfreundlich zu Menschen bin und ich werde ihm jetzt beweisen, dass das nicht so ist. Also wo bleibt diese Nala?« Ihr Vater sieht Dilara belustigt an. »Ich denke, es reicht, wenn du …« Die Tür geht auf und ihre Mutter kommt zusammen mit einer jungen Frau ins Haus.

»Hier ist mein Zuhause.« Man sieht der jungen Frau an, wie beeindruckt sie von alldem ist und auch Damian muss zweimal hinsehen, als er sie sieht. Er hat sich keine Gedanken darüber gemacht, wer da kommen könnte, es ist ihm egal, doch als er jetzt Nala richtig ansieht und sie sie entdeckt und ihnen zulächelt, ist auch er beeindruckt.

Sie ist sehr hübsch, sie hat lange blonde Locken und große grüne Augen. Sie trägt eine kurze Shorts und ein weites weißes Shirt darüber, auch wenn sie nicht geschminkt ist, fällt einem sofort das schöne Gesicht auf. Sie hat sehr feine Gesichtszüge, schöne Lippen, ist sehr schlank, hat aber trotzdem die richtigen Kurven, er hätte sich nicht so eine Schönheit unter dem Namen Nala vorgestellt.

»Hi, du musst Nala sein.« Dilara drängt sich an allen vorbei und umarmt Nala, die etwas überrumpelt ist. Ihre Mutter sieht sie fragend an, doch Musa und Damian zucken nur die Schultern. Dilara kann man nicht erklären. Auch ihr Vater tritt vor und begrüßt Nala, Damian bleibt in der Küche stehen. Musa stellt sich zu ihm.

»Das ist unsere Küche, wie gesagt, fühle dich hier wie zuhause. Das sind Damian und Dilaras Freund Musa, die kleine Maus, die bei ihrem Bruder schläft, ist Amalia.« Sie geben Nala die Hand, die sie etwas eingeschüchtert ansieht und sich dann weiter umsieht, Amalia ist wirklich auf seinen Armen eingeschlafen.

Seine Mutter lächelt und zeigt nach oben. »Wir haben den ganzen Flug geredet, du musst müde sein. Ich zeige dir dein Zimmer, dann kannst du dich erst einmal ausruhen. Warte, wir nehmen gleich mal was zu trinken mit rauf.«

Super, dann kann Damian gleich losgehen, er übergibt Amalia seinem Vater, der nun zu Musa und ihm zurück in die Küche kommt, Dilara schnappt sich die kleine Tasche, die Nala dabei hat. »Ist das alles, was du dabei hast? Das bedeutet, wir gehen shoppen, brauchst du ein Auto? Damian hat mehrere, du kannst dich jederzeit bedienen.« Damian will etwas sagen, doch sein Vater lacht leise und deutet ihm, es sein zu lassen.

Als ihre Mutter den Kühlschrank öffnet, geht Nala näher heran. »Hattet ihr gerade eine Feier? Der ist so … voll.« Seine Mutter sieht zu seinem Vater und fasst Nala leicht an die Schulter. »Nein, wir sind halt eine große Familie, wenn du etwas haben möchtest, bedien dich einfach.« Nala sieht sich wieder um. »Ich glaube, ich ruhe mich wirklich erst einmal aus.« Dilara ist schon bei den Treppen. »Und dann gehen wir shoppennnn!«

Melissa sieht verwundert zu ihnen und Musa lacht leise, Damian schüttelt den Kopf, sobald die Frauen oben sind. Nala wird sich an seine verrückte Familie gewöhnen müssen. Er wendet sich zum Gehen um. »Ich habe einen Termin!«

Er lässt seinen Vater und Musa zurück und geht zu Sanchez und Sami auf den Parkplatz, offenbar war Sami doch schon aufgestanden, beide sehen ihm entgegen. »Hast du jetzt die helle Shaki bei dir zuhause?« Die Ähnlichkeit ist Damian auch aufgefallen. »Lasst uns los, mir ist das egal, was die hier macht.« Sami setzt sich neben ihn auf den Beifahrersitz und setzt sich eine Sonnenrille auf. »Die hat geguckt, als kämen wir vom Mond, aber ich muss zugeben, eine kriminelle Shaki hat was, das kann lustig werden.«

Damian seufzt leise auf. Er hat das Gefühl, dass eine Menge Unruhe auf sie zukommen wird.

Kapitel 5

Nala hat lange nicht mehr so gut geschlafen, sie liegt in einem sehr weichen und gemütlichen Bett, eingehüllt in viele Kissen und Decken, so müssen sich Prinzessinnen fühlen. Sie möchte ihre Augen gar nicht öffnen, doch ihr Handy klingelt und will nicht aufhören. Nala nimmt das Gerät vom Nachttisch und sieht, dass sie aufstehen muss.

Gestern hat sie sich in ihrem Zimmer ausgeruht, alles verstaut und sich ein wenig eingewöhnt, dann hat sie mit Melissa, Rodriguez, seinem Bruder Paco, dessen Frau Bella und den beiden Kleinen, Amalia und Lando, im Garten gegrillt und gegessen. Es war sehr nett, Bella und Melissa haben sich die ganze Zeit mit Nala unterhalten, die Männer waren etwas zurückhaltender und sind auch irgendwann zu einem Termin aufgebrochen. Doch dafür, dass Nala sich im ersten Moment vor den vielen Männern hier ein wenig erschreckt hat, hat sie gestern doch gemerkt, dass sie sehr nett sind.

Sobald sie nach Sierra kamen, hat Nala die Männer der Familia, wie Melissa es nennt, überall bemerkt. Sie bewachen die Stadt und man erkennt sie. Sie sind auffälliger als andere Männer, präsenter, wachsamer, durchtrainierter, bewaffnet … man sieht es ihnen einfach an. Als sie dann auf das Grundstück gefahren sind, standen noch mehr dieser Männer herum. Es waren Melissas Neffen, beide sehr durchtrainiert, ein etwas dunklerer, der ein sehr freches Grinsen im Gesicht hatte und irgendetwas mit Shaki gemurmelt hat und ein größerer, der, auch wenn er ebenso durchtrainiert ist, etwas schlanker wirkte, doch nicht weniger gefährlich als all die Männer hier.

Nala hatte schon immer einen gewissen Respekt vor den Sicherheitsleuten in den Casinos, doch gegen die Männer hier sind die alle harmlose Milchbubis. Besonders als sie dann Rodriguez und Damian kennengelernt hat, musste sie schlucken. Beide sehen sich sehr ähnlich und beide haben eine gefährliche und mächtige Aura um sich herum. Melissa hat ihr erklärt, dass sie beide die Familias leiten, zusammen mit einigen anderen und das hat Nala auch am Abend bei Rodriguez' Bruder Paco gemerkt, all die Männer haben etwas sehr Mächtiges an sich. Besonders Damian strahlt das aus, doch nicht nur das mächtige, auch eine scharfe Gleichgültigkeit, Nala hat sich kaum getraut ihn anzusehen und war froh, dass er schnell gegangen ist.

Dilara hingegen scheint sehr nett zu sein, ihr Freund Musa war auch die ganze Zeit da, noch nie hat sie solche intensiv blauen Augen wie bei ihm gesehen. Es war ungewohnt, die beiden zu beobachten. Man spürt, dass Musa Dilara sehr liebt, er hat sie seine Eiskönigin genannt und wegen etwas aufgezogen, doch man hat keine Sekunde an den Gefühlen der beiden gezweifelt.

Nala war das alles sehr fremd, auch am Abend dieses Vertraute in der Familie, sie hat einfach nur zugehört, gelächelt und versucht, alle Fragen so ehrlich wie möglich zu beantworten. Sie wird diese Zeit hier schnell hinter sich bringen und dann zurück in ihr normales Leben kehren.

Deswegen ist sie auch froh, als sie Samuels Stimme erkennt. Der Empfang ist schlecht, er hat einen Anruf pro Tag im Gefängnis frei und hat sofort Nala angerufen. Er weiß, wo sie ist und sagt ihr, dass sie versuchen soll, so viel wie sie kann für ihn zu tun: Ihm einen besseren Anwalt und wenn sie kann, Geld für seine Kaution besorgen soll. Er fragt Nala nicht einmal, wie es ihr geht und denkt auch nicht daran, dass sie eigentlich stinksauer auf ihn ist.

Nur wegen seines blöden Planes und weil er das Geld verwettet hat, sind sie nun an diesem Punkt, doch Nala verspricht ihm, dass sie tun wird, was sie kann, dann ist die Verbindung unterbrochen und Nala steigt langsam aus dem Bett.

Der Anruf gerade hat ihr wieder klargemacht, dass, wie schön das alles hier auch sein mag, es nicht ihr Leben ist und sie sich darum kümmern muss, dass sie, wenn sie endlich achtzehn geworden ist, zurück in ihr altes Leben kann und bis dahin dafür gesorgt hat, dass Samuel dann auch wieder frei ist.

Nala will ins Bad, doch erst öffnet sie ihren Balkon und geht hinaus. Es ist warm, sie streckt sich und sieht auf die wunderschöne Landschaft Puerto Ricos, unter ihr ist der Garten der Familie mit riesigem Pool und vielen Liegen. Gestern haben Lando und Amalia im kleinen Babypool geplanscht und Nala wollte auch unbedingt ins Wasser, sie hat nichts gesagt, doch wenn sie mal alleine hier ist, möchte sie unbedingt in den Pool. Sie war immer nur in den überfüllten Schwimmbädern der Stadt, so ein eigener Pool im Garten ist schon etwas ganz Besonderes.

Nala geht duschen, die paar Kleidungsstücke, die sie hat, hat sie in dem riesigen Kleiderschrank verstaut, das sieht wirklich armselig aus, drei Oberteile hängen an den mindestens 50 Bügeln. Im Bad stehen schon viele neuverpackte Shampoos, Zahnbürsten, einige Kosmetikartikel und auch Haarbürsten herum.

Nala wäscht sich die Haare. Als sie aus der Dusche kommt, cremt sie sich mit einer der vielen Cremes ein, die wunderbar nach Vanille duftet, dann zieht sie sich eine schwarze Shorts und ein einfaches weißes Spaghettioberteil an. Nala hat ein paar Ballerinas und ein paar Flip-Flops, sie zieht sich die Flip-Flops über, damit niemand hier merkt, wie wenig sie wirklich besitzt. Nala lässt ihre Haare an der Luft trocknen, trägt sich Wimperntusche auf und ein wenig Rouge.

Sie soll heute zur Uni, um sich dort die ersten Vorlesungen anzuhören, und selbst einen Plan erstellen. Nala hätte nie gedacht, dass sie mal zur Uni gehen wird und hier kann sie einfach so hin, ohne Zeugnisse, ohne Empfehlung, ohne irgendetwas. Sie ist sehr gespannt, wie weit die Macht von Melissas Familie noch so reicht.

Sie schüttelt den Inhalt ihrer schwarzen Tasche aus, viel Müll ist darin, ihr Wohnungsschlüssel, den sie wohl nicht mehr brauchen wird, alte Kosmetika. Sie findet sogar ein Outfit zum Wechseln, falls ihr bei der Arbeit ein Missgeschick passiert. Nala legt ihr Portemonnaie mit fünf Dollar und ihren Ausweis, ihr Handy sowie die

Federtasche und den Block, den Melissa ihr hier auf den Schreibtisch hingelegt hat, in die Tasche und geht über den Flur zur Treppe, um in das Untergeschoss und in die Küche zu kommen.

»Guten Morgen. Ich wollte gerade nach dir sehen, aber es ist schön, dass du schon fertig bist. Also, freust du dich ein wenig auf die Uni?« Der Frühstückstisch ist gedeckt. Es gibt Pancakes, Brötchen, Croissants, Orangensaft, frisches Obst, Eier. So viel hat Nala nicht einmal in einem gesamten Monat zum Frühstück gegessen. Amalia sitzt auf ihrem Hochstuhl und quetscht einen Pancake in ihrer Hand.

Nala setzt sich und ist mit der großen Auswahl überfordert. »Morgen, danke für die ganzen Sachen im Bad. Wie komme ich gleich zur Uni, fährt hier ein Bus?« Melissa deutet ihr, sich etwas aufzutun und Nala greift dann doch richtig zu. Sie isst Pancakes mit Erdbeeren und Heidelbeeren, dann noch ein Croissant mit Marmelade und Melone, sie war am Morgen noch niemals so satt. Melissa sagt ihr, dass sie sie gleich fahren wird, sie hat einen Kinderarzttermin mit Amalia.

Gestern hat Nala zugegeben, dass sie bereits Auto fahren kann, einer der Männer ihrer Mutter hat es ihr gezeigt, sie ist eine ganze Weile mit seinem Auto herumgefahren, bis ihre Mutter den Kerl vor die Tür gesetzt hat, deswegen sagt Melissa auch, dass Nala sich eines der vielen Autos, die hier in der Einfahrt herumstehen, aussuchen darf, doch daran denkt sie nicht einmal. Sie kennt teure Autos und das sind alles teure Autos, sie hat nicht ein normales Auto gesehen und sie wird hier jetzt nicht auch noch Ärger machen, sonst wird das mit Samuels Befreiung nie etwas.

Melissa gibt ihr einen eingepackten Salat, Bananen und Müsliriegel mit, außerdem drückt sie ihr 100 Dollar in die Hand und sagt ihr, welche Restaurants um die Uni herum besonders empfehlenswert sind. Nala will das Geld nicht annehmen, sie ist froh, hier zu sein und nicht im Heim oder im Gefängnis, und sie wird diese Zeit und ihre Vorteile hier nutzen, doch sie wird diese Familie nicht ausnutzen, das hat sie nicht vor.

»Das ist nur etwas Essensgeld für die Uni, Nala, sieh es als kleine Wiedergutmachung für die vielen Geschenke, die ich dir als Patentante nicht machen konnte. Wir müssen los, hier hast du noch ein Handy. Dort sind alle wichtigen Telefonnummern drin, ruf mich einfach später an, wenn du abgeholt werden möchtest. Wir müssen los, kommst du?«

Für Nala ist das alles nicht leicht, so viele neue Eindrücke. Zum Glück ist das Anwesen noch sehr ruhig so früh am Morgen. Melissa fährt sie durch Sierra und zeigt ihr einiges. Sie kommen in einen Stau und Melissa kann Nala nicht mehr ganz bis in die Uni bringen, wie sie es vorhatte, doch Nala ist das sogar lieber so. Sie sagt, dass sie sich bei ihr melden wird, wenn etwas ist.

Als Nala dann alleine die Uni betritt, fühlt sie sich besser, mehr wie sie selbst, auf sich allein gestellt. Sie folgt den Schildern entlang zum Sekretariat, wo sie warten soll. Als dann der Leiter der Uni sie begrüßt und mit ihr ihren Vorlesungsplan und alles weitere durchgeht, weiß Nala, dass er das nicht bei jeder Studentin macht.

Sie verbringt eine ganze Weile bei ihm und ändert einige Vorlesungen. Sie beschließt, einen Grundkurs in amerikanischem Recht zu besuchen, es kann nichts schaden, sich mit dem Gesetzt besser auszukennen, auch was für Rechte sie wegen einer Wohnung hat und allem weiteren, Nala hat davon keine Ahnung. Sonst belässt sie die sozialen Vorlesungen und streicht zwei mathematische.

Als sie das Zimmer des Leiters der Uni wieder verlässt, bringt die Sekretärin sie direkt zu ihrem nächsten Kurs, der gerade angefangen hat. Natürlich hat sie alle Aufmerksamkeit auf sich, als sie vorgestellt wird. Sie spürt die missbilligenden Blicke der Frauen und die interessierten Blicke der Männer auf sich, es ist nichts Neues für Nala, sie geht nach oben und setzt sich in die hintere Reihe auf einen leeren Platz, eigentlich ist auch der Platz neben ihr frei, doch es dauert keine zwei Sekunden und ein junger Mann mit kurzen Haaren und Zahnstocher im Mund setzt sich zu ihr.

»Hallo du Schönheit, ich bin Jesarias. Nala, oder? Woher genau kommst du, Nala? So mitten im Semester?« Nala sieht weiter nach vorne, nachdem sie den Mann kurz gemustert hat. Sie erkennt eine kleine Narbe über Jesarias Nase, doch man sieht, dass er keiner der Männer aus den Familias um Melissas Familie herum ist. Sie sagt ihm nur leise, dass sie aus Las Vegas kommt und für eine Weile ihre Tante in Puerto Rico besucht und so lange hier zur Uni geht. Durch ihr gutes Spanisch stellt er das alles auch gar nicht weiter in Frage, sondern sieht nach, ob sie noch andere Kurse zusammen haben, was nicht der Fall ist.

Jesarias hat irgendwann seine Klappe gehalten, als Nala angefangen hat, sich Notizen zu machen. Auch dem Lehrer hat sie nicht viel mehr zugehört, doch von Jesarias zugetextet zu werden, war noch anstrengender. Als sie den Saal verlässt, um zur nächsten Vorlesung zu kommen, wird sie plötzlich so zur Seite gedrängt, dass sie mit ihrem Arm an der Wand entlangschleift. »Kannst du mal ein wenig Platz machen?« Drei Frauen mit langen schwarzen Haaren, engen Klamotten, viel Schminke im Gesicht und viel zu hohen Absätzen drängen sie zur Seite und töten sie dabei fast mit ihren Blicken.

Nala sieht ihnen wütend hinterher, sie sieht, dass ihr Arm ein wenig aufgeschürft ist und will ihnen gerade noch etwas hinterher-rufen, da taucht Jesarias neben ihr auf. »Darf ich vorstellen? Banu, die Königin der Uni, sie hat hier das Sagen unter den Frauen und offenbar mag sie dich nicht besonders.« Er deutet zu der Frau in der Mitte, die beim Laufen ihre Hüften am meisten kreisen lässt.

»Ich bin seit einer Stunde auf der Uni, wie kann man mich da schon nicht mögen?« Nala geht den Gang in der anderen Richtung hinunter und Jesarias läuft neben ihr. »Vielleicht liegt es daran, dass ihr hinreißender Exfreund dich gerne zum Essen einladen möchte, kommst du nach der nächsten Vorlesung in die Cafeteria? Ich war-te da auf dich!« Das war keine Frage, sondern eine Feststellung, Jesarias zwinkert ihr zu und verschwindet hinter einer Tür.

Nala grummelt leise einen kleinen Fluch vor sich hin, jedes Mal wenn sie sich vornimmt, nicht aufzufallen und einfach ein paar Tage ihre Füße still halten will, macht ihr Leben ihr einen Strich durch die Rechnung. Was soll's. Nala kennt es nichts anders, sie kann damit umgehen.

Auch in der nächsten Vorlesung setzt sie sich wieder nach hinten und dieses Mal setzen sich zwei Freunde zu ihr. Nala ist höflich zu ihnen, doch als dann ein Film angeschaltet wird, lehnt sie sich zurück und sieht sich das neue Handy an, das Melissa ihr gegeben hat.

Es ist ein ganz neues Modell, Nala hat ein ähnliches, das bei einem Freund von Samuel zufällig vom Laster gefallen war, wie ihr Freund es nett umschrieben hat. Also fällt es Nala nicht schwer, damit umzugehen. Sie sieht in den Kontakten viele Namen, die sie noch nie gehört hat. Melissa, Bella, Dilara, Damian kennt sie ja, doch da stehen auch Sanchez, Leandro und noch so einige Namen. Nala geht auf die Nachrichten-App, wo man Bilder zu den Kontakten sehen kann, da entdeckt sie, dass Melissa gestern noch allen eine Nachricht von Nalas Handy geschickt hat.

'Hier ist Nalas Nummer, speichert sie bitte ab.' Fast alle haben ihr einen Daumen hoch zurückgesendet, das bedeutet, sie alle haben nun auch Nalas Nummer. Nur einer nicht. Nur einer hat ihr ein augenverdrehendes Smiley gesendet, woraufhin Melissa gefragt hat, ob er zum Essen vorbeikommt.

Damian hat nicht mehr geantwortet, Nala sieht sich neugierig sein Bild an. Es zeigt ihn mit einem anderen Mann, beide tragen Anzüge und strahlen in die Kamera. Damian hat ein paar böse Kratzer im Gesicht, Nala hat ihn sich gestern gar nicht so genau angesehen, sie war viel zu aufgeregt und überrumpelt von allem Neuen. Nun sieht sie sich ihn genauer an.

Selbst auf dem Bild hat er eine unglaublich starke Ausstrahlung, er hat sehr dunkle Augen und dunkle Haare. Gestern hatte er einen leichten Dreitagebart, auf dem Bild ist er frisch rasiert. Er hat ein sehr hübsches Gesicht, schöne Gesichtszüge, lange Wimpern, es liegt eine Wärme in seinem schönen Gesicht und gleichzeitig solch eine Härte, dass es sie völlig durcheinander bringt.

'Man sollte seiner Mutter immer antworten' Sie sendet ein lächelndes Smiley dazu und schickt es an Damian. Dann sieht sie, dass Dilara ihr geschrieben hat, ob sie heute zusammen shoppen gehen wollen und Melissa, die fragt, ob alles in Ordnung ist. Nala antwortet beiden: Dilara, dass sie das gerne morgen oder an einem anderen Tag machen können, heute soll ja noch der Anwalt kommen. Melissa schreibt sie, dass alles gut ist und sie schon ein paar Leute kennengelernt hat, dann ist der Film zu Ende und der Professor entlässt sie zum Mittag.

Nala überquert den sonnigen Hof mit den beiden Jungs aus ihrem Kurs, da bleibt sie vor einem kleinen Schild stehen, mit dem Namen der Stadt Sierra darauf, sie nimmt ihr Handy und lächelt so in die Kamera, dass man den Namen der Stadt und sie sieht. Erst als sie sich das Bild ansieht, bemerkt sie, dass einer der jungen Männer sich mit darauf geschlichen hat und ein Peace-Zeichen in die Kamera macht, doch Nala gefällt das Bild trotzdem. Ihr Lächeln ist echt, sie sieht gut aus, man erkennt die Stadt, also stellt sie das Bild als Profilbild ein und lässt sich von den beiden zum Essen in die Cafeteria einladen.

Jesarias gesellt sich zu ihnen und Nala seufzt leise auf, sie sitzt umgeben von jungen Männern in der Mitte allen Geschehens und spürt die tödlichen Blicke der Frauen auf sich, willkommen in Nalas Welt. Morgen wird sie sich ein Restaurant draußen suchen. Sie sieht auf ihrem Plan, dass sie nur noch eine Vorlesung hat, da bekommt sie eine Nachricht von Damian.

'Ich habe nicht geantwortet, weil ich bereits vor der Haustür stand. Wie ich sehe, hast du dich schon gut eingelebt'

Das Profilbild, Nala geht noch einmal auf sein Bild und sieht sich dann um. 'Ich gebe mein Bestes!' Damian antwortet nicht mehr, Dilara schreibt ihr noch, dass sie später vorbeikommen wird. Nala sieht sich ihr Bild an, auch das von allen anderen und stellt fest, wie hübsch diese Familie ist, sie alle haben etwas ganz Besonderes an sich, sie sieht die Namen wie Leandro, Latizia und die Bilder dazu und versucht, sich alles ein wenig einzuprägen, doch sie bezweifelt, dass ihr das wirklich gelingen wird.

Nach der letzten Stunde sollte sie eigentlich Melissa anrufen, doch sie beschließt, ein wenig umherzulaufen und sich Sierra anzusehen. Immerhin wird sie hier eine ganze Weile bleiben. Jesarias begleitet sie noch ein Stück, sie laufen die Straßen entlang und er erzählt ihr vom Geschäft seines Vaters im Einkaufszentrum, also begleitet sie ihn dorthin. Sierra ist eine ungewöhnliche Stadt, sie hat einen ganz eigenen alten Charme und gleichzeitig ist vieles neu erbaut worden, dazu die Palmen und viele bunte Häuser. Nala kommt sich plötzlich so vor, wie mitten in einer Karibikwerbung, wie sie immer auf den riesigen Werbetafeln in Las Vegas gezeigt werden.

Jesarias muss arbeiten, deswegen schlendert Nala herum. Sie findet in einem Geschäft ein günstiges aber sehr schönes leichtes, weißes Sommerkleid mit ein wenig Spitze dran. Nala kauft es sich und noch ein Eis. Vor dem Einkaufszentrum ist eine Bushaltestelle und der Bus, den Nala heute Morgen nur zwei Straßen von dem Anwesen von Melissas Familie entfernt hat stehen sehen, fährt hier, also steigt sie ein und sieht sich Sierra weiter an, bis sie zwei Straßen vor dem Haus, in dem sie zur Zeit lebt, wieder aussteigt.

Schon als sie aussteigt, erkennt sie bewaffnete Männer, die sie mustern, einer sagt was zu dem anderen und sie lassen Nala vorbeigehen, ohne etwas zu sagen. Als sie in die Einfahrt der vielen Häuser, die hier stehen, kommt, steigt gerade Rodriguez mit einem anderen Mann aus einem Auto.

Überrascht sieht er Nala an, er begrüßt sie freundlich und stellt den Mann neben ihm als Hernandez vor. In dem Augenblick kommt Melissa mit Dilara aus dem Haus, noch ein Wagen hält und Damian, Leandro und der dunkle Mann von gestern steigen aus, wenn Nala sich nicht täuscht, ist es Sanchez. Leandro konnte sie sich nur merken, da er mit seinen grünen Augen aus allen ein wenig mehr heraussticht, genau wie Sami, der blaue Augen hat.

»Hey, warum hast du nicht angerufen? Ich hätte dich abgeholt, wie bist du hergekommen?« Melissa sieht sie genauso verwundert wie Rodriguez an. Nala nickt den jungen Männern zu, die nun auch zu ihnen kommen. »Ich war noch ein wenig in dem Einkaufszentrum und habe dann den Bus genommen. Ich kann damit auch direkt zur Uni fahren, dann mache ich niemandem hier Umstände.« Sanchez sieht sie fragend an. »Hier fährt ein Bus?«

Nala weiß natürlich, dass alle hier anders aufgewachsen sind als sie, doch dass sie so verwöhnt sind, hätte sie auch nicht gedacht. »Nicht, dass dir im Bus noch etwas passiert, du bist sehr auffällig hier ...« Leandro lächelt freundlich, doch Nala weiß nicht, ob das so harmlos gemeint war. »Keine Sorge, ich habe einen Freund und kein Interesse daran, hier jemanden kennenzulernen.«

Dilara sieht auf die Tüte, in der sich das Kleid befindet. »Oh, ich dachte, wir gehen zusammen shoppen.« Nala kann mit all der Fürsorge und all dem Interesse kaum umgehen. »Ich habe nur ein Kleid gesehen und ...« Rodriguez lacht leise und Nala spürt die Blicke von Damian, Leandro und Sanchez auf sich. »Lasst sie atmen. Sie ist schon eine ganze Weile völlig alleine klargekommen. Sie spricht perfekt Spanisch und ist nicht auf den Mund gefallen, sie kommt schon klar.«

Damian deutet auf ihren Arm, der ja wegen vorhin noch ein wenig gerötet und aufgekratzt ist. »Sie kommt ganz hervorragend klar.« Melissa greift danach, doch Nala lächelt nur und schüttelt den Kopf, sie ist all das nicht gewöhnt. »Ich habe nicht aufgepasst, es tut nicht weh. Mir geht es wirklich gut!«

Wenigstens Rodriguez scheint sie zu verstehen, nun lächelt Melissa und deutet nach drinnen. »Na gut, aber wenn etwas ist, sagst du sofort Bescheid. Der Anwalt ist gerade gekommen.« Nalas Herz schlägt sofort schneller, sie hört, wie Damian seinem Vater sagt, dass er mit ihm, Paco und den anderen reden muss, somit gehen nur Dilara, Melissa und sie zurück ins Haus. Amalia scheint nicht da zu sein. Sie begrüßt den Anwalt, der aussieht, als käme er direkt aus der Anwaltsserie, die sich ihre Mutter immer so gerne angesehen hat.

Sie prüfen nur einige Daten, da kommt er auch schon zum Punkt: Er möchte, dass Nala ihm alles genau erzählt, was sie auch bereitwillig tut. Sie ist absolut ehrlich, erzählt ihm von dem Geld, das Samuel verspielt hat, wie er ihr von seinen Plänen erzählt hat und es da schon zu spät war.

Dilara und ihre Mutter hören leise zu, der Anwalt macht ihr klar, dass sie gute Chancen hat, ohne Strafe davonzukommen, wenn sie einfach nur die Wahrheit sagt. Für Samuel aber sieht es nicht gut aus, er wird mit dem Staatsanwalt sprechen und nächste Woche wiederkommen, um sie auf die erste Anhörung vorzubereiten, bei der wahrscheinlich nur die Höhe einer möglichen Kaution für Samuel bekanntgegeben wird.

Für ihn und auch für Melissa und Dilara scheint schon alles klar zu sein, da räuspert sich Nala leise. »Ich werde nicht gegen Samuel aussagen!« Der Anwalt stoppt in seiner Bewegung und sieht zu Nala, die erst jetzt bemerkt, dass Rodriguez, Damian und Leandro hinter ihnen stehen. »Das musst du, du kannst nichts dafür, was passiert ist. Dein Freund hat dein Vertrauen missbraucht, um seinen Plan zu machen und dir erst davon erzählt, als es zu spät war. Wenn du nicht aussagst, kann es sein, dass auch du ins Gefängnis musst, das Gericht wird glauben, dass du ihm die Passwörter und Codes gesagt hast, damit er das alles machen kann, du musst sagen, dass du davon nichts wusstest.«

Nala schüttelt leicht den Kopf. »Nein! Ich werde nicht gegen ihn aussagen. Wie hoch wird die Kaution für Samuel ausfallen?« Sie spürt die Blicke aller auf sich, doch es ist ihr egal. Unbeirrt sieht sie den Anwalt an, sie kann sich gerne hier anpassen, doch sie wird Samuel nicht in den Rücken fallen.

Kapitel 6

Eigentlich hätte Nala damit gerechnet, dass Melissa sie wegen der Aussagen beim Anwalt noch eine Weile bearbeiten wird, doch das tut sie nicht. Der Anwalt sagt, dass er die genaue Grundlage bei Samuel nicht kennt und beim nächsten Mal mehr dazu sagen kann. Nala soll sich über alles noch einmal richtig Gedanken machen, es geht um ihre Zukunft, doch für Nala steht fest, dass sie Samuel nicht im Stich lassen wird.

Melissa sagt ihr dazu nur, dass sie sich das gut überlegen soll und sie darüber noch einmal sprechen werden, fürs Erste lässt sie sie aber in Ruhe. Den Rest des Tages hat Nala dann im Garten mit Dilara, Melissa und Amalia verbracht, die bei ihrem Onkel nebenan war. Auch der nächste Tag verlief nicht anders, in der Uni scheint sie die neue Hauptattraktion zu sein, ständig stellt sich ihr jemand vor, bietet ihr Hilfe an, lädt sie zum Essen ein, nur die Mädchen meiden sie, töten sie mit Blicken, und hätte sie es nicht geahnt und aufgepasst, wäre sie sogar über die Füße von Banu gestolpert, aber natürlich nur ganz aus Versehen. Nala beeindruckt das nicht, sie hat schon einiges in ihrem Leben ausgehalten, sie wird sich von solchen Kleinigkeiten nicht beeindrucken lassen.

Sie versucht, sich in der Uni zu konzentrieren, doch es ist eine Weile her und es fällt ihr gar nicht so leicht wie sie dachte. Rodriguez hat sie am Morgen zur Uni gebracht, da er einen Termin hatte. Nala überlegt beim Verlassen der Uni, ob sie heute Melissa anrufen oder wieder den Bus nehmen soll, da sieht sie Damian und einen anderen Mann vor der Uni. Jesarias neben ihr stockt, als sie leise aufseufzt und sich verabschiedet, deswegen geht Nala alleine zu den beiden, die auf sie zu warten scheinen.

»Ich hätte auch den Bus nehmen können.« Damian und der andere Mann fallen hier zwischen all den anderen jungen Männern sofort auf. Sie sehen viel markanter, reifer aus, obwohl sie genau in deren Alter sind. Der Mann neben Damian hat kleine schwarze Locken und große dunkle Augen, die sie freundlich anstrahlen. Er gibt ihr die

Hand und stellt sich als Kasim, Damians Freund, vor. Damian hingegen sieht Nala unbeeindruckt an. Während alle aus der Familie überfreundlich zu ihr sind, ist er völlig … gleichgültig.

Eine hübsche Frau mit einem dicken Zopf und engem Kleid läuft an ihnen vorbei zu ihrem Auto und zwinkert Damian zu. »Hallo Damian, hast du dich verlaufen?«

Damian bewegt sich zum Auto, er trägt eine schwarze Sportshorts, die ihm bis zu den Knien geht und ein schwarzes Shirt, das bei seinen Muskeln etwas enger anliegt, nicht zu eng, doch man kann genau die definierten Muskeln seines Körpers und vor allem seiner Oberarme sehen. Trez Surentos steht auf einem seiner Arme, auf dem anderen ist ein Kreuz mit einem Datum drauf. Nala kann es nicht genau erkennen, sie möchte auch nicht starren. Damian ist ein sehr hübscher Mann und das weiß er auch, aber auch die anderen Frauen wissen das, da muss sie seinem Ego nicht noch einen Kick geben.

Aber sie sieht auch die Waffen, die Kasim und Damian beide offen tragen, Damian im Hosenbund, Kasim in einer Sweatjacke, die er heute anhat. Damian hält Nala die Beifahrertür auf und deutet ihr einzusteigen. »Scheint so, lange nicht gesehen, Mina.« Die Frau lächelt und steigt ins Auto. »Melde dich später mal, wenn du Zeit hast, würde mich freuen.«

Nala steigt ein und gleich danach auch Damian und Kasim. Sie will es nicht, doch sie kann nicht anders. Sie hat solche Autos schon oft gesehen, doch noch nie saß sie in solch einem Luxusauto wie in diesem grauen, in dem sie nun neben Damian sitzt. Sie streicht vorsichtig über das weiche schwarze Leder, sieht auf die vielen Knöpfe und das edle Holz und dann in Damians dunkle Augen, die sie ein wenig belustigt beobachten.

»Eigentlich sollte ich mit dir ein Auto kaufen gehen, doch ich habe einen Anruf bekommen und kann heute nicht. Ich bringe dich zu Dilara.« Er zieht die Waffe aus seinem Hosenbund, um bequemer sitzen zu können und legt sie auf die Mittelkonsole zwischen ihnen, dann startet er sofort den Motor. Nala sieht ihn weiter an, dabei schiebt sie aber die Mündung der Pistole mit ihrem Finger vorsichtig in eine andere Richtung. »Ich möchte hier nur die Monate bis zu meiner Volljährigkeit verbringen, ich stelle gar nicht viele Fragen, doch ich möchte die Zeit schon überleben, also bitte ... in eine andere Richtung.« Sie hört Kasim hinten leise auflachen, sieht aber, dass er gleichzeitig auf seinem Handy etwas eintippt.

Damian sieht sie nur einen kurzen Augenblick an, dann wendet er sich wieder der Straße zu. Er hat wirklich schöne Augen, dunkel und gefährlich, doch sie sind fein geschwungen und mit langen Wimpern, das passt gar nicht wirklich zu der Härte, die sie ausstrahlen. »Wieso eigentlich ein neues Auto? Ich habe doch gesagt, dass ich den Bus nehmen kann ...«

Damian unterbricht sie. »Meine Mutter möchte das nicht und du traust dich nicht, eines unserer Autos zu fahren, deswegen kaufen wir dir ein neues. Etwas Kleines, Schnelles, nichts Großartiges.« Nala beugt sich ein wenig zu ihm hinüber, er irritiert sie. »Und das soll mir dann ein besseres Gefühl geben, kein teures Luxusauto zu Schrott zu fahren, sondern einen Neuwagen? Keine gute Option.« Damian hält an einer Ampel und sieht ihr in die Augen, dabei werden sie etwas schmaler. »Es ist deine einzige Option!« Mit dieser Aussage irritiert er Nala nun komplett und sie weiß einen Augenblick nichts zu antworten und das kommt wirklich äußerst selten vor.

Etwas in Damians Hosentasche piept, Nala und Damian unterbrechen den Augenkontakt und Nala sieht aus dem Fenster. Was soll das heißen, einzige Option? Sie hat ja wohl noch andere. Wenigstens meldet sich nun Kasim von hinten mal zu Wort. »Ich wette, das ist Mina. Sie ist schon immer so scharf auf dich gewesen. Kennst du sie, Nala?« Nala sieht weiter aus dem Fenster. »Oh, die Frauen auf der Uni gehen mir aus dem Weg.« Sie dreht sich nicht zu Kasim um, doch sie hört sein Lächeln. »Das ist, weil du zu hübsch bist. Du bist Konkurenz für sie und du fällst hier sehr auf. Eine helle Shaki. Ich wette, die Männer können sich kaum mehr konzentrieren.«

Nun dreht sich Nala doch um und muss lachen, der hat sie wirklich nicht mehr alle. »Ich bin nicht Shaki in hell und es ist mir egal, was die Männer machen, ich habe einen Freund!« Damian hält vor einer kleinen Boutique, der von Dilara. Kasim zwinkert ihr nur zu. »Du bist in Puerto Rico, da kann sich einiges ändern.« Nala legt den Kopf ein wenig schief und sieht ihn an, sie mag Kasim. Damian ist einfach nur gleichgültig, aber Kasim hat einen Humor, den sie mag. »Bei mir wird Puerto Rico gar nichts ändern, mein Lieber.«

Sie öffnet die Tür und steigt aus, dabei murmelt sie eine schnelle Verabschiedung, Kasim steigt ebenfalls aus und wechselt auf ihren Platz, dabei grinst er noch immer frech. »Glaub mir, helle Shaki: Puerto Rico ändert jeden.«

Dilara kommt aus dem Laden und lehnt sich gegen die Tür. Sie winkt den beiden Männern im Auto zu, bevor Damian Gas gibt und sie weg sind. Sie lächelt über Nalas verwirrten Gesichtsausdruck, legt den Arm um sie und bringt sie in den Laden. »Glaub mir, man muss sich an sie gewöhnen, doch im Grunde sind sie alle sehr lieb. Halte dich erstmal an uns Frauen, wir sind normal. Oder?« Im Laden sitzen drei weitere hübsche Frauen, die ihr von Dilara als Latizia, Dania und Celestine vorgestellt werden. Nala ahnt, dass auch die nächsten Stunden sehr verwirrend für sie sein werden.

Und das sind sie dann auch, nicht unbedingt im negativen Sinn, doch Nala kennt das alles nicht. Mit so vielen Menschen zusammen zu sein, die Interesse an einem haben, vor allem so viel mit anderen Frauen zu machen, Nala hatte nie viele Freundinnen. Mädchen waren immer eher eifersüchtig auf sie und sie hat lieber mit Jungen herumgehangen.

Dilara hat eine tolle Boutique, Nala hat nicht verstanden, wieso sie überhaupt shoppen gehen wollte, aber Dilara hat gesagt, dass sie sich hin und wieder bei der Konkurrenz umsehen muss. Doch Nala hat bei Dilara schon vier neue Oberteile, zwei Hosen, einen Rock und ein Kleid gefunden, ein wenig Schmuck und zwei Paar neue Schuhe. Sie hat einfach nur mal anprobiert, was ihr gefällt und Dilara hat alles gleich in Taschen verstaut und mit zum Auto genommen. Nala weiß gar nicht, wie sie all das bezahlen sollte, doch offenbar muss sie das gar nicht.

Sie fahren zusammen zum Einkaufszentrum, Dilara ist von allen am lautesten und redet am meisten. Dania und Celestine sind ein wenig ruhiger, doch als sie sich erst in ein Restaurant setzen und zusammen essen, schmilzt das Eis zwischen ihnen, und Nala merkt, wie nett und herzlich sie alle sind.

Nala erzählt von sich, sie hat kein Problem damit, von ihrem Leben zu erzählen, auch wenn es nicht schön ist, doch es ist ihr Leben und Nala hat sich damit abgefunden. Nala beginnt, die Zeit mit den dreien zu genießen.

Als sie sich dann alle die Nägel machen gehen, hat sie sogar ein wenig Spaß. Celestine erzählt von den Anfängen ihrer Liebe mit Sanchez und sie fragen Nala über Samuel aus, doch als Dania dann auch ein wenig von Leandro erzählt, merkt Nala schnell, dass sie nicht so eine aufregende Liebesgeschichte zu erzählen hat.

Nala könnte fast ein wenig neidisch werden, die Männer rufen die Frauen immer mal wieder an oder schreiben und wenn man sie mit ihren Freunden reden hört, merkt man, wie liebevoll sie miteinander umgehen, was Nala aber auch nicht verwundert, wenn man solche Geschichten hinter sich hat, schweißt einen das sicherlich auf ganz besondere Art zusammen.

Nala lässt sich ganz natürliche French Nails machen, sie hat so etwas noch nie genossen und kann gar nicht aufhören, auf ihre Nägel zu sehen, als sie danach noch in einige Boutiquen gehen. Dilara erklärt, dass sich Nala aussuchen kann, was sie möchte, Melissa besteht darauf, sonst geht sie noch einmal mit ihr zusammen. Nala sucht sich zwei Bikinis aus und verrät Dilara dabei, dass sie unbedingt mal in den Pool möchte, dann entscheidet sie sich noch für ein enges Kleid und eine Shorts mit Bolero Top, dabei bleibt es aber erst einmal, sie kaufen noch einige Kosmetiksachen und Dinge, die Nala für die Uni braucht, dann besorgen sie Nala noch ein Taschenset von unglaublich teuren Luxustaschen.

Nala kennt sie nur gefälscht bei den Händlern an den Ständen in den Straßen, nun hat sie die echten und nicht nur eine, sie hat mehrere in verschiedenen Größen, eine kann sie auch als Tasche für die Uni nehmen, so groß ist sie. Als sie zurück zum Anwesen der Surenas fahren, wie Latizia ihr es genau erklärt, wird Nala immer neugieriger, was es mit all dem so wirklich auf sich hat.

Sie gehen zusammen ins Haus von Melissa und Rodriguez, die auch da sind, doch als sich Dilara, Latizia, Dania, Celestine und Nala umziehen, um am Pool zu liegen und ein wenig zu schwimmen, sagen sie, dass sie bei Bella drüben zu Abend essen und verlassen das Haus, sodass sie ganz unter sich sind.

Sie haben Obstteller am Pool stehen und Getränke, Latizia und Dilara erzählen Nala, was genau es mit den Familias auf sich hat, wie verfeindet sie alle waren, von der Liebe zwischen Bella und Paco, die all das geändert hat und auch von der Liebe zwischen Adán und Latizia, die sie auch noch einmal hat wachsen lassen.

Nala ist hin- und hergerissen, sie weiß nicht, ob sie fasziniert oder schockiert sein soll. Es ist so fremd, so ungewohnt, doch gleichzeitig schön und allein die Vorstellung, dass es solch eine tiefe Liebe geben kann, lässt Nala eine Gänsehaut bekommen.

Sie alle gehen in den Pool, und auch, wenn für Nala das alles etwas zu viel ist und sie sich nur langsam daran gewöhnen kann, genießt sie diese Stunden doch sehr. Irgendwann stehen plötzlich Damian und Sanchez in der Terrassentür und bringen ihnen zwei Pfannen mit Reis, sowie Fisch und Brot. Sanchez küsst Celestine liebevoll und Nala sieht verschämt weg, sie spürt Damians Blick auf sich, doch als sie zu ihm blickt, wirkt er wieder völlig unbeteiligt und emotionslos.

Er stellt das Essen ab, küsst seine Cousine Latizia auf die Wange, da er sie offenbar eine Weile nicht gesehen hat und dann verabschieden sich die beiden wieder so schnell, wie sie gekommen sind, sie aber genießen das leckere Essen und bleiben noch eine ganze Weile im Garten, bis Nala sich irgendwann müde zurückzieht.

Nala ist sich sicher, dass ihr die Zeit hier zu überbrücken leicht fallen wird, am nächsten Morgen wird sie wieder von Samuel geweckt, der sie genervt fragt, wie weit sie ist. Sie erzählt ihm von dem kurzen Treffen mit dem Anwalt, dann sagt Samuel ihr, dass sie mit dem Anwalt sprechen soll, wie sie die Kaution für ihn herunterdrücken können. Er sagt, dass er von Clubs in Puerto Rico gehört hat, wo Frauen sehr schnell an sehr viel Geld kommen können, Nala soll sich danach umhören und versuchen, Geld für die Kaution aufzutreiben.

Als die Verbindung getrennt wird, macht sich Nala für die Uni fertig und grübelt über Samuels Worte nach, wie soll sie so viel Geld zusammenbekommen? Sie wird sicherlich nicht in solch einem Club arbeiten. Die Kaution wird nicht wenig sein, vielleicht kann sie Melissa fragen, wie sie hier schnell an Geld kommen kann.

Sie zieht ein rotes Sommerkleid an, bindet sich einen Zopf und geht ungeschminkt zur Uni. Melissa fährt sie wieder zur Uni hin, Nala wäre mit dem Bus gefahren, doch Melissa bestand darauf, sie zu fahren. Sie soll sich unbedingt mit Damian oder Rodriguez um ein Auto kümmern, doch beide haben wohl gerade viel zu tun.

In der Uni spürt sie sofort, dass etwas nicht stimmt, die ersten Tage waren die Männer kaum von ihrer Seite zu bekommen, immer wieder wurde sie angesprochen, während die Frauen sie komplett gemieden haben, heute gehen ihr alle Männer aus dem Weg, selbst Jesarias setzt sich nicht zu ihr. Nala ist es egal, als die Frauen ihr dann aber alle zulächeln, zwei sie sogar fragen, ob sie zusammen essen wollen und sich plötzlich Banu ihr in den Weg stellt, ahnt sie, dass etwas nicht stimmt.

»Nala, stimmt's?« Nala muss zum nächsten Kurs und will an Banu vorbei. »Richtig.« Banu aber geht einen Schritt zur Seite und versperrt ihr so wieder den Weg. »Wir haben doch den Grundkurs im Recht zusammen und haben über das Wochenende die Aufgabe, zehn Gesetze rauszusuchen, die unserer Meinung nach völlig überflüssig sind, wollen wir das zusammen machen?«

Nala spürt selbst, dass sie den Kopf ein wenig schräg legt und Banu in ihr hübsches Gesicht starrt. »Ähm, ich habe das schon erledigt.« Banu lächelt. »Okay, dann das nächste Mal. Was machst du nach der Uni?« Nala sieht sich um, verarscht sie sie gerade? »Ich bin verabredet, ich muss los, mein Kurs fängt an.« Nala sieht zu, dass sie schnell da wegkommt und auch im nächsten Kurs bildet sie sich ein, dass alle Frauen ihr nett zulächeln.

Sie muss sich das einbilden, doch als am nächsten Tag immer noch alles so merkwürdig bleibt und Banu ihr sogar einen Platz an ihrem Tisch freigehalten hat, den Nala nicht angenommen hat, weil sie da bereits gegessen hatte, setzt sie sich im letzten Kurs der Woche direkt zu Jesarias. Mittlerweile dröhnt ihr Kopf, jede zweite Frau hat sie heute angesprochen, hat sie wegen irgendetwas ausgefragt. Nala ist das alles zu viel.

»Was ist hier los? Was hat sich geändert?« Jesarias sieht sich um, als sich Nala zu ihm setzt und richtet sich ein wenig auf, um einen kleinen Abstand zu schaffen, sonst konnte er ihr nicht nah genug sein. »Was soll sich geändert haben?« Nala zeigt um sich herum. »Kein Mann redet mehr mit mir und die Frauen wollen plötzlich alle meine besten Freundinnen sein.«

Jesarias lacht leise. »Na wir haben erfahren, dass du zur Familia gehörst, das ist normal.« Nala sieht ihn verwundert an. »Zur Familia? Du meinst zu den Surenas? Meine Patentante, aber ich doch nicht.« Jesarias lehnt sich ein wenig zurück. »Du lebst bei ihnen?« Sie nickt. »Dich haben schon welche von der Uni abgeholt?« Sie nickt wieder. »Dann wird sich kein Mann, der nicht lebensmüde ist, an dich herantrauen ...« Nala schüttelt den Kopf. »Von mir aus, ich habe einen Freund, aber was wollen die Frauen von mir?«

Jesarias sieht sich im Raum um. »Jede Frau hier würde alles dafür tun, zu der Familia zu gehören, etwas mit einem der Männer da anzufangen und nun haben sie die Chance, über dich an sie heranzukommen.« Ahhh, langsam versteht Nala und sieht nach vorne. »Haben sie nicht!«

Sie erzählt Jesarias ein wenig davon, wie es dazu gekommen ist, warum sie momentan hier lebt. Als sie aus der Uni kommt, steht Dilara da, wunderschön wie immer und mit vielen Plänen für das Wochenende. Sie nimmt Nala mit in die Boutique und versucht, mit ihr das Wochenende durchzuplanen, ihr Kopf beginnt immer mehr zu rauchen. Um sich abzulenken, probiert sie ein paar Kleider an und behält ein enges schwarzes gleich an.

Das Kleid geht ihr bis zu den Knien und hat einen Herzausschnitt und keine Ärmel, es hat eine leichte goldene Borte. Nala nimmt sich lange goldene Ohrringe, mehrere runde goldene Armreifen und schminkt sich, während Dilara die Boutique schließt. Nala mag Dilara mittlerweile, aber sie kann es momentan nicht mehr ertragen, dass alle auf sie einreden und jeder etwas von ihr möchte, sie ist so viel Menschenkontakt nicht gewohnt. Zumindest nicht, wenn diese Menschen sich auch mit ihr beschäftigen, das kennt sie kaum.

Dilara stellt ihr goldene Pumps hin und Nala sieht sich zufrieden im Spiegel an. Sie sieht sexy aus, sehr heiß, sie hat ihre Augen stark betont und lässt ihre Locken frei. »Wild und sexy, du hast Ähnlichkeiten mit ...« Nala lacht leise und nimmt sich ihre Tasche. »Sag es bloß nicht!«

Dilara setzt Nala auf dem Anwesen ab, sie ist mit Musa verabredet, morgen wollen sie aber einen DVD-Abend machen. Nala sagt ihr, dass sie etwas allein unternehmen möchte heute Abend und Dilara erklärt ihr gleich, dass das sicherlich keiner zulassen wird. Hier in Puerto Rico und da sie nun bei der Familia ist, ist das nicht so leicht. Nala muss raus, unbedingt, sie muss einen freien Kopf bekommen und sich ein wenig von allem ablenken, einfach für sich sein.

Dilara fährt direkt weiter, Nala geht erst einmal zu Melissa ins Haus, wo sie fast in Damian hineinläuft, der offenbar nur schnell eine Tüte abgegeben hat und gerade wieder gehen wollte. Er trägt eine hellblaue Jeans und ein weißes Shirt, so einfach und doch sieht er sehr gut aus, sexy, Nala versteht, dass die Frauen versuchen, an diese Männer heranzukommen, doch bitte nicht über sie. Er bemerkt sie ja kaum.

Damian sieht sie von oben bis unten an und Nala lächelt, dann nickt er nur unbeteiligt und will weiter.

»Wow, du siehst sehr hübsch aus, Nala, hast du Pläne mit Dilara und den anderen?« Nala stellt ihre Tasche ab, nimmt ihr Portemonnaie und ihr Handy heraus und legt es in die kleine Tasche, die hier seit gestern an der Garderobe im Flur hängt. »Nein, morgen machen wir etwas zusammen, heute wollte ich einfach alleine ein bisschen das Nachtleben in Sierra auskundschaften. Kann ich einen Schlüssel haben ...?« Man sieht Melissa sofort an, dass sie das nicht gut findet. »Das ist hier nicht so einfach, weißt du. Ich verstehe ja, dass du ausgehen möchtest, doch ... du solltest zumindest nicht alleine unterwegs sein.«

Nala kann jetzt niemanden ertragen, der etwas über sie erfahren möchte, der viel zu nett zu ihr ist und der ständig präsent ist. Den Abend aber hier mit Melissa und Gesprächen über ihre Mutter zu verbringen, möchte Nala auch auf keinen Fall. Ihr Blick gleitet blitz-schnell zu Damian, der gerade aus der Tür will und noch einmal die Hand hebt. »Wohin gehst du denn jetzt?« Er stockt und dreht sich zu Nala und seiner Mutter um. »Ich fahre in eine Cocktailbar, dort war-ten ein Geschäftspartner und zwei meiner Cousins, ich bin auch schon zu spät dran, also ...«

Perfekt, Damian ist perfekt, er spricht kaum mit ihr, will nichts wissen, hat an nichts Interesse, die perfekte Abendbegleitung. »Kann ich nicht mitkommen? Ich lasse euch auch absolut in Ruhe, ich will mich nur ein wenig in Ruhe an einen Tisch setzen, ganz weit weg von euch und ein bisschen unter Leuten sein, versprochen, ich störe euch nicht.« Damian sieht zu seiner Mutter, Nala sieht nicht, was sie für ein Gesicht macht, doch er zuckt die Schultern und sieht wieder zu Nala. »Von mir aus.«

Keine Minute später lehnt sich Nala in das gemütliche Leder eines schwarzen Maserati, sie kennt das Auto nur, weil es Samuels großer Traum ist, einmal in einem zu sitzen. Nala öffnet das Fenster, wäh-rend Damian durch die Straßen fährt, leise Musik wird gespielt, der Wind bläst ihr ins Gesicht und eine angenehme Stille legt sich über ihren Körper. Sie schließt die Augen, genießt den Wind und wendet ihr Gesicht zu Damian. »Danke!«

Sie öffnet ihre Augen wieder, einen Moment sieht sie ihn an, direkt in seine Augen, wie dunkel und geheimnisvoll sie sind, doch dann blickt Damian wieder auf die Straße und Nala schließt die Augen erneut.

Das wird sicherlich ein sehr entspannter Abend.

Kapitel 7

Nala hat nicht gefragt, wo dieses Treffen stattfindet. Sie verlassen Sierra und fahren eine ganze Weile bergauf und bergab, am Meer vorbei und dann wieder in eine größere Stadt hinein. Damian ist sehr ruhig, was Nala als angenehm empfindet. Irgendwann klingelt sein Handy und er nimmt über das Display des Autos ab, sodass Nala zuhören kann. Es ist sein Cousin Leandro, der nachfragt, ob er auch noch zu dem Treffen kommen soll, doch Damian sagt ihm, dass sie das auch so hinbekommen werden.

Sie halten vor einem großen Lokal, draußen sitzen einige Leute in gemütlichen Loungesesseln und rauchen Shishas, vielleicht sollte Nala das mal probieren, doch als sie aussteigen, bleibt Damian dicht neben ihr und führt sie erst einmal in das Lokal. Nala spürt sofort viele Blicke auf sich. Sie bemerkt, wie lüstern einige Männer sie ansehen und wie ehrfürchtig sie zu Damian blicken. Nala tritt noch enger zu Damian. »Alle starren uns an!« Ein leises Lachen, er hält ihr die Tür auf und als sie stockt bei der lauten Musik, der stickigen Luft und den vielen neugierigen Blicken auf sich, spürt sie seine Hand im Rücken.

»Du wolltest doch mitkommen, keine Sorge, du bist mit mir hier. Es passiert nichts.« Nala entdeckt eine Bar, an der einige Männer sitzen, Frauen tanzen lasziv an den Seiten, Fernseher hängen herum, man sieht die Bilder, doch der Ton wird von lauter Musik überdeckt. Nala mag das, sie hat früher schon immer gerne an Bars gesessen und diese Atmosphäre auf sich wirken lassen.

»Ich setze mich an die Bar und ...« Damian führt sie zu einem Tisch, an dem mehrere Männer sitzen. Zwei davon kennt Nala bereits, es sind Sami und PJ. Die anderen Männer hat sie noch nie gesehen, doch alle sehen verwundert zu ihr, auch Sami und PJ. Damian begrüßt die Männer nur kurz und sagt, dass er gleich kommt, dann bringt er Nala zu der Bar. Von der Sitzecke aus, wo seine Geschäftspartner sitzen, kann er auf die Bar blicken, doch Nala ist sich sicher, dass er sie in Ruhe lassen wird, deswegen hat sie ja auch beschlossen, mit ihm zu fahren.

Erst als sie an der Bar sind, nimmt Damian seine Hand von ihrem Rücken und die Stelle fühlt sich plötzlich so kalt an. »Sie gehört zu uns, gib ihr, was sie möchte.« Der Barkeeper nickt und Damian beugt sich zu ihr hinunter. Auch mit den Pumps ist Nala immer noch einen Kopf kleiner als er. »Wenn etwas ist, wir sind da drüben.« Nala nickt nur, doch ist mit ihren Gedanken schon wieder ganz woanders, sie achtet deswegen auch nicht mehr auf ihn, setzt sich an die Bar, nimmt sich eine Handvoll Erdnüsse und sieht zu einem Boxkampf, der dort übertragen wird.

Irgendwie hat es etwas, das mit der lauten Musik anzusehen, die hier gespielt wird. Es setzten sich vier junge Männer neben sie, die sich Bier bestellen und den Kampf auch verfolgen, der Barkeeper kommt zu ihr und fragt sie, was sie haben möchte. In Amerika hat sie selten Alkohol getrunken, dort sind sie sehr streng und nur auf privaten Feiern ging das mal, aber dann hat sie es auch nie wirklich vertragen. Einmal hat sie so einen leckeren Fruchtcocktail getrunken, wie er hier auf den Bildern gezeigt wird und deutet darauf.

»Am liebsten einen von denen, doch sonst einfach eine Cola!« Sie bezweifelt, dass sie ihr hier schon Alkohol geben, doch keine zwei Minuten später stellt der Barkeeper ihr einen riesigen Cocktail mit Früchten und Schirmchen dran hin. Der Mann neben ihr sieht zu ihr und lächelt, als Nala begeistert den ersten Schluck nimmt. »Hallo Guapita, das kann ja ein netter Abend werden.« Er zwinkert ihr zu und stößt mit ihr an.

Nala atmet durch, niemand, der versucht sie auszufragen, zu beeindrucken oder sonst etwas. Sie nimmt noch einen Schluck und lächelt den Mann an. »Das wird er bestimmt.« Der Cocktail schmeckt sehr gut, sie spürt zwar hin und wieder ein paar Blicke im Rücken, doch sie sieht sich den Boxkampf an, isst Erdnüsse, unterhält sich mit den Männern an der Bar und trinkt noch einige weitere Fruchtcocktails, die so lecker nach Erdbeeren und Ananas schmecken.

Nala liebt es, die Männer erklären ihr, für wen und warum sie für welchen Boxer sind, sie lachen viel. Natürlich spürt Nala, dass die Männer sie anmachen, doch das ist ihr egal, sie kann damit umgehen. Der Abend schreitet fort, ihr wird immer wärmer und als dann einer der Männer sie hochnimmt und auf die Theke der Bar stellt, kann Nala gar nicht anders, als gleichzeitig mit den anderen Frauen hier lachend die Hüften zu schwingen. Sie spielen gerade das neue Lied von Shaki und die Männer wollen unbedingt, dass sie dazu tanzt, da sie so viel Ähnlichkeit mit ihr hat.

Nala kann gut tanzen, ihr ganzer Körper kribbelt, als sie die Augen schließt und das Gefühl genießt, rutscht sie fast ab, aber es sind genug Männer da, die sie ständig Guapita nennen, die ihr helfen, doch dann spürt sie, wie alle wegweichen und sieht in dunkle, gefährliche und ein wenig wütende Augen. »Komm runter da!«

Damian hat von Anfang an geahnt, dass das kein guter Abend wird. Schon als Nala gefragt hat, ob sie mitkommen kann. Nur der bittende Blick seiner Mutter hat ihn dazu gebracht, ja zu sagen, sonst hätte er nie zugestimmt. Dieses Treffen ist viel zu wichtig und Nala ist viel zu auffällig, ein anderes Wort kann er kaum finden, um sie zu beschreiben.

Sie ist jetzt knapp eine Woche bei ihnen und Damian hat sie immer ein wenig im Auge behalten. Natürlich, sie ist wunderschön, er muss zugeben, dass sie die schönste Frau ist, die er je gesehen hat. Er empfindet es zumindest so, und das, obwohl Damian immer viel mit schönen Frauen zu tun hat, doch diese Augen, diese blonden Locken, diese Figur, ihr hübsches Gesicht, die Lippen und das Lächeln, sie ist wirklich eine sehr hübsche Frau und gleichzeitig sieht man ihr an, dass sie … nicht so angepasst ist, wilder, ihren eigenen Kopf hat, eine Geschichte hinter sich hat, die sie jetzt bald vor Gericht bringt.

Damian kann sich nicht vorstellen, dass Nala in einen Raum kommt und jemand sie nicht bemerkt, niemals, deswegen trifft das Wort auffällig am besten auf sie zu. Eigentlich wäre das alles Damian auch egal, doch nachdem sie dann den Laden betreten haben und Damian die Blicke der Männer gesehen hat, konnte er schon ahnen, dass er Nala im Auge behalten sollte, doch noch wichtiger war das Treffen mit Alfonzo, der mit seinen Männern, PJ und Sami schon auf ihn gewartet hat.

An Samis genervtem Gesichtsausdruck hat er schon gemerkt, dass es nicht so läuft wie es sollte und nachdem Damian Nala an der Bar abgesetzt hat und zum Tisch gekommen ist, hat er schnell erkannt, warum es so ist. Erst hat Alfonzo um den heißen Brei herumgeredet, hat auch erwähnt, wie entzückend er Nala findet und gefragt, ob es Damians Freundin ist, was PJ und Sami zum lauten Loslachen gebracht hat. Es wird sicherlich noch eine ganze Weile dauern, bis Damian sich auf jemanden mit festen Absichten einlassen wird und somit sind sie dann endlich zum richtigen Punkt und dem Grund des Treffens gekommen.

Alfonzo ist ein Waffengroßhändler. Einer von vielen, mit denen die Trez Surentos Geschäfte machen, sie besorgen sich von allem immer nur das Beste vom Besten und geben es dann an ihre Kunden weiter. Bisher gab es nie groß Probleme mit Alfonzo, doch seit einigen Tagen hört man immer wieder davon, dass er eine neue Quelle aufgetan hat. Es geht nicht um die großen Waffen, sondern um kleine Handfeuerwaffen, die aber von unglaublich hoher Qualität sein sollen und jeder sie somit haben möchte.

Sie haben Alfonzo schon ein Angebot geschickt, damit er sie als Großhändler ausschließlich ihnen zur Verfügung stellt und sie sie weiterverkaufen, doch Alfonzo wollte sich daraufhin persönlich mit ihnen treffen. Zwei dieser Waffen liegen nun auf dem Tisch, Damian nimmt sie in die Hand und auch er spürt sofort, dass es sehr gute Waffen sind, sie haben eine zugeschickt bekommen und wissen, dass auch ihr Schuss sehr gut ist.

»Ihr wisst, dass wir immer und gerne Geschäfte mit euren Familias machen, besonders ich verdanke euch einiges, doch nun gibt es diese Waffen und alle, wirklich jeder hat schon deswegen angefragt. Ich hoffe ihr versteht, wieso wir da noch einmal genau drüber nachdenken müssen, wieso und wieviel wir da an wen was geben.« Damian schiebt die Waffen von sich und sieht zur Bar, wo Nala von einem Cocktail trinkt und sich mit einem Mann unterhält, dann sieht er Alfonzo in die Augen.

»Der Deal ist, dass ausschließlich wir die Waffen erhalten und unser Angebot war, denke ich, mehr als großzügig.« Alfonzo lehnt sich zurück und sieht auch zu Nala. »Natürlich ist es das, doch je mehr neue Anfragen wir bekommen, umso mehr kommen wir ins Zweifeln.« Damian wird sauer, dieser Mistkerl hatte eine ganze Weile Probleme mit einer mexikanischen Familia. Weil sie immer zufrieden mit ihm und seinen Waren waren, haben sie ihm damals geholfen, ohne sie wäre er vielleicht gar nicht mehr am Leben und nun denkt er, die Trez Puntos, Surenas oder Surentos müssten ihm hinterherrennen.

Damian legt den Kopf ein wenig schief und PJ neben ihm räuspert sich, während Sami noch ganz ruhig bleibt, Damian allerdings kann sich bei so etwas nicht zurückhalten. »Alfonzo, dir ist klar, wer hier gerade vor dir sitzt? Denkst du im Ernst, dass du uns hier verarschen kannst, willst du meine Zeit verschwenden?« Alfonzo zuckt nicht zurück.

»Nein Damian, doch ich denke, dass ich vielleicht dieses Mal einen anderen Vertrag mit euch eingehen sollte, vielleicht einigen wir uns auf etwas …« Sami unterbricht ihn. »Was genau willst du, Alfonzo, Damian hat recht, du verschwendest hier unsere Zeit, sag uns, was für Vorstellungen du hast und wir werden das mit den anderen besprechen und uns dann bei dir melden.«

Alfonzo nimmt die Waffen in die Hand und dreht sie in der Hand, als würde er sich jetzt gerade erst einen passenden Preis überlegen, dabei ist sich Damian absolut sicher, dass er das alles längst geplant hat. Nala stellt sich gerade auf die Theke und beginnt zu tanzen. Damian flucht leise auf.

Sie kann sehr gut tanzen, sie schwingt ihre Hüften perfekt und in diesem schwarzen engen Kleid kann man ihren runden Po und ihre anderen Kurven genau erkennen, sie ist keine große Frau, doch sie hat schöne Beine. Damian hat sie im Bikini gesehen und hat das Bild danach noch eine ganze Weile im Kopf gehabt und als sie jetzt zu den Männern lacht, die sie mit lauten Pfiffen und Guapita-Rufen anfeuern, schüttelt Damian den Kopf. Was hat er sich dabei gedacht sie mitzunehmen? Sie ist hier, weil sie in Amerika Mist gebaut hat, sie ist keine liebe ruhige Frau wie Latizia oder eine seiner Cousinen, sie schlägt eher nach seiner wilden Schwester Dilara, kein Wunder, dass sie sich so gut verstehen.

Alfonzo legt die Waffe auf den Tisch. »Wir vergessen das Angebot, wir einigen uns auf 25% und ich bin zufrieden, eigentlich hätte ich 50% genommen, aber weil ihr es seid, gebe ich mich mit der Hälfte zufrieden. Seht es als Entgegenkommen. Als Zeichen meines guten Willens.«

Damian lacht leise auf, für ihn ist das Gespräch beendet, doch Sami hakt genauer nach. »25% des Gewinnes an den Verkäufen?« Alfonzo lehnt sich wieder zurück. »Nein, 25% aller Einnahmen eurer Familia. Dieser Deal macht mich auf Dauer zu eurem Geschäftspartner.« PJ steht auf und wirft einen Schein auf den Tisch. »Schönen Tag noch, Alfonzo, wir hören uns.« Damian würde dem Mann gerade am liebsten den Hals umdrehen, nur Samis Hand auf seiner Schulter lässt ihn einhalten. »Du verfluchter Bastard, was denkst du, mit wem du …« Sami steht auf und deutet Damian, sich zusammenzunehmen. »Ich werde mit den anderen über dein Angebot sprechen, Alfonzo. Wir melden uns.«

Sami deutet Damian zu kommen, er würde aber viel lieber Alfonzo genau zeigen, was er von seinem miesen Angebot hält, allerdings merkt er in dem Augenblick, dass Nala so betrunken ist, dass sie kaum noch auf der Theke stehen kann. »Du kannst Gift drauf nehmen, dass wir uns hören!« Alfonzo merkt, wie wütend sein Angebot sie macht. Damian geht zur Theke und Alfonzo versucht, ihn etwas zu beschwichtigen. »Redet mit euren Leuten, ich dachte, wir trinken noch etwas zusammen.« Damian ignoriert ihn.

Als er zur Theke kommt, weichen die Männer, die vorher noch Guapita angefeuert haben, so schnell zur Seite, dass zwei Gläser zu Boden fallen und in Scherben zerspringen.

»Komm runter da!« Nala sieht ihm in die Augen und lächelt. »Damian! Ich würde gerne noch so ein Erdbeer-Ananas-Ding trinken, wie hieß das? Carribian …« Sie bewegt sich so schnell, dass ihr von einem Pump ein Hacken abbricht und sie fast umfällt. Damian umfasst ihre Beine und gibt ihr so Halt. »Du hast genug, Guapita, komm, wir gehen. Ich bin hier eh fertig.«

Nala ist betrunken, sie zieht sich ihre Pumps aus und hält sich dabei an Damian fest, enttäuscht sehen ihn diese schönen grünen Augen an, und auch wenn er gerade noch so wütend ist, muss er sich zusammennehmen, um nicht loszulachen, sie sieht wie ein kleines trotziges Mädchen aus, wenn sie ihn so ansieht. »Aber der Spaß hat gerade erst begonnen ...«

Sie ist barfuß und überall liegen Glasscherben. Damian legt einen großzügigen Schein auf die Theke und da er eh gerade Nala an den Beinen hält, hebt er sie auf seine Arme und trägt sie über die Scherben. Als er sie wieder absetzt, stehen sie fast bei Alfonzo, der Damian mit einem Glas Wodka zuwinkt. »Wenn wir 25% von allem bekommen, was euch gehört, vielleicht auch ein wenig von dieser Schönheit.« Nala lacht und sieht zu Damian. »Willst du etwas von ihm? Soll ich dir helfen? Ich mache das für Samuel ständig, kein Problem ...«

Damian muss sich verhört haben, er wirft Alfonzo nur noch einen Blick zu, er ist noch nicht fertig mit ihm, das weiß er in dem Moment genau. Doch alles zu seiner Zeit. »Ich brauche keine Hilfe und schon gar nicht auf solch eine Weise, du scheinst ja einen tollen Freund zu haben!« Er bringt Nala aus dem Club, was sich als gar nicht so leicht erweist, barfuß und betrunken.

Sami und PJ warten draußen, wahrscheinlich um sicherzustellen, dass er Alfonzo nicht doch etwas antut. »Wir fahren noch in einen Club, Kasim und die anderen sind auch da.« Damian hält die Beifahrertür zu seinem Auto auf und Nala setzt sich hinein. »Ich bringe sie erst einmal nach Hause, mir ist nicht nach feiern.«

Sami lächelt, als Nala zufrieden aufseufzt und sich in den Sitz kuschelt, Damian schüttelt nur den Kopf und schließt die Beifahrertür. »Atme durch, das war noch nicht das letzte Wort zwischen uns und Alfonzo, beruhige dich wieder. Du musst lernen, etwas mehr Geduld zu haben. Melde dich, wenn du nachkommst ... und viel Spaß.« Sami klopft noch einmal auf das Autodach und seine beiden Cousins gehen zu ihren Autos. Damian sieht zur Bar, ins Auto und flucht, er wusste, dass der Abend nicht gut ausgehen wird.

Damian fährt sofort los, er rast die Strecke zurück, es ist mitten in der Nacht, die Straßen sind leer und er kann sich dabei am besten beruhigen. Nala neben ihm ist ruhig, Damian ist davon ausgegangen, dass sie eingeschlafen ist, bis sie ihm plötzlich an den Arm fasst. »Die

Straßen hier sind so kurvig, das ist ja kaum zum Aushalten. Mir ist schlecht.« Damian fährt langsamer und sieht in Nalas hübsches Gesicht. Jedes Mal wenn er sie ansieht, kann er nicht anders, als immer wieder aufs Neue zu bemerken, wie hübsch sie ist, als würde er sie jedes Mal das erste Mal sehen.

Doch er sieht sofort, dass sie blass ist und gar nicht gut aussieht. »Wieso trinkst du Alkohol, wenn du keinen verträgst?« Sie fahren gerade einen Berg hinunter und wieder durch eine Kurve, gleich kommt eine Aussichtsplattform, wo sie halten können, doch Nala sieht wieder aus dem Fenster und stöhnt gequält. »Sieh mich an, Nala, nicht aus dem Fenster, wir halten gleich.« Nala tut, was er sagt. »Ich wusste nicht einmal, dass ich hier Alkohol bekommen würde.«

Damian erreicht die Aussichtsplattform, mitten auf dem Berg, man kann hier parken und es gibt einen kleinen Imbiss. Damian hält, sofort steigt Nala aus und atmet tief ein. Das ist definitiv der mieseste Abend, den er seit längerer Zeit hatte. Damian steigt auch aus und geht zu Nala, die die Augen geschlossen hat und tief ein- und ausatmet. »Hast du heute eigentlich schon etwas gegessen?« Sie schüttelt den Kopf. »Nicht so viel, einen Salat und ein Brot.«

Damian will nach Nalas Arm greifen, doch sie gibt ihm ihre Hand, er umfasst sie und bringt sie zu einer der vielen gemütlichen breiten Bänke, die mit Kissen bestückt am Rande der Plattform stehen, von wo aus man Fotos machen und den Ausblick genießen kann, jetzt mitten in der Nacht ist niemand hier, doch der Imbiss hat zum Glück noch immer geöffnet. Nala setzt sich und Damian sagt ihr, dass er gleich zurückkommen wird, er geht zum Imbiss, an dem er Wasser, frittierte Kartoffeln und gefüllte Teigtaschen kauft. Gegen Alkohol hilft seiner Erfahrung nach am besten fettiges Essen.

Als er zu Nala zurückkommt, hat sie sich im Schneidersitz hingesetzt, dabei ist ihr schwarzes Kleid sehr weit hochgerutscht, doch das ist ihr gerade offenbar egal, sie sieht in den Himmel zu den Sternen. Als sie ihn bemerkt, nimmt sie ihm das Wasser und das Essen ab und legt alles neben sich, Damian setzt sich dazu. »Es ist wunderschön hier, wieso waren wir nicht die ganze Zeit hier?« Sie deutet nach unten, wo man im Dunklen viele kleine Lichter von Schiffen auf dem

Meer entdeckt. »Weil man eigentlich tagsüber herkommt, um etwas zu sehen, jetzt siehst du nichts.« Nala sieht ihm in die Augen und deutet zum Himmel, wo tausende von Sternen über ihnen leuchten und nach unten, wo man nur viele kleine Lichter sieht. »Und das nennst du nichts? Also mir gefällt es.«

Nala sieht wieder nach unten und beißt genüsslich von den Teigtaschen ab. »Lecker, danke.« Damian lehnt sich auch zurück und isst ein paar Kartoffeln, Nala muss etwas essen und frische Luft schnappen, dann können sie erst weiterfahren, von daher kann er die Zeit auch ein wenig nutzen, um mehr über Nala zu erfahren.

Er fragt sie, wie genau es gekommen ist, dass sie jetzt bei ihnen ist und sie zum Gericht muss, er kennt die Geschichte nur ein wenig, als sie mit dem Anwalt darüber gesprochen hat, hat er nicht alles mitbekommen, weil er erst später ins Haus gekommen ist. Als sie ihm jetzt die ganze Geschichte erzählt, ist er doch ein wenig erstaunt. »Wieso zieht dein Freund dich in seinen Mist mit rein?« Nala zuckt die Schultern. »Er wollte einfach das Geld wieder besorgen.« Er legt den Arm um die Lehne und ein wenig an ihren Rücken, er macht es sich gemütlich, wenn er hier schon sitzen muss und sie scheint es nicht zu stören.

Er ist neugierig geworden. »Aha und sag mal, was meintest du vorhin genau damit, dass du mir helfen kannst bei meinen Geschäften und dass du das ständig für deinen Freund tust?« Nala ist ein sehr ehrlicher Mensch, er merkt schnell, dass sie sich für ihr Leben nicht schämt und ganz offen darüber spricht. Sie erzählt ihm ganz selbstverständlich, wie sie den Vermieter dazu bekommen hat, sie nicht aus der Wohnung zu werfen. Er schüttelt danach den Kopf, auch er ist ehrlich zu ihr.

»Wenn du mich fragst, vergiss deinen Freund. Sag gegen ihn aus und fange von vorne an. Wie kann ein Mann zulassen, dass seine Freundin in Schwierigkeiten gerät und dass sie sich vor einem fremden Mann auszieht, wenn auch nicht ganz? Ich würde so etwas niemals zulassen, niemals, lieber gehe ich fünf Jahre in den Knast, doch ich würde niemals etwas an meine Freundin kommen lassen und ich kenne auch niemanden, der das zulassen würde.«

Nala sieht in den Himmel und dann zu ihm, sie scheint einen Moment über seine Worte nachgedacht zu haben. Sie lächelt und Damian weiß nicht, ob er schon jemals jemanden so schön gefunden hat wie Nala in diesem Moment. Ihre Locken sind leicht verwuschelt um ihr Gesicht verteilt, ihre Augen sehen ihn müde an, doch noch immer funkeln sie und ihre Wangen sind leicht gerötet. »Das lässt sich jetzt so leicht sagen. Sieh dir doch an, was für ein Leben du lebst … Samuel ist kein schlechter Mensch, er trifft vielleicht manchmal falsche Entscheidungen, doch wer tut das nicht. Hast du denn eine Freundin?«

Damian sieht auch zum Himmel, um sich nicht mehr so von Nalas hübschem Gesicht ablenken zu lassen. »Nein, und das wird sich auch nicht so schnell ändern.« Das ist wenigstens etwas, was er genau weiß. Nala lacht leise. »Du bist so ein hübscher Mann, wie kommt es, dass du noch niemanden hast?« Er zuckt die Schultern, er überhört ihr Kompliment, sie ist betrunken. »Ich habe nicht gesagt, dass ich nichts mit Frauen habe, nur nichts Festes, ich möchte nicht, dass sich mein Leben so ändert, ich mich ändere für eine Frau, so wie alle anderen es tun.«

Er wendet sich wieder zu ihr um und sie nickt. »Ja, da hast du wahrscheinlich sogar recht, es ist sicherlich unkomplizierter.« Ihn verblüfft die Antwort. »Ich hätte jetzt gedacht, es kommt die gleiche Antwort wie bei den meisten Frauen. Dass man das nicht beeinflussen kann, die Liebe und all das Zeug.«

Sie lacht leise, nun sieht er sie an, während sie in den Himmel schaut, und da erkennt er eine gewissen Traurigkeit in ihrem Gesicht. »Keine Sorge, ich glaube auch nicht an all das.« Er sieht sie noch immer an. »Liebst du deinen Freund etwa nicht? Wieso bist du dann mit ihm zusammen?« Nala sieht noch immer zum Himmel. »Samuel war immer für mich da, ich habe sonst niemanden mehr und er kümmert sich um mich. Ich denke, das ist auch eine Art von Liebe.« Damian hält ihr die letzte Teigtasche hin, sie nimmt sie sich, halbiert sie und hält ihm eine Hälfte hin. »Nein, iss du sie. Du brauchst das, sonst wird dir nachher wieder schlecht und nein, das ist keine Liebe, das ist Dankbarkeit.«

Nala zuckt die Schultern und isst den Rest auf, er fragt sie über ihr Leben vor Samuel aus und sie erzählt ihm, wie sie aufgewachsen ist. Somit versteht er auch, wieso sie sich irgendeinem Idioten angeschlossen hat und denkt, sie wäre ihm jetzt etwas schuldig. Sie hatte keine gute Kindheit und niemanden, der für sie da war, Nala erzählt sicherlich nicht alles, aber was sie erzählt, zeigt ihm, dass sie es niemals einfach hatte.

Sein Handy piept. Sie haben hier fast zwei Stunden gesessen. Sein Vater will wissen, wie das Treffen gelaufen ist, Damian schreibt ihm, dass er gleich da ist. Es ist zwei Uhr nachts, doch sein Vater ist noch wach. Umso besser, dann kann er ihm gleich sagen, was er alles von Alfonzo hält und dass er das nicht akzeptiert. Er steht auf und sieht zu Nala hinunter. »Du bist eine wunderschöne Frau, Nala, du wirst dein Leben in den Griff bekommen und einsehen, dass du deinen Freund nicht brauchst und wer weiß, vielleicht triffst du ja auch noch so etwas wie die Liebe, auch wenn wir beide nicht daran glauben.« Er hält Nala seine Hand hin, falls sie noch nicht sicher auf den Beinen ist, doch es scheint ihr wieder besser zu gehen, sie lacht, natürlich glaubt sie nicht an seine Worte, doch Damian ist sich sicher, dass sie ihr Glück finden wird.

Sie gehen zurück zum Auto und als sie dann losfahren, fährt Damian langsam, dabei fallen Nala immer wieder die Augen zu. Als sie vor seinem Elternhaus halten, steigen sie beide aus, Damian bringt sie hinein und sieht, dass sein Vater, Paco und Juan zusammen mit Leandro und Sanchez im Garten sitzen. Nala murmelt ein leises 'Gute Nacht' und geht nach oben.

Keiner sagt etwas wegen Nala, sie werden schon von seiner Mutter wissen, dass er sie mitgenommen hat. Damian setzt sich zu ihnen und erzählt, was genau Alfonzo fordert. Er macht kein Geheimnis daraus, was er von den Forderungen hält und dass er sich kaum zurückhalten konnte, auch den anderen gefällt es nicht, doch sein Onkel und sein Vater sind nicht ganz so energisch gegen all das wie Sanchez und Leandro.

»Wenn wir diese Waffen nicht bekommen, werden wir Verluste machen, viele werden sich diese Waffen besorgen und wir bleiben auf unseren sitzen. Es geht zwar nur um die kleinen Waffen, doch trotzdem werden wir das spüren. Wir werden uns mit allen besprechen und dann ein neues Treffen vereinbaren ...« Damian sieht seinem Vater in die Augen, seinem Onkel, seinen Cousins und weiß, dass er sich etwas überlegen muss, sie wollen Alfonzo entgegenkommen und Damian wird das nicht zulassen.

Sie sind die Trez Surentos, sie gehen keine Kompromisse ein.

Kapitel 8

Nala verbringt das restliche Wochenende mit Dilara und Latizia, sie sehen sich DVDs an und die beiden zeigen ihr, wo sie momentan leben, auf dem Gebiet der Tijuas. Somit lernt Nala noch eine Familia kennen und versteht diese ganzen Konstellationen immer mehr. Sie bekommt auch die Zärtlichkeit und Liebe mit, die Musa und Adán Latizia und Dilara entgegenbringen. Sie ist das gar nicht gewöhnt, wenn sie das mit Samuel und sich vergleicht, haben sie sich immer mehr wie gute Freunde verhalten als wie ein richtiges Liebespaar.

Auch Dilara und Latizia reden mit Nala über Samuel und den Gerichtstermin, sie versucht, dem Thema aus dem Weg zu gehen, doch alle hier versuchen, ihr nett zu sagen, dass sie es sich gut überlegen soll, nicht gegen Samuel auszusagen und somit sich selbst zu belasten, obwohl sie mit der Wahrheit ganz einfach aus allem heraus sein könnte. Manchmal denkt Nala wirklich darüber nach, doch dann meldet Samuel sich und sie weiß, dass sie das nicht machen kann.

Am Montag holt Melissa sie von der Uni ab und setzt sie vor der Haustür ab. Sie muss zu Dilara in den Laden, weil sie einen Arzttermin hat. Nala hat heute den ganzen Tag über Fragen zu den Familias beantworten müssen, die Frauen sind ungeheuer neugierig und würden wahrscheinlich wirklich alles dafür tun, die Chance zu haben, mit den Männern hier in Kontakt zu kommen. Nala bereitet das eher Kopfschmerzen, ihr fallen schon kaum noch Ausreden ein, wieso sie keine Zeit hat, vielleicht sollte sie es einfach halten wie immer und ehrlich sein und zugeben, dass sie einfach keine Lust darauf hat.

Als sie ins Haus gehen will, läuft sie fast in Damian hinein, der aus dem Haus herauskommt und gerade so vor ihr zum Stoppen kommt, und sofort versteht Nala wieder, warum die Frauen auf ihrer Uni so wegen dieser Männer durchzudrehen scheinen.

Damians Geruch umhüllt Nala sofort, er muss ein teures Aftershave benutzen, das sehr frisch und männlich, aber nicht aufdringlich riecht. Seine dunklen Augen sehen in ihre, bevor er einmal an ihr herunter und wieder hoch sieht. Er trägt eine schwarze Jogginghose und ein langärmeliges weißes Shirt, was seine Muskeln wieder gut zur Geltung bringt, auch wenn es nicht zu eng anliegt. Dazu trägt er weiße Sneakers und hat sein Handy in der Hand. Er hat ein Cap falsch herum auf, eigentlich nichts Besonderes und doch ist er das, das strahlt er mit jeder Faser seines Körpers aus und das würde auch niemals jemand in Frage stellen, der auf ihn trifft.

Sein Blick bleibt an Nalas weitem Hemd hängen, sie war so müde heute, dass sie sich nicht geschminkt hat, sie hat einfach nur ihre Haare zu einem hohen Dutt zusammengebunden, eine Shorts und ein älteres rotblau kariertes Hemd von sich angezogen, was ihr etwas zu groß ist, doch es ist bequem und sie mag es. Heute knallt ausnahmsweise mal nicht die Sonne vom Himmel, es ist den ganzen Tag schon nebelig und Nala war froh, dass sie das Hemd anhatte, doch unter Damians Blick wünschte sie, sie hätte sich doch etwas mehr Mühe heute morgen gegeben, doch schneller, als sie die Gedanken gefasst hat, verwirft sie sie wieder. Was interessiert es sie, was Damian von ihrem Outfit hält?

»Na, hast du Freitagnacht gut überstanden?« Auf Damians Wangen bildet sich ein süßes Grinsen, es ist sehr selten, dass er lächelt oder grinst, doch es steht ihm. Nala beißt sich leicht auf die Lippe, ihr war das alles sehr unangenehm, sie weiß, dass sie viel geredet haben und Damian sich um sie gekümmert hat.

»Es tut mir leid, wie das gelaufen ist und dass ich so … angetrunken war.« Damian sieht ihr in die Augen. »Schon okay, es gibt Schlimmeres …« Er will weiter, doch dann stockt er doch noch einmal und dreht sich zu ihr um. »Was machst du jetzt? Ich habe Zeit, wir könnten dein Auto kaufen gehen. Meine Mutter erinnert mich ständig daran, sie möchte, dass du dich hier so frei wie nur möglich bewegen kannst.«

Nala sieht ins Haus, doch es scheint niemand sonst da zu sein. Sie hat nichts weiter vor, muss nur noch einen Artikel später durchlesen, also wieso nicht? Sie hat nicht vor, sich ein Auto schenken zu lassen, doch vielleicht kann man ein kleines gebrauchtes mieten und sie muss nicht mehr allen zur Last fallen. »Okay, gerne.«

Nala und Damian steigen in einen roten Porsche. Nala kann nicht fassen, für wie viel Geld die Familien hier Autos herumstehen haben. So wie er seine Klamotten wechselt, scheint er es auch mit Autos zu machen. Die letzten Male war Damian eher schweigsam, doch jetzt fragt er sie aus, was für ein Auto sie sich vorgestellt hat. Nala erklärt ihm, dass sie nicht sehr gut Auto fahren kann und ein ganz einfaches haben möchte, sie würde sich nicht trauen, mit einem von den teuren zu fahren und sie möchte auch nicht, dass für sie so viel Geld ausgegeben wird, deswegen ist mieten eine gute Option, von der Damian offenbar gar nichts hält.

Sie fahren in eine größere Stadt, wo sie vor einem riesigen Grundstück mit tausenden von Autos halten. Sie sind noch nicht einmal richtig ausgestiegen, da kommt schon ein Mann freudig strahlend auf sie zu. Er begrüßt Damian mit einer Umarmung und Nala sehr höflich mit einem angedeuteten Handkuss. Er ist der Besitzer des Autohauses und es verwundert Nala gar nicht, dass er aus dem Grinsen nicht herauskommt, ein Besuch von einem aus der Familia bedeutet für ihn sicherlich immer ein großes Geschäft.

Eine Frau kommt und bringt ihnen etwas zu trinken, Champagner, Damian lehnt ab und Nala fragt, ob sie etwas anderes bekommen kann, die Frau bringt ihr Orangensaft, während der Mann sie über das riesige Gelände führt. Damian erklärt ihm, was Nala sich vorstellt und er bringt sie in eine hintere Ecke, dabei hält Damian Nalas Arm fest und tritt näher zu ihr. »Hast du schon gegessen nach der Uni?« Nala schüttelt den Kopf, es ist immer noch ungewohnt für sie, dass sich jemand Gedanken um sie macht, fragt, ob sie gegessen hat oder sonst etwas, sie kennt das nicht.

»Wir gehen gleich etwas essen.« Nala sieht Damian in die Augen. »Okay, danke.« Irgendetwas an ihm sagt ihr, dass das auch für ihn nicht so selbstverständlich ist, doch der Händler zeigt ihnen mehrere kleine Wagen und Nala vergisst ihre Gedankengänge schnell wieder. Damian ist von einem kleinen Mercedes sehr angetan und versucht, diesen Nala schmackhaft zu machen, sie aber findet einen kleinen weißen Smart am passendsten.

Als sie sich da hineinsetzen, muss Nala laut loslachen, Damian hat neben ihr kaum Platz, auch er muss lachen und Nala mag sein Lachen. Damian rückt hin und her bis er es etwas bequemer hat. »Das ist die Bezeichnung Auto nicht mal wert.« Der Autoverkäufer grinst noch immer. »Oh Damian, für dich habe ich gestern etwas ganz Neues hereinbekommen, aber fahrt erst einmal und seht, ob der hübschen Lady das Auto zusagt.«

Nala schließt kurz die Augen und versucht, sich wieder ins Gedächtnis zu rufen, wie das alles damals mit dem Autofahren ging, sie startet den Motor und Damian zeigt ihr, wie das alles mit den Knöpfen funktioniert, dann gibt sie langsam Gas und fährt auf das Gelände, wo man die Autos zur Probe fahren kann, es gibt da sogar ein paar Parkplätze, auf denen man üben kann. »Das geht doch, du kannst gut fahren.« Sobald Nala losgefahren ist, wird sie wieder mutiger, sie hat es früher immer sehr gemocht, Auto zu fahren, es hat sie sich so frei fühlen lassen.

Nach zwei Runden und dreimal einparken ist Nala klar, dass sie das Auto möchte und kein größeres. Damian versucht, sie noch zu einer Probefahrt mit dem kleinen Mercedes zu überreden, doch als er ihr dann in die Augen sieht und sie erklärt, wie toll sie diesen Wagen findet, ruft er den Autohändler zu sich. Leider hat Nala Pech, den Wagen gibt es nicht zu mieten, nur als Neuwagen zu kaufen. Er könnte morgen Mittag zu ihnen gebracht werden.

Nala will das gleich ausschlagen und fragt, welche Wagen denn zur Vermietung wären, doch Damian nickt und sagt, dass sie den Wagen nehmen. Der Autoverkäufer reibt sich die Hände und geht einige Papiere holen, in der Zeit wendet sich Nala zu Damian um. »Das geht nicht. Ich kann das nicht annehmen, ich möchte wirklich gerne, dass wir ein Auto mieten ...« Damian lächelt mild zu ihr hinunter. Er ist plötzlich anders, nicht mehr so gleichgültig wie am Anfang, als sie ihn getroffen hat.

»Ich kaufe das Auto und vermiete es dir, wie gefällt dir das?« Nun muss Nala auch lächeln und erwidert seinen Blick. »Wirklich? Und was muss ich dir für das Auto zahlen?« Damian hebt seine Hand und streicht einen winzigen Augenblick mit seinem Daumen über ihre

Wange. »Solch ein Lächeln einmal pro Tag, Guapita.« Die Spur seines Daumens wirkt noch ein wenig warm auf ihrer Wange nach, als er seine Hand wegzieht. Nala setzt an etwas zu sagen, da ist der Verkäufer wieder da und Damian unterschreibt eine Menge Papiere. Nala steht etwas verwirrt abseits, was passiert hier gerade? Flirtet Damian mit ihr? Er weiß doch, dass sie einen Freund hat.

Der Autoverkäufer scheint jetzt erst richtig in seinem Element zu sein, Damian hat gerade alles unterschrieben, da bringt er sie in eine separate Halle, hier stehen wie auch auf dem Parkplatz bei den Häusern der Familia viele Luxusautos. Mitten im Raum steht, angestrahlt von mehreren Scheinwerfern, ein schwarzes Auto. Nala kann jetzt nicht feststellen, dass es anders aussieht als die Luxusautos, die bereits vor dem Haus stehen, Damian aber ist mehr als begeistert. »Der Neue? Ich dachte, der kommt erst in einem Monat auf den Markt.« Der Autohändler öffnet zufrieden die Türen des Autos oder vielmehr drückt er auf einen Knopf und sie gehen automatisch nach oben hin auf.

»Wir sind dank euren Familias weltbekannt und die besten Abnehmer, ich habe zwei bekommen, bevor andere Autohäuser die Broschüren dafür erhalten haben, sie sind gestern frisch reingekommen. Genau der gleiche steht im Lager und wartet darauf, auf die Straße zu kommen. Damian sieht ins Innere des Autos und setzt sich hinein. Er flucht leise und der Autoverkäufer bekommt ein noch breiteres Grinsen. Nala würde am liebsten die Augen verdrehen und will sich abwenden, da sieht Damian zu ihr.

»Setzt dich rein, was denkst du?« Nala setzt sich auf den Beifahrersitz, das Auto wirkt sehr teuer, es ist überall mit teurem Holz veredelt, die Bildschirme und Knöpfe … alles wirkt teuer. »Es ist schön, aber genauso schön ist das Auto, mit dem wir hergekommen sind.« Damian drückt auf dem Bildschirm herum und lacht leise. »Das ist ein Porsche, das hier ein BMW, du kannst keine Jacke mit einer Hose vergleichen.« Nala lehnt sich zurück. »Kann man schon, beides zieht man an, beide Autos fahren, fliegen kann keins von beiden, nur die Marken sind anders.« Damian lehnt sich auch zurück. »Das hier kann fast fliegen.«

Nalas Magen knurrt und Damian hört es. »Lass uns etwas essen gehen.« Sie steigen aus. Als Damian dem Verkäufer die Hand schüttelt, denkt Nala, sie verabschieden sich, doch wieder rennt der Verkäufer zu seinem Schreibtisch und kommt mit einem riesigen Stapel Papieren zurück. Damian setzt ein paar Unterschriften und gibt dem Autohändler seinen Porscheschlüssel. »Wir bringen das Auto morgen vorbei, viel Spaß mit dem neuen.« Nala tritt näher, als der Autohändler Damian neue Autoschlüssel überreicht. »Du hast doch nicht gerade echt dieses Auto gekauft?«

Doch, das hat er und er fährt damit auch gleich los, Nala kann das nicht glauben, Damian hat einfach mal so nebenbei zwei Autos gekauft. Sie waren gerade mal knapp zwei Stunden im Autohaus. Sie fahren nicht weit, da halten sie vor einem chinesischen Restaurant. Nala kann es nicht fassen und macht daraus auch kein Geheimnis, Damian erklärt ihr, während sie sich in eine gemütliche Ecke des Restaurants setzen und beide ihr Essen bestellen, dass er hart arbeitet und sich dafür ab und zu etwas gönnt.

»Ich merke schon, wie anstrengend dein Leben ist.« Nala legt die Speisekarte beiseite und sieht über den Tisch zu Damian, der seine Waffe auf den Tisch gelegt hat, sich zurücklehnt und sie beobachtet. »Das ist nicht das erste Mal, dass du so etwas sagst, du kennst mein Leben nicht, du weißt nicht, ob es schwer oder leicht ist.« Sie bekommen Brot und eine Suppe serviert. »Du hast unglaublich viel Geld, eine tolle Familie und die Frauen gehen einem tierisch auf die Nerven, um Kontakt zu euch zu haben, außerdem haben die Leute Angst vor dir, das bemerke ich immer wieder … ich denke, man kann schlechter leben.«

Damian atmet tief ein. »Du weißt aber nicht, was für Opfer wir bringen, um dieses Leben zu leben, … was meinst du damit, dass Frauen nerven?« Nala erzählt ihm von ihren ersten Tagen auf der Uni und wie sich plötzlich alles geändert hat. »Jetzt verstehe ich auch, wieso du noch keine feste Freundin hast. Wieso auf alles verzichten, um eine zu haben?« Damian schmunzelt. »Na ja, es ist zumindest unkomplizierter so.«

Sie bekommen ihr Essen, Nala merkt natürlich, dass sie meistens nur von ihr sprechen und Damian immer allen Gesprächen ausweicht, die sich in seine Richtung bewegen, doch Nala lässt ihn, er wird seinen Grund haben, warum er nicht so viel über sich preisgeben möchte.

Nala erzählt ihm noch ein wenig von der Uni, da bekommt er eine Nachricht. »Meine Mutter, du sollst nach Hause kommen, es gibt Neuigkeiten. Willst du dir noch Nachtisch mitnehmen?« Nala ist völlig satt und zufrieden. Sie fühlt sich wohl mit Damian, sie muss sich nicht so anstrengen, wie wenn sie mit jemand anderem zusammen ist, muss nicht aufpassen, was sie sagt, Damian macht sich nichts aus ihren Fehlern und verurteilt sie nicht und das ist sehr entspannt für Nala.

Er bezahlt und Nala bedankt sich, der Kellner führt sie zum Ausgang und bringt sie vorher noch in einen kleinen Raum, wo er lächelnd die Tür hinter ihnen schließt. Sie stehen in einem eckigen Raum, der nur schwach beleuchtet ist und in dem ein grüner Zweig mit weißen Blüten angebracht ist.

»Was ...?« Nala sieht sich unsicher um, Damian scheint aber zu ahnen, was hier gerade passiert. »Keine Angst, das ist nur gut gemeint. Hier sollen sich Liebespaare unter dem Zweig einen Kuss geben, das bringt ihnen Glück. Er hat angenommen, dass wir zusammen sind.«

»Oh, okay.« Nala will sich umdrehen und die Tür wieder öffnen, doch Damian hält sie zurück. »Es bringt aber auch Unglück, wenn man sich nicht küsst.« Nala legt ihren Kopf ein wenig schief und sieht ihm in die Augen. »Ich bitte dich, ich glaube nicht an solch einen Schwachsinn, du etwa?«

Damian ist ihr eh schon sehr nah. Als er jetzt ganz zu ihr tritt und seine Hand an ihre Hüfte geht, zieht sie diese ganze Nähe und seine Erscheinung doch in ihren Bann. Nala weiß, dass sie zurücktreten sollte, doch sie kann es in dem Moment nicht, sie sieht ihm weiter in die dunklen, gefährlichen und gleichzeitig so schönen Augen. »Ich weiß nicht, ich denke gerade glaube ich daran, du willst doch nicht riskieren, dass wir Unglück haben?«

Vielleicht ist es die ungewohnte Nähe, Damians starke Präsenz, seine anziehende Art, die dunklen Augen, das gedämpfte Licht und die geheime Atmosphäre dieses kleinen Raumes, dass Nala statt auszuweichen entgegen ihrer Worte auch einen Schritt näher zu ihm tritt. »Ich denke, es wäre keine gute ...« Damian stoppt ihre Worte, indem er sich zu ihr hinunterbeugt und sie vorsichtig auf die Lippen küsst. Es ist ganz zart, nicht fordernd oder drängend. Seine Lippen berühren ihre, doch allein das lässt es in Nalas Magen so sehr kribbeln, dass sie ihm weiter in die Augen sieht und nicht zurückweicht, wie sie es sollte, im Gegenteil, sie wünschte, er würde nicht aufhören.

Damian erkennt diesen Wunsch in ihren Augen, im selben Moment fasst er mit seiner Hand an ihre Wange und seine Lippen erobern ihre erneut, doch dieses Mal länger und intensiver. Nala ist überwältigt von der Stärke und der Sanftheit des Kusses, sie inhaliert Damian und seinen Geschmack, genießt die Nähe und weiß genau, wie falsch das ist, denn sie spürt sofort, dass sie noch niemals einen Kuss so genossen hat wie diesen.

Damian beendet den Kuss, küsst noch einmal zärtlich ihre Lippen und erst da öffnet Nala ihre Augen wieder »Damit haben wir beide kein Unglück, Guapita.« Er lächelt und Nala muss kurz durchatmen, um wieder einen klaren Verstand zu bekommen. »Gut, dass ... wir sollten jetzt gehen!« Nala bildet sich ein, ein leises Lachen zu hören, als sie sich umdreht und schnell den Raum verlässt. Der Restaurantbesitzer sieht ihr zufrieden ins Gesicht und Nala geht direkt zum Auto.

Sobald sie darin sitzt und Damian Gas gibt, ärgert sie sich über sich selbst. Ist sie jetzt eine dieser dummen Frauen aus der Uni, die dem Charme dieser Männer hier total verfällt? Sie hat einen Freund, Samuel, sie kehrt bald zurück in ihr altes Leben, sie kann so etwas jetzt nicht gebrauchen. Nala sieht aus dem Fenster und versucht, ihre Gedanken zu ordnen. Damian lässt sie, einmal sieht sie zu ihm, doch er blickt auf die Straße und ein zufriedenes Lächeln liegt auf seinen Lippen, was Nala noch wütender werden lässt. Sie müsste es doch besser wissen.

Viel zu schnell fahren sie in die Straße ein, in der das Anwesen von Damians Familie liegt. Nun wird sie immer klarer im Kopf. »Das ... der Kuss ... das war nur ein Ausrutscher, es ... ich habe einen Freund, wie du weißt und ich habe nicht vor, das zu ändern.« Damian fährt in die Einfahrt hinein, zwei seiner Cousins stehen gerade an einem Auto und sehen mit großen Augen zu dem neuen Auto, in dem sie sitzen. Damian hält und sieht ihr noch einmal in die Augen. »Das sollst du auch gar nicht ändern, Guapita. Es war nur ein Kuss, entspann dich.« Nala beugt sich leicht vor, sie sieht ihm noch einmal in die Augen. Sie sieht, wie sein Blick für einen winzigen Augenblick zu ihren Lippen huscht und nun ist sie diejenige, die schmunzeln muss.

»Genau, nur ein Kuss. Wenn das für alle klar ist, dann ist ja alles gut. Danke für den Tag heute, es war ...«

Melissa tritt plötzlich mit dem Anwalt aus dem Haus. Heute hatte sie gar keinen Termin und Melissas besorgtes Gesicht lässt Nalas Herz sofort schneller schlagen. Damian steigt ebenfalls aus und Melissa kommt zu ihnen.

»Nala, wir haben einen Anruf bekommen. Der Fall von dir und Samuel wurde an einen anderen Richter übertragen und er hat die Festlegung der Kaution auf morgen vorverlegt, zum Glück war unser Anwalt gerade hier ... am besten packst du ein paar Sachen zusammen. Wir fliegen gleich los.«

Kapitel 9

Nala hat nicht viel Zeit, darüber nachzudenken, was jetzt auf sie zukommt, sie geht schnell in ihr Zimmer, was sie mittlerweile richtig gerne mag, es ist das erste Mal, dass sie einen eigenen Rückzugsraum hat. Sie packt ein paar Teile zum Anziehen und Kosmetiksachen in ihre größte Tasche und ist schnell wieder unten. Rodriguez fährt sie zum Flughafen. Als sie gerade das Haus verlassen, steht Damian mit einigen seiner Cousins bei dem neuen Auto und sieht zu ihr, doch Nala beachtet ihn gar nicht weiter und steigt schnell ein. Das vorhin war gar nichts, jetzt geht es zurück in ihr echtes Leben und sie muss alles dafür tun, damit es wieder in Ordnung kommt.

Fast zwei Stunden später heben sie ab in Richtung Las Vegas, dieses Mal in einem etwas kleineren, aber nicht weniger luxuriösen Flieger. Auf Nalas Nachfrage erklärt Melissa, dass sie insgesamt vier Flieger haben. Der Anwalt, Melissa und sie gehen noch einmal einige Möglichkeiten durch, es wird bei diesem Gerichtstermin nur ein Termin für die erste Anhörung festgelegt und entschieden, ob alle Angeklagten solange auf freiem Fuß bleiben dürfen oder nicht.

Irgendwann macht Nala es sich auf der Couch bequem und schläft ein. Als sie landen, weckt Melissa sie, damit sie sich ein wenig frisch machen kann. Sie fahren direkt zum Gericht und Nala hat die Möglichkeit, kurz mit Samuel zu sprechen. Sie weiß nicht, wie der Anwalt das hinbekommen hat, doch spätestens jetzt weiß Nala, dass er wirklich gut ist.

Sie trägt eine Jeans, weiße Sneakers und eine weiße Bluse. Melissa hat ihr das Outfit ausgesucht, sie sagt, es ist besser, sich genau zu überlegen, was man bei Gericht trägt.

Nalas Haare sind offen und sie ist ungeschminkt. Melissa hat sich auch im Flieger zurechtgemacht, doch mittlerweile weiß Nala auch, dass Melissa immer so schön aussieht, egal ob sie gerade aufgestanden ist oder auf eine Veranstaltung geht. Sie trägt einen edlen Jumpsuit, der ihre Kurven betont und Nala hat das Gefühl, ihr Anwalt ist sehr angetan von Melissa, allerdings wird er sich nie wagen, etwas in der Richtung zu unternehmen, nicht wenn er weiß, wer ihr Mann ist und man muss Melissa und Rodriguez nur wenige Augenblicke beobachten, um zu wissen, dass sie sich sehr lieben.

Sie werden in den Teil des Gerichtes gebracht, wo die Gefangenen bis zu den Verhandlungen warten müssen. Nala ist aufgeregt, sie ist gerade mal knapp zwei Wochen in Puerto Rico, doch schon fühlt sich alles so anders an, sie fühlt sich merkwürdig und das scheint Melissa zu spüren. Bevor Nala alleine in einen Raum gehen kann, um Samuel zu treffen, umarmt Melissa sie noch einmal. Nala ist ihr wirklich dankbar. Seit sie sie in Las Vegas abgeholt hat, hat sie sich die ganze Zeit um Nala gekümmert.

Nicht aufdringlich, Melissa lässt sie ihr eigenes Ding machen, doch trotzdem ist sie immer da und besonders jetzt, bei solch wichtigen Sachen, weicht sie nicht von ihrer Seite. Sie lässt ihre Familie zuhause und ist hier bei ihr, ihre Mutter ist nicht einmal zum Elternabend für sie gegangen. »Wir warten hier draußen.« Nala nickt und wird von einem Wärter in den Raum gebracht, wo nichts weiter steht als ein Tisch, an dem Samuel sitzt.

»Meine wunderschöne kleine Maus.« Samuel lächelt und steht auf und Nalas Herz zieht sich zusammen, er ist noch schlanker geworden, hat zwei neue Tattoos am Arm, doch er ist frisch rasiert und sieht ihr wach entgegen. »Hi, wie geht es dir?« Nala ist sich unsicher, wie sie ihn begrüßen kann, doch er trägt keine Handschellen und nimmt Nala in den Arm. »Es tut so gut, dich wiederzusehen.« Samuel küsst Nalas Haare, als sie sich an ihn schmiegt.

Sie sieht zu ihm hoch, in seine Augen, versucht, sich daran zu erinnern, wie vertraut sie sich waren, sie hat ihn nur einige Tage nicht gesehen, doch sie spürt einfach, dass es sich alles anders anfühlt. Samuel beugt sich hinunter und küsst ihre Lippen, und sofort kommen ihr die Bilder von Damian vor Augen und ihr Magen rebelliert. Sie weicht ein wenig zurück und lächelt. »Sag schon, ist alles in Ordnung bei dir?«

Sie setzten sich gegenüber und Samuel sieht sie einmal von oben bis unten an. »Na offenbar nicht so wie bei dir.« Nala weicht seinem Blick aus. »Mir geht es gut in Puerto Rico, aber ich kann es nicht

erwarten, wieder zurückzukommen und dass alles wie vorher wird …
wieso hast du das getan, Samuel?« Nala sieht sich um, doch der
Beamte, der mit ihnen im Raum ist, telefoniert in einer Ecke und hat
nicht das geringste Interesse an dem, was sie miteinander sprechen.
Trotzdem beugt sich Samuel nach vorne.

»Ich wollte einfach schnell das Geld wieder besorgen, Nala, hätte es
geklappt, hätten wir für eine Weile …« Nala unterbricht ihn, sie versucht, leise zu bleiben, doch allein der Gedanke an all das bringt ihr
Blut wieder zum Kochen. »Aber dir muss doch klar sein, dass ich da
mit reingezogen werde. Ich war eine der wenigen, die den Code kann-
ten und …«

Samuel greift nach ihrer Hand. »Es ist doch gar nichts passiert, mein
Strafverteidiger sagt, für einen missglückten Versuch bekommt man
kräftig eines auf die Finger und das war's, es ist nicht einmal etwas
beschädigt worden. Und wenn niemand von uns aussagt, kann auch
niemand die Schuld an alldem tragen.« Nala muss an all die Mahnun-
gen von Melissa, Dilara und Latizia denken. »Aber ich habe nichts
getan und werde bestraft. Was ist, wenn dein Anwalt sich irrt, wenn
es doch eine härtere Strafe wird? Ich wusste doch von alldem nichts,
Samuel. Ich hätte das nie zugelassen!«

Nala will ihre Hand zurückziehen, doch Samuel drückt sie fester.
»Seit wann redest du von dir und mir, es gibt und gab immer nur uns,
oder hat sich das etwa in den paar Tagen geändert?« Nala schüttelt
den Kopf. »Nein, aber es …« Samuel hört ihr nicht zu.

»Wir müssen versuchen, aus alldem das Beste zu machen. Ich komme hier raus und bereite alles vor, sobald du volljährig bist, kommst
du zurück und wir fangen noch einmal neu an. Was hältst du davon,
wenn wir uns statt eine Wohnung zu mieten ein Auto kaufen und
einfach umherfahren? Zu den Stränden, neue Sachen entdecken, ich
bin Las Vegas so leid. Die Familie, wo du jetzt lebst, scheint viel Geld
zu besitzen, nutze das. Versuche, Geld beiseite zu schaffen, Dinge,
die wir später verkaufen können, damit wir beide etwas davon
haben.«

Der Beamte beendet sein Gespräch und steht auf, ihre Zeit ist sicher
gleich vorbei. »Ich werde Melissas Familie garantiert nicht beklauen,

Samuel, sie helfen mir!« Er lächelt und deutet ihr, nicht zu laut zu sein. »Das sollst du auch gar nicht, doch versuche, ein wenig von alldem zu profitieren, Baby, mehr nicht.« Er beugt sich über den Tisch und küsst sie. Nala schließt die Augen, doch sofort sieht sie wieder Damian vor sich. Nala unterbricht den Kuss. Sie kann das nicht, Samuel ist immer ehrlich zu ihr.

»Was ist los?« Nala sieht ihm in die Augen. »Ich weiß nicht, ich habe ... vielleicht liegt es daran, was passiert ist, ich bin so weit weg und irgendwie habe ich ... einen anderen Mann geküsst. Es war nur ein Kuss, ich wollte das nicht, es war nur so ein dummer Zufall ... doch ich habe ein schlechtes Gewissen, es ...« Es ist raus und Nala fühlt sich gleich viel besser, sie sieht Samuel in die Augen, hofft, dass er es versteht und nicht wütend ist.

»War es einer aus dieser Familie?« Nala nickt und Samuel greift über den Tisch und streicht ihr über die Wange. »Nala, du bist eine wunderschöne Frau, du hast deine Schönheit schon immer einzusetzen gewusst, wenn es dir Vorteile verschafft, setz alles ein, was du kannst. Ich habe damit kein Problem, das weißt du doch, versuche einfach, so viel wie du kannst aus der Zeit rauszuschlagen, du solltest ....«

Der Mann kommt zu ihnen und unterbricht sie, die Zeit ist um, die Gerichtsverhandlung beginnt gleich. Nala weiß, dass Samuel nie sehr eifersüchtig war, doch seine Worte gerade lassen sie aufhorchen und versetzen ihr einen Stich ins Herz, es stört ihn nicht, dass sie einen anderen Mann küsst? Sie stehen beide auf und Samuel küsst noch einmal ihre Lippen. »Immer nur wir!«

Nala sagt nichts mehr, sie nickt. Sie kann nicht verhindern, dass ihr die Bilder von Dilara und Musa, Melissa und Rodriguez ... von allen vor die Augen kommen, doch sie mahnt sich selbst gleich. Die Beziehung von Samuel und ihr war nie so, sie sollte das alles nicht miteinander vergleichen.

Der Wärter bringt sie hinaus und sie setzt sich neben Melissa und den Anwalt. Melissa legt den Arm um sie. »Und wie war es?« Nala kann nicht verbergen, dass sie ein wenig enttäuscht und vielleicht auch ernüchtert ist. »Anders.« Melissa drückt sie einmal leicht. »Das ist doch ganz normal, überlege mal, was alles passiert ist. Sei nicht traurig, ich bin mir sicher, dass am Ende alles gut wird.«

Nala hofft es, doch sie geht mit einem sehr unguten Gefühl in die Verhandlung. Sie stand noch nie in einem dieser großen Räume, die einem schon beim Betreten eine gewisse Ehrfurcht einflößen. Sie setzt sich an einen Tisch neben ihren Anwalt, daneben setzt sich Samuel mit seinem und der Freund von ihm auch mit einem Mann. Melissa nimmt hinter einer Abtrennung hinter ihr Platz, und erst da wird Nala so richtig bewusst, dass sie hier gerade auf der Anklagebank sitzt.

Der Richter ist ein sehr alter Mann, der sehr streng zu ihnen hinunter blickt. Es wird die Anklage vorgelesen, Nala würde am liebsten laut losschreien, dass es so nicht war, doch sie schweigt. Sie wird auch nicht gefragt, es wird gesagt, dass Nala zur Zeit bei Melissas Familie lebt und dort betreut wird, bis sie volljährig ist. Der Richter fragt Nalas Anwalt, ob alles gut läuft und ihr Anwalt erklärt, dass sich Nala sehr gut verhält und alle zufrieden sind. Dann geht es um Samuel und den Freund, die ja beide in Untersuchungshaft sind.

Es dauert nicht lange, der Richter legt den Termin für die nächste Verhandlung in einem Monat fest, da geht es dann richtig los. Nala bekommt eine Gänsehaut, wie ist sie hier bloß hineingeraten? Das darf doch alles nicht wahr sein. Der Richter beschließt, dass der Freund von Samuel solange in Haft bleibt, da zur Zeit mehrere Delikte gegen ihn vorliegen. Nala soll weiter bei Melissas Familie bleiben, das Gericht soll aber regelmäßig von dem Anwalt unterrichtet werden, ob sie dort zur Uni geht und alles gut läuft.

Samuel lässt er zur Verwunderung aller bis zum Gerichtstermin frei. Offenbar hat er im Gefängnis einen Sozialarbeiter gestellt bekommen, der ihm einen Job verschafft hat und bei dem er sich alle paar Tage melden soll. Davon hat Samuel ihr gar nichts erzählt.

Damit ist der erste Gerichtstag zu Ende. Nala ist verwirrter als vorher und als sie zusammen mit dem Anwalt und Melissa das Gericht verlassen, wartet Samuel bereits draußen, er ist wieder ein freier Mann. »Bleibt ihr noch?« Nala stellt ihn Melissa und dem Anwalt vor. »Nein, tut mir leid, wir fliegen direkt zurück.« Melissa hat einen wichtigen Termin, der Anwalt bleibt direkt in Las Vegas. »Wir gehen schon mal vor und warten im Auto auf dich, Nala.« Melissa lächelt Samuel noch einmal an und sie gehen vor.

»Siehst du, Baby, es läut gut für uns.« Nala legt den Kopf ein wenig schief. »Für dich läuft es gut, Samuel, du bist draußen und kannst tun und lassen, was du willst, während ich in Puerto Rico leben muss, zur Uni gehen und …« Samuel kommt näher und flüstert Nala ins Ohr. »Baby, dir geht es dort doch gut. Sieh dich an, du sahst noch nie besser aus, deine Haut ist sogar schon leicht gebräunt. Genieß die paar Wochen einfach, schaffe Geld zur Seite und betöre dort unten alle so, dass sie dir alles zu Füßen legen. Ich kümmere mich hier um alles.«

Seine Hand fährt zu ihrem Hintern, er beugt sich hinunter und will sie küssen, doch Nala sieht ihm in die Augen. »Das ist wirklich dein Ernst, oder?« Samuel küsst ihre Wange und ihren Hals entlang. »Aber natürlich, wir bereiten unsere Zukunft vor, Baby und …« Sein Anwalt tritt zu ihnen und Nala macht sich frei von Samuel, sie stößt sich leicht von ihm und straft ihn mit einem bösen Blick, was Samuel leise auflachen lässt. »Sehen Sie, ich habe Ihnen doch gesagt, dass sie eher von der wilden Sorte ist.«

Nala hört Samuels Worte noch, am liebsten würde sie sich umdrehen und ihm dem Mittelfinger zeigen, doch sie lässt es bleiben, verlässt das Gebäude und steigt zu Melissa ins Auto, der Anwalt ist schon weg. Sie fahren zum Flughafen und Nala beruhigt sich wieder ein wenig. Sie weiß, dass Samuel das alles nicht so ernst nimmt und es nicht böse meint, er ist anders, ihre Beziehung ist anders.

Ihr altes Handy klingelt und sie bekommt von Samuel ein Smiley mit Kuss gesendet. Offenbar hat er sein Handy wieder. 'Du bist echt unmöglich'. Nala hat momentan zwei Handys, ihr altes, auf dem sich Samuel meldet und das neue, sie sieht auf dem neuen, dass Latizia und Dilara ihr geschrieben haben, ob alles in Ordnung ist. Einen Moment denkt sie darüber nach, Samuel die neue Nummer zu geben, so wäre es einfacher, doch dann lässt sie es bleiben, sie sollte diese beiden Welten voneinander getrennt halten.

Als das Flugzeug abhebt, setzt Nala sich zu Melissa auf die gegenüberliegende Couch. Sie legen sich beide hin und decken sich mit leichten Decken zu, während die Stewardess ihnen etwas zu essen und zu trinken bringt. Melissa fragt sie, ob Damian und sie eigentlich Glück hatten bei der Autosuche. Nala erzählt ihr von ihren neuem Auto und auch, was Damian sich gekauft hat. Melissa sagt, dass Damian viel arbeitet und neue Autos seine Leidenschaft sind. Nala sagt nichts dazu, sie versucht, so wenig wie nur möglich an Damian und das was zwischen ihnen passiert ist zu denken. Melissa schaltet eine spanische Serie auf dem Fernseher an, doch sie beide schlafen nur ein paar Minuten später ein.

Als sie dann nach Puerto Rico zurückkehren, stellen sie fest, dass es gut ist, vorgeschlafen zu haben. Rodriguez holt sie ab und erst da erfährt Nala, dass sie heute Bellas Geburtstag feiern. Nala mag Bella, sie ist auch sehr hübsch und hat ebenfalls grüne Augen, neben ihr fällt Nala gar nicht so auf hier, außerdem haben Dilara und Latizia ihr die Geschichte von Paco und Bella erzählt und Nala war sofort hin und weg. Eine Liebe, die solch tiefen Hass besiegt, muss etwas ganz besonderes sein.

Auf dem gesamten Anwesen ist Betrieb, alles wird geschmückt und schön hergerichtet. Bella ist nicht da, Rodriguez erzählt ihnen, dass Paco sie entführt hat, sie haben zwei Tage in einem Strandhaus verbracht. Als er davon erzählt, bemerkt Nala die Blicke, die Rodriguez und Melissa austauschen, als hätten sie dort auch einige Geschichten erlebt. Heute Abend kommen sie zurück und dann beginnt die Feier.

Nala hat gerade mal Zeit zu duschen und sich zurechtzumachen. Auf ihrem Bett liegt ein dunkelblaues Kleid, was einen Ausschnitt hat, der verboten werden müsste. Er geht fast bis zum Bauchnabel, doch feste Schnürungen sorgen dafür, dass nichts verrutschen kann. Nala bedankt sich bei Dilara, sie kennt mittlerweile ihren Geschmack, und als Nala geduscht, sich eingecremt hat und das Kleid anzieht, muss sie zweimal hinsehen, sie liebt sich in dem Kleid. Noch nie hat sie selbst bemerkt, was für eine schöne Figur sie hat, sie hat es zumindest noch nie so deutlich gesehen wie in diesem Kleid.

Nala lässt sich Zeit, sie hört es draußen immer lauter werden, man kann die Feier im Nachbargarten bis hierher hören. Nala schminkt sich, zieht einen feinen Lidstrich über ihren grünen Augen und unterstreicht die Mandelform noch mehr, sie schminkt ihre Wimpern, trägt Rouge und Bronzer auf und schminkt ihre Lippen.

Melissa kommt nachsehen, wie weit Nala ist, auch sie trägt ein enges Kleid, allerdings in schwarz und man kann nicht glauben, dass die Frau drei Kinder bekommen hat. Wenn Nala jemals Kinder bekommen sollte, kann sie nur hoffen, dass sie ähnlich gute Gene hat. Sie fragt, ob es hier ein Glätteisen gibt. Melissa bringt ihr eins und glättet ihr auch gleich die Haare.

Es muss schön für Dilara gewesen sein, solch eine Mutter gehabt zu haben. Nala hatte auch eine Mutter, aber die war nie richtig da, zumindest nicht für Nala. Die einzigen Male, wo sie sich an solch eine Szene zwischen ihnen erinnern kann, war immer, wenn sie zu einem Casting eingeladen war und das war mehr eine Qual als alles andere. Einmal hatten sie kein Geld für Schminke und haben so einen billigen Schminkkasten bei Walmart gekauft. Nala war damals höchstens sechs und hat Ausschlag von der Schminke bekommen und ihre Mutter war sauer, stinksauer auf sie, obwohl sie nichts dafür konnte, dass sich zahlreiche brennende Pickel auf ihrem Gesicht bildeten. Nala hat an diese Zeit keine schönen Erinnerungen.

Deswegen ist sie auch ruhig und genießt diesen Moment ein wenig, Melissa hat ein leichtes Lächeln auf den Lippen und sagt ihr immer wieder, was für schöne Haare sie hat. Geglättet reichen ihr die Haare bis fast zum Po, sie sieht nicht mehr ganz so wild aus. Dilara, Latizia und Abelia kommen zu ihnen und helfen Melissa, bevor sie alle zusammen hinübergehen. Selbst Amalia ist in ein süßes Kleid gesteckt worden und hüpft so wild herum, dass ihre Locken durch die Luft fliegen.

Nala wird ein Freund von Rodriguez vorgestellt, Don Carlos, ein bekannter Sänger, der auch in Amerika einige Hits hatte. Der Garten von Paco und Bella ist voll, voll mit Essen, Lampions, Vasen mit Rosen, alles ist schön eingedeckt, für die Kinder hängen Piñatas in den Palmen, es wird laut Musik gespielt, eine riesige Torte wird gerade hereingefahren. Was für ein Aufwand für einen Geburtstag, Nala war froh, wenn sie einen Kuchen bekommen hat.

Nala hat schon einige Männer hier getroffen und kennengelernt, doch heute verliert sie komplett den Überblick. Dilara an ihrer Seite stellt ihr viele vor. Ihren Onkel Juan, Tito, Miko, viele ihrer Cousins und Cousinen, Nala bringt alles durcheinander, als dann auch noch die Mitglieder der Tijuas eintreffen, doch sie alle hier gehören irgendwie zusammen, das merkt und spürt man schnell. Und alle Männer hier wirken sehr gefährlich, man sieht sofort, dass sie alle zu den Familias gehören. Sie alle haben diese Ausstrahlung, diese Tattoos und viele haben wunderschöne Frauen an ihrer Seite.

Als das Geburtstagskind Bella mit ihrem Mann Paco kommt, geht die Feier richtig los. Alle gratulieren ihr, sie bekommt einen Berg von Geschenken, der Kuchen wird verteilt und die Musik wird lauter gestellt. Als sich Don Carlos auf eine kleine Bühne stellt und laut ein paar seiner größten Erfolge singt, beginnen auch einige zu tanzen. Dilara lässt Nala keine Wahl, sie zieht sie auf die Tanzfläche und lässt sie auch erst wieder gehen, als Nalas Füße in den Schuhen zu schmerzen beginnen.

Nala zieht sie aus und setzt sich zu Melissa, Bella und einer blonden Frau, die ihr als Lucia vorgestellt wird, die Frau von Tito, der die ganze Zeit alle Kinder zum Lachen bringt. Nala hat, schon während sie angefangen hat zu tanzen, immer wieder einen Blick auf sich gespürt, jetzt sieht sie, dass Damian da ist. Er hat Amalia auf dem Arm, man sieht auch von Weitem, wie sehr die Kleine ihren großen Bruder anhimmelt und dass auch er sehr liebevoll zu ihr ist. Drei Männer stehen bei ihm und zeigen ihm verschiedene Unterlagen. Damian trägt eine schwarze Hose und ein weißes Hemd, das locker aufgeknöpft ist.

Nala sieht wieder weg, bevor Damian merkt, dass sie zu ihm blickt, sie sollte besonders ihm in nächster Zeit aus dem Weg gehen. Dafür dass es nur ein Kuss war, hallt er noch ziemlich lange nach. Nala konzentriert sich auf das Gespräch der Frauen, sie essen zusammen und Lucy erzählt Nala, wie sie damals aus Amerika hergekommen ist und auch, was für eine Umstellung das für sie war.

Nala beruhigt es, dass es nicht nur ihr so geht, sie erklärt, wie ungewohnt es für sie ist, so viele Menschen um sich herum zu haben, diese Art zu leben, die Waffen, der Reichtum und dass für alle das hier ganz selbstverständlich ist. Da erfährt sie das erste Mal, dass es das nicht immer war, sie erzählen ihr, wie ihre Männer festgenommen wurden und sie mit den Kindern fliehen mussten, wie die Jungen die Männer befreit haben und dass sie besonders seit dieser Zeit all das hier erst so richtig zu schätzen gelernt haben.

Lucy wirkt so glücklich, Nala mag es, hier zu sein, doch hier zu leben kann sie sich nicht wirklich vorstellen. Als Bella nach dem Gerichtstermin fragt, gibt Nala zu, dass das Wiedersehen und generell dieser ganze Besuch komisch für sie waren, als läge das schon lange hinter ihr, obwohl sie gerade mal zwei Wochen in Puerto Rico ist.

»Meine Süße, egal was ist. Unterschätze nie die Macht Puerto Ricos und dieses Leben hier, die Männer und alles was dazugehört. Nachdem du hier warst, wird es nie wieder für dich wie vorher, das kann man gar nicht verhindern.« Nala bleibt noch eine ganze Weile mit den dreien sitzen, doch diese Worte gehen ihr nicht aus dem Kopf.

Als Yara sie noch einmal auf die Tanzfläche holt, sieht sie aus dem Augenwinkel, wie sich mehrere der Männer zu verabschieden scheinen. Auch Damian ist dabei, er küsst seine Mutter und gibt ihr die schlafende Amalia in den Arm. Nala weiß, dass sie all das nichts angeht, doch als die Männer sich noch einmal in einer größeren Gruppe am Eingang des Hauses treffen, kann sie es nicht lassen. »Ich gehe mal auf Toilette.« Nala geht langsam an den Männern vorbei, sie sieht nicht zu ihnen, doch sie hört, wie Paco mit ihnen spricht und ihnen sagt, dass sie alles genau kontrollieren sollen. Mehr kann sie leider nicht hören und geht wirklich ins Bad.

Sie sollte nicht so neugierig sein, was Damian und sein Leben betrifft, sie weiß das, doch irgendwie brennt eine ungewohnte Neugierde in ihr. Nala verlässt das Bad wieder, nachdem sie im Spiegel kontrolliert hat, dass sie noch so aussieht wie am Anfang des Festes und stößt gegen Damians breite Brust, der sich genau vor dem Bad aufgebaut hat.

»Was ...?« Wieder hat er dieses wissende Lächeln im Gesicht. »Ich wollte mich nur verabschieden, wir fliegen für zwei Wochen nach Mexiko, um unsere Geschäfte dort unten zu überprüfen. Dein Wagen wird morgen geliefert. Wie war es bei deinem Freund?« Nala ist sofort wieder verwirrt, diese Nähe, er beugt sich ein wenig hinunter und ihre Nasenspitzen berühren sich fast.

Damians dunkle Augen bohren sich abschätzig in ihre, als würde er etwas in ihnen suchen. Er merkt, dass sie überrumpelt ist, doch Nala ist auch nicht auf den Kopf gefallen, sie wird es nicht zulassen, dass sich Damian über sie lustig macht. »Oh, es war wunderbar, leider zu kurz, aber sonst gut. Danke wegen dem Auto und viel Spaß in Mexiko, ich habe gehört, dort soll es die schönsten Frauen geben.«

Nun ist sie es, die lächelt. Sie stellt sich aufrecht hin und streicht ihre Haare nach hinten, um sich so wieder ein wenig mehr Abstand zu Damian zu verschaffen, der ihr noch immer in die Augen sieht. »Das habe ich auch mal gehört, doch mittlerweile glaube ich da nicht mehr dran.« Nala schluckt leise, meint er das wegen ihr? Geht es ihm genauso wie ihr? Spürt er die Nachwirkungen dieses Kusses auch noch immer überall? Wieder lächelt er und Nala kneift ein wenig die Augen zusammen, er wird noch eingebildeter, als er es ohnehin schon ist.

Sie tritt noch einen Schritt vor, legt ihre Hand an seine Wange und sieht auf seine schönen Lippen. »Wieso, Damian? Hat das was mit mir zu tun?« Sie tritt noch näher, ihre Lippen treffen sich fast und wieder umhüllt sie Damians anziehender Duft. Sie muss sich wirklich zusammennehmen, um klar zu denken, doch sie beugt sich ein wenig zu ihm hoch, sodass ihre Lippen nur Millimeter voneinander entfernt sind. »Es war doch nur ein Kuss, Damian.«

Sie lächelt ihn zuckersüß an und will an ihm vorbei, siegessicher, denn sie hat die Sehnsucht in seinen Augen gesehen, doch Damian hält sie am Arm fest und dreht sie wieder zu sich um. »Hast du deinem Freund davon erzählt?« Nala verschränkt die Arme vor der Brust. »Wovon?« Damian rückt näher zu ihr, jetzt ist er es, der sie gegen die Wand drückt und dieses Mal berühren sich ihre Nasenspitzen.

Damians Hand geht an Nalas Hüfte und dieser Griff hat etwas so besitzergreifendes an sich, dass Nala immer wärmer wird. Sie spürt, dass ihr Atem schneller geht und sie auf Damians Lippen blickt, verdammt, sie wünschte sich wirklich, er würde sie wieder küssen, hatte sie gerade noch die Oberhand, scheinen nun sie beide gerade ihre Gefühle nicht im Griff zu haben.

»Von diesem unbedeutenden Kuss zwischen uns, Nala, hast du es ihm gesagt?« Nala sieht ihm fest in die Augen. »Ja, natürlich habe ich das.« Nun wird Damians Lächeln noch breiter, er sieht wunderschön aus, wenn er lächelt, am liebsten würde Nala ihm über die Wange streichen und sein Grübchen auf der Wange nachzeichnen, doch sie hält sich zurück. Damians Lippen streifen ihre Wange und Nala erschaudert, er soll sie küssen, egal wie falsch es ist, sie möchte es unbedingt noch einmal spüren.

»Und wieso sagst du es ihm, Guapita, wenn der Kuss doch so unbedeutend ist?« Nala hatte die Augen geschlossen gehalten in der Hoffnung, Damian würde sie wieder küssen, aber nun öffnet sie ihre Augen abrupt. »Was …« Sie stößt Damian leicht von sich und will ihm gerade eine Antwort entgegenbringen, die ihm sein selbstgefälliges Grinsen wieder aus dem Gesicht entfernt, da kommt plötzlich Rodriguez um die Ecke und sieht verwundert zu ihnen.

»Ähmm, was tut ihr hier? Die Jungs warten auf dich, Damian, ist alles in Ordnung?« Nala wirft Damian noch einen tödlichen Blick zu und zwingt sich dann ein Lächeln auf, als sie an Rodriguez vorbei hinaus in den Garten stolziert. »Ja natürlich, alles in bester Ordnung.«

Nala dreht sich nicht mehr um, sie kocht innerlich und die Stellen, an denen Damian sie berührt hat, brennen auf ihrer Haut, sie ärgert sich über sich und vor allem darüber, dass sie über Rodriguez' Erscheinen froh sein kann, denn um ehrlich zu sein, hätte sie keine vernünftige Antwort für Damian gehabt.

Kapitel 10

Umso erleichterter ist Nala, dass Damian weg ist. So kann sie diesen Kuss am besten vergessen und ihn als das einstufen, was er ist: ohne Bedeutung.

Nala gewöhnt sich langsam an die Uni, sie geht sogar ziemlich gerne hin. Sie beginnt mit einem Kurs über Kunst, Nala hat schon immer gerne gezeichnet, einfach so, meistens beim Telefonieren, oder wenn sie irgendwo warten musste, Zeit überbrücken musste. Nun, da sie hier eh zur Uni muss, kann sie die Zeit auch nutzen und sich ein wenig mehr damit beschäftigen. Sie nimmt einen Kurs, in dem sie viel über das Malen und Zeichnen lernt, über frühere Maler, über die verschiedenen Stilrichtungen, dann traut sie sich nach einigen Tagen, noch einen zweiten Kurs zu besuchen, wo sie zeichnen kann.

Es ist ihr unangenehm, sie ist garantiert nicht so gut wie die anderen. Melissa legt ihr jeden Montag Geld auf den Schreibtisch, es ist viel Geld, Nala gibt es nie ganz aus und legt sich davon etwas zur Seite, als sie aber für den Kurs bestimmte Stifte und Blöcke kaufen muss, geht das zur Seite gelegte Geld dafür drauf. Samuel ist der Einzige, dem sie davon erzählt, er hat schon einige ihrer Zeichnungen gesehen, doch als sie ihm sagt, was für einen Kurs sie jetzt belegt, lacht er erst und als er erfährt, dass sie dafür Geld ausgegeben hat, was sie eigentlich zur Seite gelegt hatte, rastet er am Telefon aus.

Er sagt ihr, dass sie nicht die Realität aus den Augen verlieren sollte. Sie müssen Geld zur Seite legen und es nicht für ihre kleinen Hobbys ausgeben. Nala weiß im Grunde, dass er recht hat, trotzdem erinnert sie ihn daran, wie er ständig ihr Geld bei Wetten verloren hat. Es ist schwer, Samuel meldet sich alle zwei Tage und Nala ruft ihn auch immer mal wieder an, sie schreiben sich und vielleicht reden sie so sogar mehr als in Las Vegas, wo sie zwar zusammen gelebt, sich aber manchmal tagelang kaum gesehen haben, weil Nala immer arbeiten war.

Nun sprechen sie viel miteinander und geraten so auch oft aneinander. Nala versucht es wirklich, sie möchte nicht vergessen, wie ihr wahres Leben aussieht, aber je mehr Zeit sie in Puerto Rico verbringt, umso schwerer fällt es ihr und das wird Samuel auch spüren.

Nala verbringt ihre Zeit in der Uni am meisten mit ein paar anderen Studentinnen, die um Banu herum sind und mit ihr. Sie würde sie nicht als Freundinnen bezeichnen, doch sie essen zusammen und noch immer versuchen sie, ihr alles über die Trez Surentos aus der Nase zu ziehen, Nala kann alldem aber mittlerweile sehr gut ausweichen. Am Nachmittag ist sie oft im Garten, geht mit Dilara oder Latizia oder einer der anderen Frauen hier etwas unternehmen, zweimal hat sie auch schon auf Amalia aufgepasst und Melissa geholfen. Gestern hat Rodriguez sie mit in eine andere Stadt genommen, er hatte dort etwas zu erledigen und Latizia und sie sind während der Zeit dort an den Strand gegangen. Es soll einer der schönsten Strände Puerto Ricos sein und Nala hat sich einfach nur gefühlt, als wäre sie in eine Postkarte hineingesprungen.

Sie haben einen entspannten Nachmittag im Meer und auf Liegen am Strand verbracht, Nala trägt jetzt schon eine richtig schöne Urlaubsbräune auf ihrer Haut. Sie gewöhnt sich immer mehr an die Familie und hat auch das Gefühl, sie alle finden es gut, dass sie da ist. Eigentlich könnte sie sich zurücklehnen, das alles als kleine Auszeit sehen, bis sie wieder zurückkehrt, wäre da nicht Samuel, der ihr aus Las Vegas immer mehr Druck macht und Damian, der zwar zwei Wochen weg ist, an den Nala aber trotzdem ständig denken muss.

Nala ist keine Psychologin und da sie niemandem von Damian erzählt, kann sie sich auch keine weitere Meinung einholen, doch sie ist sich ziemlich sicher, dass all das miteinander zu tun hat.

Ihr Gefühl, wenn es um Samuel geht, ändert sich. Sie möchte es nicht, versucht es zu verhindern, doch sie kann nichts dagegen tun. Die Gedanken an Damian, an den Kuss und dass sie ständig von ihm träumt, haben aber sicherlich nur damit zu tun, dass sie sich mit Samuel nicht mehr sicher ist. Wenn sie sich ihrer Gefühle für Samuel wieder bewusster wird, hört die Schwärmerei für Damian auch auf, da ist sich Nala ziemlich sicher.

In den zwei Wochen, die Damian weg war, hat sie auch nichts von ihm gehört. Sie hat mitbekommen, dass er hin und wieder seine

Eltern angerufen hat, mehr weiß sie nicht und sie hat auch sehr darauf geachtet, nichts weiter zu erfahren. Sie hat allerdings gesehen, dass Damian nach einer Woche sein Profilbild geändert hat. Er ist mit Sami und Kasim drauf. Kasim hat das Bild geschossen, alle drei strahlen gutgelaunt in die Kamera, man sieht, dass sie auf einer Feier am Strand sind und man sieht zwei Frauen im Bikini neben ihnen. Er hat seinen Spaß und das soll er auch, wenn einer von ihnen einen klaren Kopf behält, ist das am besten und Damian ist sicherlich sehr schnelllebig, bis er wieder hier ist, hat er wahrscheinlich schon ihren Namen vergessen.

Trotzdem hat auch Nala am nächsten Tag ihr Profilbild geändert, sie hat eines ausgewählt, das Latizia und sie am Strand zeigt, man sieht nicht viel von ihren Körpern, aber beide haben ihre Gesichter nebeneinander und lächeln in die Kamera, man sieht ein wenig von dem traumhaften Strand und dass sie beide aus vollem Herzen lachen. Nala mag das Bild, es ist ehrlich und schön.

Sie hat es Samuel geschickt, noch immer hat sie ihn auf ihrem alten Handy, während sie eigentlich fast nur noch das neue benutzt. Samuel hat nicht reagiert und nur gefragt, ob sie bereits etwas mehr Geld zur Seite schaffen konnte, er hat eine Idee, wie er Geld machen kann, braucht aber etwas Kapital dafür. Nala ist hin- und hergerissen, sie möchte zurück nach Las Vegas, doch es gefällt ihr auch in Puerto Rico und dass sie sich so wohlfühlt, schürt ihr schlechtes Gewissen gegenüber Samuel, deswegen bringt sie die 200 Dollar, die sie noch hat, zur Bank und überweist sie ihm sofort.

Danach allerdings macht sie das Handy aus und beschließt, Samuel für ein paar Tage aus ihrem neuen Leben auszuschließen, einfach um zu sehen, wie sich das anfühlt.

Sie ist froh, das Zeichnen für sich neu entdeckt zu haben, als erstes zeichnen sie im Kurs einen Strauß Blumen, nicht schwer, doch Nala spürt, dass sie nicht farbig malen möchte und skizziert alles in schwarzweiß, trotzdem ist ihr Lehrer begeistert und lobt sie. Am Nachmittag ist sie mit Amalia im Garten, setzt sich auf eine Poolliege und beobachtet, wie Amalia ihre Puppen im Babypool badet. Dabei fängt sie an, sie abzuzeichnen und hört erst auf, als Rodriguez plötzlich hinter ihr steht. »Das ist wunderschön.« Nala ist es unangenehm, als er nach ihrem Zeichenblock greift, den sie jetzt öfter mit sich herumträgt.

»Ich wusste nicht, dass du so gut zeichnen kannst.« Er sieht sich das Bild an und gibt Nala ihren Block anschließend wieder. »Na ja, ich fange erst an, ich habe immer mehr so zum Spaß gezeichnet und nun habe ich gedacht, ich besuche mal einen Kurs und ja ... ich übe. Ich habe aber auch ein hübsches Model.« Rodriguez lächelt, Nala mag Melissas Mann, er hat genau wie Damian eine mächtige Ausstrahlung und Nala hat bemerkt, wie streng er oft zu Damian oder auch einem der anderen jungen Männer hier ist, doch zu ihr ist er immer sehr nett und höflich.

Nala wollte, dass niemand davon erfährt, dass sie sich im Zeichnen probiert und kann nur hoffen, dass Rodriguez es für sich behält. Am nächsten Tag geht sie mit ihrem Kurs auf das Dach der Uni. Nala muss an die Geschichte von Paco und Bella denken, als sie alle sich einen Platz suchen und die Sicht über Sierra abzeichnen. Nala versinkt tief in ihren Gedanken, sie fühlt sich ganz leicht und unbeschwert, völlig versunken in den Ausblick auf die Stadt und ihre Zeichnung und spürt, wie gut ihr das Zeichnen tut.

Das erste Mal in ihrem Leben fühlt sie sich richtig ausgeglichen. Als die meisten anderen Studenten schon gegangen sind, sitzt Nala noch da und beendet ihr Bild. Der Professor lobt sie und schlägt ihr vor, einen Extrakurs zu besuchen, er bietet ihn nur wenigen begabten Schülern an. Er kostet allerdings etwas, weil sie an ungewöhnliche Orte fahren, sie müsste dafür 500 Dollar bezahlen. Nala sagt ihm, dass sie das Geld nicht habe, er zeigt ihr noch einige Tricks, wie sie die Schatten und Lichteinfälle besser verdeutlichen kann und dann fährt Nala eilig zurück. Es ist bereits später Nachmittag und sie hätte schon längst da sein müssen.

Damian und die anderen kommen irgendwann abends zurück, Melissa bereitet alles für einen Grillabend vor. Allein beim Gedanken daran, Damian heute wiederzusehen, schlägt Nalas Herz schneller, er war zwei Wochen weg und Nala hat wirklich alles probiert, den Kuss und diese Nähe zu vergessen, sie hofft, dass es wenigstens ein bisschen geholfen hat und sie nicht mehr ganz so stark auf ihn reagiert, doch sie wird ihm so gut es geht für die restliche Zeit, die sie hier verbringt, aus dem Weg gehen.

Nala beeilt sich, um noch helfen zu können, doch als sie in den Garten kommt, steht schon alles bereit, Melissa, Bella und Sara sitzen zusammen und trinken Kaffee, Nala entschuldigt sich, dass sie so spät gekommen ist und Melissa fragt, ob sie ihre Bilder sehen können. Rodriguez hat es also doch erzählt. Nala zeigt den dreien ihren Block mit den drei Bildern, den Blumen, Amalia und der Aussicht über Sierra. Natürlich sind die drei begeistert, doch sie hätten es Nala auch nicht gezeigt, wenn sie es nicht mögen würden. Bei Bella aber sieht sie, dass sie besonders das Bild vom Dach sehr mag, sie sieht es sich lange an und erzählt, wie oft sie früher diese Aussicht genossen hat.

Nala sagt ihr leise, dass sie, wenn der Professor ihren Block eingesammelt und benotet hat, das Bild gerne haben kann, wenn sie es möchte. Bella freut sich und sagt, dass sie es unbedingt haben möchte, sie wird es einrahmen und in ihr Wohnzimmer hängen. Dieses Bild bringt so wunderschöne Erinnerungen in ihr hoch. Nala setzt sich zu den Frauen, sie isst Nudeln, es kann noch dauern, bis gegrillt wird. »Es ist schön, dass du dir hier in Puerto Rico die Zeit nimmst, neue Sachen für dich zu entdecken.« Melissa lächelt Nala an.

Sie fragen sie über den Kurs aus und auch, wie Nala an all die Sachen dafür gekommen ist. Als sie erzählt, dass sie es von dem Geld gekauft hat, was Melissa ihr eigentlich für Essen hingelegt hat und dass ihr Professor ihr diesen Extrakurs angeboten hat, besteht Melissa darauf, dass Nala diese Chance nutzt und den Kurs macht.

Rodriguez kommt in diesem Moment mit Paco kurz in den Garten, sie machen noch ein paar Besorgungen, Melissa nimmt sich von ihm das Geld und gibt es Nala. Auch wenn sie weiß, dass Melissa es gerne macht, ist es Nala sehr unangenehm, so viel Geld von ihr anzunehmen. Das Auto fährt sie sehr vorsichtig, weil sie möchte, dass die Familie es wie einen Neuwagen zurückbekommt, wenn sie Puerto Rico wieder verlässt.

Nala bedankt sich und Melissa drückt ihre Hand. »Ich wünsche mir, dass du dir alle Zeit der Welt nimmst um herauszufinden, was dir noch alles Spaß macht und was du gerne machen möchte.«

Es ist das erste Mal, dass Nala darüber spricht, dass sie das Leben hier schon etwas aus ihrer Bahn wirft, sie erklärt, dass sie nur dieses eine Leben kannte, vorhatte, einfach zurückzukehren und weiterzumachen wie bisher, aber je länger sie in Puerto Rico ist, umso mehr stellt sie ihr altes Leben in Frage und sie gibt vor den dreien ehrlich zu, dass ihr das auch ein wenig Angst macht.

Man spürt, dass alle drei sie verstehen, Melissa lächelt und erklärt ihr, dass Nala gerne bei ihnen bleiben kann, es ist schon mehr als ein Monat um und wenn Nala gerne weiter zur Uni gehen möchte oder einfach weiter in Puerto Rico bleiben möchte, kann sie das gerne tun. Sie alle mögen Nala und Melissa würde sich freuen und Nala weiß, dass sie das Angebot wirklich ernst meint. Bella erzählt Nala, wie sie damals ihr altes Leben aufgegeben hat und in New York gelandet ist und wie sie sich damals gefühlt hat, letztlich hat sie Puerto Rico zu sehr geliebt. »Denke nicht zu viel mit deinem Verstand, wenn es um solche Entscheidungen geht, sondern versuche, mehr auf dein Herz zu hören.«

Nala wird versuchen, auf diese Ratschläge zu hören, doch schnell merkt sie, dass sie das nicht immer kann. Es wird später und voller und Nalas Herz schlägt immer schneller. Als die Grills angeworfen werden, beschließt Nala, ihren Verstand einzuschalten, sie muss dem aus dem Weg gehen. Sie hat mit Dilara und Yara zusammengesessen, bis sie aufsteht und Melissa sagt, dass sie Kopfschmerzen habe und sich schon hinlegen will.

Man sieht, wie sehr sich Melissa darauf freut, ihren Sohn wiederzusehen, sie fragt, ob sie ihr eine Schmerztablette geben soll, doch Nala erklärt, dass sie sich einfach schlafen legt. So schnell wie sie kann flüchtet sie sich dann nach oben in ihr Zimmer. Sie geht duschen und schaltet das Licht aus. Als sie hört, dass es lauter wird und sicherlich Damian und die anderen angekommen sind, legt sich Nala aufs Bett, schaltet ihr altes Handy ein und ruft Samuel an.

Sie muss sich ablenken und hat Glück, dass er den Anruf auch annimmt. Nala sagt ihm, wie sehr sie ihn vermisst und das ist nicht gelogen, sie vermisst ihn und ihre gemeinsame Zeit, da war ihre Gefühlswelt noch klarer. Samuel entschuldigt sich bei ihr, dass er in letzter Zeit so grob war und als Nala erzählt, wie der Zeichenkurs ist, hört er ihr wirklich zu. Als er dann aber sagt, dass er die 200 Dollar auf das falsche Pferd gesetzt hat und neues Geld braucht, beendet sie das Gespräch langsam wieder, Samuel muss sich ändern, sonst werden sie nie den richtigen Weg einschlagen können.

Nala hört die vielen Stimmen unten, sie liegt auf dem Bett und schließt die Augen. Sie sollte schlafen, doch es geht nicht, sie kann gegen diese Neugierde einfach nicht ankämpfen. Nur kurze Zeit später steht sie leise auf und setzt sich auf die kleine Fensterbank. Sie hat die Jalousien so geschlossen, dass sie durch die Spalte hinausblicken kann und da es dunkel in ihrem Zimmer ist, sieht sie niemand von unten.

Es dauert keine Minute, da hat sie Damian entdeckt. Er sitzt um einen Tisch neben seinem Vater, Dilara wuschelt ihm gerade durch das Haar und Amalia schläft auf seiner Brust. Vor Damian steht ein Teller, der benutzt aber leer ist, sie sind wirklich schon eine Weile da. Nalas Herz schlägt schneller, doch als sie ihm in sein Gesicht sieht, beruhigt es sich gleichzeitig auch wieder. Das ist das Gefühlschaos, in dem sie steckt und das sie gar nicht haben dürfte, sie hat einen Freund und sollte nicht so fühlen.

Eine ganze Weile sitzt Nala einfach nur da, sieht in Damians Gesicht, beobachtet ihn, wie er sich unterhält, lacht und immer wieder Amalias Stirn küsst. Sie nimmt alles in Ruhe auf, seine breite Brust, die Tattoos an den Armen, sein hübsches Gesicht, die Grübchen, die sich bei seinem Lachen bilden, es ist kein Wunder, dass er sie verwirrt, Damian ist ein wunderschöner Mann.

Nala holt ihren Zeichenblock heraus und beginnt, ihn zu zeichnen, seine dunklen Augen, seine schönen Lippen, sie erfasst alles. Aber auch, wenn es sie eigentlich beruhigt zu zeichnen, schlägt ihr Herz wieder schneller, denn sie bemerkt, wie Damian immer wieder zu ihrem Fenster hochsieht. Vielleicht bildet sie sich das nur ein, doch sie hat das Gefühl, dass auch in seinen Augen dieses Gefühlschaos zu erkennen ist und Nala ahnt, dass hier noch nicht alles vorbei ist, nicht so, wie er immer wieder zu ihr hinaufsieht.

Nala verschläft am nächsten Morgen. Auch nachdem die Feier unten sich langsam aufgelöst hat, konnte Nala nicht schlafen, sie hat lange wach gelegen, sich die Zeichnung angesehen und vergeblich versucht, all das von sich zu stoßen und zu schlafen.

Sie springt unter die Dusche, zieht sich ein weites Shirt und einen engen Bleistiftrock an, beides in schwarz, lässt ihre Haare, die sie gestern früh geglättet hatte, offen und läuft ungeschminkt und ohne Frühstück schnell aus dem Haus.

Zum Glück trifft sie niemanden, alle scheinen länger zu schlafen, aus dem Haus, wo die Männer zusammen wohnen, hört man vor dem Mittag eh selten etwas. Im Auto hält Nala dann doch ein. An ihrem Rückspiegel hängt eine wunderschöne silberne Rosenkranz-Gebetskette, Nala umfasst das Kreuz, es sieht sehr edel aus, die Kette war sicherlich sehr teuer.

Nala hat schon bemerkt, dass bei fast allen Autos der Familie diese Kette am Rückspiegel hängt. Wahrscheinlich als Glücksbringer. Damian muss ihr die Kette hier gestern Nacht angebracht haben, er hat das Auto gekauft und wird einen Zweitschlüssel besitzen. Nala streicht über das kleine Kreuz und fährt los. Ob dieses Bauchkribbeln, was immer aufkommt, irgendwann wieder verschwinden wird?

Eigentlich hätte sie sich die Uni auch sparen können, sie ist müde und quält sich zu den zwei Kursen, die sie heute nur hat. Sie versucht sich zu konzentrieren, doch es klappt nicht. Das einzig Gute ist, dass sie den Zeichenkurs bezahlen kann. Er startet in zwei Wochen. Statt nach Hause zu fahren, setzt sich Nala nach den beiden Kursen noch zu Banu und zwei ihrer Freundinnen, mit denen Nala zwar auch täglich zusammen ist, auf deren Namen sie aber noch nie geachtet hat. Sie ist momentan echt nicht wiederzuerkennen.

Nala stochert in einer Portion Nudeln herum, bis Banu sie fragt was los ist und Nala das erste Mal darüber spricht. Sie nennt keine Namen, doch wenigstens kann sie mit Banu und den anderen beiden Frauen darüber sprechen, sie wissen ja nicht, wen sie meint. Sie erklärt, dass sie ihren Freund hat und eigentlich auch glücklich ist, doch dass sie ständig an einen Mann von hier denken muss. Sie erzählt ihnen auch von dem Kuss und dass es seitdem immer schlimmer wird. Auf die Frage, was der 'Mann von hier' darüber denkt und ob Nala das Gefühl hat, er hat ernste Absichten, kann Nala nur die Schultern zucken. Sie erklärt, dass er sehr lieb zu ihr ist, er aber weniger der Typ für eine Beziehung ist und wahrscheinlich einfach nur ein wenig Spaß haben möchte.

Banu und die anderen Frauen sind sich einig, dass Nala nur zwei Optionen hat. Entweder sie genießt die Zeit hier in Puerto Rico und lässt sich auf ein kleines Abenteuer ein, von dem ja niemand etwas erfahren muss. Da muss sie dann aber auch ihre Gefühle herauslassen. Oder aber sie vergisst den Typen hier, lenkt sich ab und kehrt ohne schlechtes Gewissen zu ihrem Freund zurück. Nala ist sofort für die zweite Option, das ist es ja, was sie die ganze Zeit versucht.

Da sie mitbekommen hat, dass Banu und die anderen die ganze Zeit von einer Feier morgen Nacht erzählen, fragt sie nach, ob sie mitkommen kann. Sie muss sich ablenken und das ohne jemanden aus der Familie, am besten ganz weit weg. Einen unbeschwerten Abend ohne Gedanken an Damian und Samuel, dafür würde Nala gerade alles tun.

Natürlich ist Banu sofort begeistert, sie sagen, es ist eine Party auf einem alten Schloss und dass jeder nur weiß tragen darf. Da Nala den Weg nicht kennt und es schwer zu finden ist, holen sie sie ab und das ist für Banu ein Grund, über beide Wangen zu strahlen, sie kann Nala abholen und zu den Familias kommen, für sie scheint es das Größte zu sein, Nala hingegen will einfach nur Ablenkung.

Etwas wacher und mit etwas besserer Laune fährt Nala anschließend zurück. Sie wird einfach mehr Zeit in ihrem Zimmer verbringen und außerhalb des Gebietes, sie kann sich auch mal die anderen Städte ansehen, zum Strand gehen, alles tun, um sich abzulenken und hier ständig auf …

Nala fährt in die Einfahrt und hat diesen Gedanken noch nicht einmal zu Ende gebracht, da kommt genau in dem Moment Damian mit einem Mann aus dem Haus, in dem er mit seinen Cousins zusammen wohnt. Das klappt wunderbar, ihm aus dem Weg zu gehen. Nala parkt ihr Auto und bleibt einen Moment sitzen, natürlich hat er sie gleich entdeckt. Er trägt eine Shorts und ein weißes Unterhemd, es sieht nicht so aus, als wäre er schon unterwegs gewesen. Der Mann neben Damian wirkt ein wenig nervös, Nala hat ihn auch noch nie gesehen. Damian läuft langsam neben dem Mann her und sieht zu ihrem Auto, während der Mann ihm irgendetwas erzählt. Nala kann jetzt auch nicht ewig im Auto bleiben und steigt aus.

Damian wartet vor der Haustür seines Elternhauses auf sie, der Mann läuft ein klein wenig weiter. »Hi.« Nala spürt selbst, wie unsicher ihr Lächeln ist, ihr letztes Aufeinandertreffen versucht sie auszublenden, auch in Damians Gesicht sieht man eine gewisse Unsicherheit. »Hi, wie geht es dir? Sind die Kopfschmerzen vorbei?« Nala nickt und ist sich sicher, dass er weiß, dass sie keine Kopfschmerzen hatte. »Danke für die Kette.« Damian nickt nur und sieht ihr in die Augen.

Es ist egal, was sie beschließt, wenn er nicht dabei ist, was sie sich vornimmt, wenn sie ihn von Weitem beobachtet, als sie jetzt wieder so nah zusammenstehen und sie ihm in die Augen blickt, würde sie am liebsten so viel sagen, am liebsten Zeit mit ihm verbringen, ihm noch näher kommen, diese Neugierde in sich stillen, doch sie weiß, dass das nicht geht und sie damit abschließen muss.

»Wohin geht ihr?« Nala räuspert sich, auch Damian scheint in seinen Gedanken gefangen zu sein. Endlich sieht er zur Seite zu dem Haus, was gerade für ihn fertiggestellt wird.

»Ich zeige ihm, was ich wie in meinem neuen Haus haben möchte.« Nala nickt. »Okay, viel Spaß, ich muss rein, wir sehen uns.« Sie wartet nicht einmal mehr auf eine Antwort, sie geht schnell ins Haus und lehnt sich gegen die Tür. Sie muss hier raus, braucht Ablenkung und kann morgen Abend gar nicht erwarten.

Kapitel 11

Deswegen kann Nala den nächsten Tag auch kaum erwarten. Sie bleibt am Nachmittag auf ihrem Zimmer, bis Dilara mit zwei indischen Liebesfilmen vorbeikommt und sie sich diese zusammen im kleinen Hauskino mit Popcorn und Eis ansehen. Nala mag diese Filme eigentlich nicht, doch momentan lenkt es sie gut ab und dafür ist sie dankbar.

Sie erzählt beim späteren Essen mit Amalia und Melissa, dass sie am nächsten Tag auf eine Feier gehen wird. Sie sagt, sie will mit Leuten aus der Uni ausgehen und zum Glück sagt niemand etwas dagegen. Nala hätte gedacht, dass sie wieder jemanden aus der Familia mitnehmen muss, doch Melissa beruhigt es, dass Banu sie abholen kommt und auch wieder nach Hause bringt.

Das ist für Nala sowieso sehr ungewohnt, ihre Mutter hat aufgehört zu fragen, wohin sie geht, als sie zwölf war, doch nun sieht Nala, wie eng hier alle miteinander verbunden sind, wie sehr sie auf die anderen achten und respektiert das.

Am nächsten Tag genießt sie den Zeichenkurs und zeigt dem Professor auch die Bilder von Amalia und Damian, die ja alle in ihrem Blog sind. Der Professor findet sie sehr gut, besonders das von Damian, er fragt, ob das Nalas Freund ist, doch so schnell wie sie verneint, ahnt er bestimmt, dass es nicht mal ansatzweise so ist. Banu ist sehr aufgeregt, als sie Nala daran erinnert, etwas Weißes anzuziehen und dass sie sie abends abholen kommt.

Natürlich hat Nala das schon wieder vergessen und muss nach der Uni bei Dilara halten. Dilara zeigt ihr einige Kleider, doch Nala möchte etwas anderes, sie findet eine enge weiße Jeans, aber kein passendes Oberteil dazu, bis Dilara eine Idee hat. Sie hat diese Tücher, Bandanas, mit den leichten schwarzen Mustern drauf, die manche Familiamitglieder sich um den Kopf binden. Sie nimmt ein weißes mit schwarzem Muster und bindet es Nala um den BH, eine Ecke zupft sie frei, sodass dieses im Dreieck bis zu ihrem Bauchnabel fällt, während Nalas Rücken frei ist, es sieht sexy und ein bisschen gefährlich aus. Dilara nennt das sexy Familia Look und Nala ist hin und weg, so kann der Abend beginnen.

Sie fährt nach Hause, niemand ist da. Ihr fällt ein, dass Melissa und Bella heute zu Sara wollten. Nala geht schnell duschen und macht sich dann fertig. Als sie zwei Stunden später in den Spiegel schaut, ist sie zufrieden. Das Outfit ist sexy, die Hose betont ihren Po besonders gut und durch ihre leichte Bräune wirkt das Weiß noch besser. Nala lässt ihre Locken heute einfach offen und hat das Make-up schlichter gehalten, dafür aber roten sexy Lippenstift aufgetragen. Sie trägt die großen runden Creolen, die viele Frauen hier tragen, zieht sich die weißen Pumps an, die sie bei Dilara noch gefunden hat, nimmt ihre kleine Clutch, die in dem Taschenpaket enthalten war und legt ihr Portemonnaie und ihr neues Handy hinein.

Erst dabei fällt Nala wieder ein, dass sie noch nicht einmal nachgesehen hat, ob Samuel sich gemeldet hat, doch als sie jetzt nachsieht, hat er es nicht. Nala schreibt ihm, dass sie auf eine Party geht und was er macht. Er antwortet sofort, dass er im Casino ist und wünscht ihr viel Spaß. Nala steckt auch das alte Handy ein. Sie muss aufpassen, dass sie mit alldem hier nicht ihr reales Leben vergisst.

Es hupt draußen, Nala sieht noch einmal zufrieden in den Spiegel, bevor sie nach unten eilt. Als sie aber aus der Haustür kommt, stockt sie. Verdammt, auf dem Parkplatz steht Banu mit einer der Freundinnen, die auch immer in der Uni bei ihr sind. Beide tragen weiße Minikleider und sehen heiß aus, doch nicht das lässt Nala leise fluchen, bei ihnen an deren Autos stehen Damian, Leandro, Sami, Miguel und Kasim, die offenbar gerade wegfahren wollten, doch nun mit Banu reden und Nala entgegensehen.

»Wuhuu, unsere heiße Shaki, du machst unserer Familia alle Ehre, die Familia hat die schönsten Frauen!« Sami lacht und Nala würde am liebsten die Augen verdrehen, doch sie schluckt ihren ersten Schock herunter und lächelt, während sie zu Banu und ihrem Cabrio geht. Sie kennt die Jungs mittlerweile auch besser, sie mag sie und weiß auch, dass sie alle mögen.

»Na mal sehen, was die Männer dazu sagen werden, in der Uni sind ja alle durchgedreht, als Nala aufgetaucht ist.«

Banu ist in ihrem Element, sie steht bei Sami und sieht Nala eben-falls entgegen. »Sehr sexy, ich hätte vielleicht auch lieber eine Hose anziehen sollen, dass Outfit kopiere ich von dir und ziehe es das nächste Mal an!« Nala weiß, dass das ein Kompliment ist, Banu achtet sehr auf Mode, Nala ist da eher so der Typ 'in den Schrank greifen und überziehen', während Banu jeden Tag von Kopf bis Fuß passend gestylt ist.

»Wo wollt ihr hin?« Damian stößt sich von seinem Auto ab und kommt auch näher. Natürlich hat Nala seinen Blick auf sich gespürt, doch ihr neues Motto lautet ignorieren und verdrängen, deswegen sieht sie gar nicht erst richtig zu ihm. Banu steigt schon ins Auto, genau wie ihre Freundin. »Wir gehen uns amüsieren. Viel Spaß euch!« Nala lächelt zuckersüß zu allen, steigt ins Auto und hebt noch einmal die Hand, als Banu Gas gibt und sie vom Parkplatz fahren. Das hat so gut getan.

Sie fahren nur zwanzig Minuten, immer einen Berg hinauf. Banu fragt Nala die ganze Zeit über Sami und Damian aus, Nala weicht ihr aber geschickt aus und hört nur noch zu, wie Banu und ihre Freundin von Damian und seinen Cousins schwärmen. Sie sagen, dass die Frauen hier erzählen, einen Mann aus einer Familie fest an sich zu binden ist so, als würde man versuchen, einen Adler zu zähmen, ent-weder er bleibt für immer bei dir und liebt dich über alles oder er zer-hackt dir dein Herz.

Da ist garantiert sogar etwas dran, doch Nala sagt nichts dazu. Sie kommen an einer kleinen Burg an. Es ist richtig schaurig, dunkel, nur mit Fackeln beleuchtet. Von außen hört man zwar, dass dort irgend-wo gefeiert werden muss, doch man ahnt noch nicht, was sich hinter den Burgmauern verbirgt. Umso erstaunter ist Nala, als sie dann ent-deckt, was hier los ist.

Sie werden von einem Kellner in das Schloss gebracht, wo sie einige Flure entlanggehen, die auch nur mit Fackeln beleuchtet sind. Es wirkt so gruselig, dass es schon wieder etwas ganz Besonderes hat. Als sie dann aber in den Innenhof geführt werden, staunen sie alle nicht schlecht. Er ist in buntes Diskolicht getaucht, bunter Schaum ist überall verteilt, es stehen riesige Tische mit Essen und Trinken bereit, ein hell erleuchteter Pool ist in der Mitte, es stehen einige große Throne bereit, alle hier sind weiß angezogen, viele Frauen tragen nur weiße Bikinis, die Männer haben fast alle nur weiße Shorts an, die Musik ist laut, alle tanzen und Nala weiß, dass sie sich hier gut ablenken kann.

Nala hat noch gar nicht alles erfasst, da kommt ein Mann auf sie zu. »Banu, Chloe, schön, dass ihr es geschafft habt. Welche Schönheit habt ihr denn mitgebracht?« Ein Mann in weißer Shorts begrüßt sie, er ist sehr hell, hat hellbraune Haare und blaue Augen und wirkt so gar nicht puertoricanisch. Er gibt Nala einen Handkuss und Banu erklärt ihr, dass der Mann und fünf Freunde von ihm aus Michigan kommen.

Sie machen jedes Jahr hier Urlaub und veranstalten diese Partys und Banu ist immer dabei. Nala begrüßt den Mann auch und sieht sich um, jetzt bemerkt sie, dass hier wirklich nicht sehr viele Männer sind, vielleicht zehn, alle sehen eher wie Touristen aus, während wahnsinnig viele sexy Frauen herumlaufen.

Nala ist es egal, sie will Ablenkung, mehr nicht, deswegen nimmt sie Banus Hand und zieht sie zum Pool, wo alle tanzen. »Und jetzt lass uns den Abend genießen!«

Das fällt ihnen auch leichter als gedacht, sie tanzen, die Musik ist genau richtig, immer wieder wird bunter Schaum in die Menge gesprüht, doch Nala entkommt dem immer gut, deswegen tragen viele der Frauen hier auch nur einen Bikini. Irgendwann kommt der Mann zu ihnen, der sie begrüßt hat, und tanzt auch. Als er Nalas Hüften umfasst und sich an sie schmiegt, lässt sie es für einen Tanz zu, doch dann flüchtet sie lachend zu Banu, die schon eine Weile vorher aufgegeben hat und sich gerade auf einen der Throne gesetzt hat.

Nala setzt sich auf den danebèn und der Mann kommt auch zu ihnen. »Um hier sitzen zu dürfen, muss man sich das erst verdienen. Ihr müsst ein Spielchen spielen.« Nala ist außer Puste, neben den Thronen stehen Tische mit Obst und kleinen Snacks, Nala nimmt sich welche und sieht dann zu einem Tisch, an dem frisches Essen zubereitet wird. »Spielt mal, ich muss erst einmal etwas essen.« Sie steht auf und will sich in die Reihe stellen, doch der Mann hält sie am Arm fest.

»Komm danach aber unbedingt zurück!« Er zwinkert ihr zu, aber Nala sieht ihn nur kurz an und geht dann weiter. Der Mann hat bestimmt Geld und sicherlich auch Macht, er sieht gut aus, wieso fällt es ihr hier so leicht, nicht zu reagieren? Und allein wenn sie an Damian denkt, beginnt ihr Herz zu rasen?

Nala besorgt sich ein paar Scampispieße und dazu gebackene Kartoffeln, als sie zu Banu und den anderen sieht, spielen die gerade Karten und Banu trägt nur noch ihren BH und einen String, viele der anderen Frauen tragen einen knapperen Bikini, doch trotzdem wirkt das nochmal sexyer. Dazu trinkt sie zwei Gläser von irgendeinem hochprozentigen Zeug, was Nala an Banus Gesichtsausdruck erkennt. Ganz wunderbar, solche Spiele sollten ab sechzehn verboten werden.

Nala sieht sich ein wenig um, es ist faszinierend hier, sie beobachtet, wie sich immer mehr Paare bilden, die anfangen sich zu genießen und sieht mehr als einmal beschämt weg, es wird hier im Schloss doch Zimmer geben. Außerdem bemerkt sie, dass die Männer hier nicht zu wenig sind, sie vergnügen sich einfach mit mehreren Frauen. Nala trifft Chloe, die sich offenbar auch gerade mit einem Mann vergnügt hat, die sie jetzt auf die Tanzfläche zieht, doch dieses Mal hält Nala nur drei Lieder durch.

Genau in dem Augenblick, als sie sich etwas zu trinken holen möchte, kommen plötzlich zwei der Männer mit Eimern voller Wasser auf die Tanzfläche und entleeren diese auf insgesamt fünf Frauen, die noch Oberteile anhaben, auch Nala spritzen sie am Oberkörper mit Wasser nass. Sie kann froh sein, dass ihre Hose verschont bleibt. Sie konnte gar nicht so schnell reagieren, wie die Männer beim Wasserverteilen waren, erst als es zu spät ist, schreit sie sie an.

»Was soll das? Seid ihr …?« Die Männer sind total betrunken. »Wir brauchen neue Frauen und wollten schnell gucken, wer am meisten zu bieten hat. Du bist auf jeden Fall eine der Favoritinnen.« Die anderen Frauen lachen, Nala aber sieht an sich herunter. Da sie keinen BH unter dem Tuch trägt und dieses jetzt klitschnass an ihrem Oberkörper hängt, kann nun jeder mehr sehen als er sollte und Nala verschränkt schnell die Arme vor der Brust. Sie ist garantiert nicht prüde, aber sie entscheidet, wer was sehen darf.

Auch von den anderen Frauen sieht man nun alles, doch keine von ihnen scheint es zu stören. Einer der Männer will noch etwas sagen, doch Nala geht einfach wütend an ihm vorbei, die sind so betrunken, dass es keinen Sinn macht. Auf einer Liege findet sie ein paar Handtücher und versucht, sich ein wenig trocken zu machen, doch das bringt nichts, der Stoff hängt an ihr herunter und zeigt alles.

»Hmm ...« Wieder ist der Mann hinter ihr, tanzt und reibt sich an Nala. »Sieht es so aus, als würde ich tanzen?« Nala schubst ihn unsanft zur Seite. »Nein, meine Hübsche, aber ich würde gerne etwas Spaß haben.« Nala schüttelt den Kopf. »Hab ihn, aber ohne mich.« Sie geht weiter und sucht Banu, es ist schon spät und der Abend sollte jetzt besser enden. Sie findet sie auch schnell, allerdings ist Banu im Pool und knutscht mit einem der Männer herum. Als sie sich kurz lösen, hebt der Mann eine Champagnerflasche hoch und lässt den Inhalt in Banus Mund fließen und dann auf ihr Dekolleté.

Super, ganz wunderbar. Vielleicht ist Chloe noch nüchtern und will auch langsam nach Hause. In dem Moment, als Nala sie suchen gehen will, klingelt ihr Handy in der Clutch. Es ist Damian. Eine ungewohnte Erleichterung breitet sich in ihr aus. Sie geht ans Handy, während sie versucht, ihre Brüste zu bedecken. »Hi.« Nala klemmt es sich zwischen Ohr und Schultern und verschränkt die Arme vor der Brust. Bei Damian ist es genauso laut wie bei ihr.

»Und, genießt du deinen Abend?« Nala sieht sich um. »Um ehrlich zu sein, nicht mehr. Ich bin nass, meine Mitfahrgelegenheit ist betrunken mit jemandem im Pool und irgendwie denken die Männer hier, dass sie alle Frauen haben können. Ich verstehe nicht ...« Damian unterbricht sie. »Wo bist du?« Nala setzt sich auf eine Liege. »In einem Schloss, es ist ungefähr zwanzig Minuten von eurem Anwesen entfernt.«

Sie hört, dass es leiser bei Damian wird. »Ich bin weg!« Das hat er zu jemandem gesagt. »Nala, bist du noch dran?« Er muss nicht extra wegen ihr seinen Abend beenden. »Ja, Damian, ich kann auch ein ...« Damian startet ein Auto. »Versuch, allen aus dem Weg zu gehen. Ich bin gleich da.« Er legt auf und Nalas Herz schlägt sofort schneller, er kommt ... das ist nicht gut, gar nicht gut, doch diese Reaktion ist so ungewohnt für sie. Dass er sagt, sie solle aufpassen und allen aus dem Weg gehen, dass er nicht eine Sekunde zögert und kommt, sie ist so etwas nicht gewohnt. Nala sieht sich um, all das hier hat ihr nicht eine Minute solch eine Gänsehaut bereitet wie das Wissen, dass Damian gleich hier sein wird.

In dem Moment wird Nala endgültig klar, dass sie aufhören muss, sich etwas vorzumachen: Das, was zwischen Damian und ihr auch immer ist, es ist mehr als einfach nur ein Kuss. Entweder sie stellt sich dem jetzt, oder sie versucht es zu vergessen, doch sich einzubilden, es wäre nicht so, bringt sie nicht weiter.

Neben ihr auf der Liege landet ein Mann mit einer Frau, deren Bikinioberteil keine Minute später auf Nala fällt und sie aufsteht, bevor sie Details sieht, die sie gar nicht sehen möchte. Sie geht zum Pool, um Banu zu sagen, dass sie abgeholt wird, doch sie findet sie dort nicht mehr. Sie sucht alle Liegen ab, dabei lässt sie ihre Arme aber vor der Brust überkreuzt, damit niemand zu viel von ihr sieht. Je später es wird, umso ausgelassener werden alle, die Frauen tanzen immer ungehemmter und überall. Die Tische werden zu Podesten umfunktioniert und es wird immer unübersichtlicher.

Es dauert eine Weile, bis Nala endlich Banu entdeckt, sie sitzt auf einem der Throne und ein Mann ist bei ihr, Nala will zu ihnen, doch sie bemerkt, dass sich etwas ändert, alle werden ruhiger und sehen in Richtung des Ausganges. Als Nala auch dorthin blickt, hüpft ihr Herz in einem schnelleren Rhythmus. Damian steht auf den Stufen und schaut in die Menge. Er trägt eine hellblaue Jeans und ein schwarzes Shirt. Nala kann an seinem Gesichtsausdruck nicht erkennen, was er denkt, doch sie sieht, wie alle anderen auf ihn reagieren, erschrecken, vielleicht etwas ehrfürchtig, zumindest abwartend, alle halten ein und sehen ihn an.

Nala geht auf ihn zu, in dem Moment treffen sich ihre Blicke und Damian kommt ihr entgegen. Während er auf sie zukommt, fahren seine schönen dunklen Augen sie einmal komplett ab und bleiben an ihrem Oberteil hängen, vor dem Nala noch immer die Arme verschränkt hat. »Ist alles in Ordnung?« Auch wenn sie es nicht sollte, Nala ist unendlich erleichtert, dass Damian da ist. »Ja, ich bin nur nass und will nach Hause.« Damian sieht sich um und schüttelt leicht den Kopf. »Lass uns verschwinden.« Er will sich umwenden, aber plötzlich steht da der Mann, der Nala begrüßt hat. Nala läuft fast in Damian hinein, der abrupt stoppt.

»Oh, du willst doch nicht die schönste Frau von der Party entführen? Ich würde gerne noch etwas Spaß mit ihr haben.« Nala ist so nah an Damians Rücken, dass sie seine Waffe spüren kann, ohne sich umzudrehen greift er nach hinten und schiebt Nala komplett hinter seinen Rücken, als müsste er sie schützen. »Ist das dein Ernst? Was willst du?« Bevor Nala oder sonst jemand reagieren kann, hat Damian den Mann mit einer Hand gepackt und drückt ihn gegen die Wand des kleinen Poolhauses, an dem sie stehen. Der Mann würgt, ihm scheint beim Aufprall gegen die Wand die Luft weggeblieben zu sein. Damian hat viel Kraft und Nala weiß, dass das hier böse enden kann.

Sie will eingreifen, doch plötzlich ist Banu da und stellt sich genau neben Damian. »Er kennt dich nicht! Er weiß nicht, wer du bist und er ist betrunken, bitte tue ihm nichts. Würde er wissen, wer du bist, hätte er nichts gesagt, er ist nicht von hier!« Der Mann röchelt noch immer, Damian lässt ihn abrupt los und er fällt zu Boden. »Stell dich nie wieder in meinen Weg, merkt dir das! Sie gehört zu mir, also überlege dir gut, was du über sie sagst, wenn dir dein Leben wichtig ist!«

Nala atmet schneller, man sieht die Erleichterung in Banus Gesicht, als Damian von dem Mann ablässt. Nala ist bis jetzt noch nicht dazu gekommen, überhaupt etwas zu sagen, da greift Damian nach ihrer Hand. Natürlich bedeckt Nala sich nun nicht mehr, sie ist vor Schreck ganz starr geworden, was sie aber jetzt erst bemerkt.

Damian greift nach ihrer Hand, seine Hand ist so groß, dass sie ihre vollständig umfasst. Nala folgt ihm ins Haus, sie achtet nicht auf die vielen Augenpaare, die jeden ihrer Schritte begleiten, sie achtet auch nicht mehr auf Banu oder den Mann, sie sieht auf Damian, der sie zurück in die Burg und in Richtung Ausgang bringt.

Das war einfach 'wow', noch nie hat sich jemand so für sie eingesetzt, Samuel hat noch nicht einmal angerufen und gefragt, ob alles in Ordnung ist, er würde sicherlich nicht einmal auf die Idee kommen, nachzufragen. Langsam kann Nala wieder klar denken und der Schrecken weicht aus ihren Knochen. Ihr Puls normalisiert sich wieder.

Damians Hand strahlt eine angenehme Wärme durch ihren Körper und Nala muss lächeln. Als sie durch die Gänge der Burg gehen, verlangsamt Damian seinen Schritt, sieht zu ihr und bemerkt ihr Lächeln. »Was?« Nala schüttelt den Kopf und sieht ihn an. »Das hat noch nie jemand für mich getan. Irgendwie hat mich das gerade an Baby und Johnny erinnert.« Damian lässt ihre Hand nicht los, Nala möchte es auch gar nicht. »Wer oder was sind Baby und Johnny?« Nala bleibt stehen und sieht ihn mit großen Augen an.

»Baby und Johnny? Dirty Dancing? Mein Baby gehört zu mir?« Damian lächelt nun auch, als er Nala ins Gesicht sieht. »Sagt mir nichts und ich würde nie Baby sagen.« Nala lacht. »Du musst den Film sehen, jeder muss das und Baby ist ihr Spitzname ... du sagst ständig Guapita zu mir, oder zu Frauen, ist das besser?«

Damian lässt ihre Hand los und zieht sich sein Shirt aus. Nala muss sich wirklich zusammennehmen, um nicht zu starren, natürlich sieht man immer, wie gut er gebaut ist, doch als sie all das jetzt so nah und ohne Stoff sieht ... damit hat sie nicht gerechnet. Damians Oberkörper ist komplett durchtrainiert, nicht zu viel, genau richtig, seine Haut schimmert braun im Licht der Fackeln, ein leichter Flaum fährt hinab von seinem Bauchnabel in die Jeans, Nala mahnt sich selbst, ihm schnell wieder ins Gesicht zu sehen. »Zieh das über! Ich sage das nicht zu allen Frauen, nur zu dir: Du bist wunderschön, deswegen Guapita.«

Nun denkt sie erst wieder daran, dass man dank ihres nassen Oberteils alles sieht, doch trotzdem überhört sie seine Worte nicht. »Danke.« Nala nimmt das T-Shirt und zieht es über, es ist viel zu breit und groß, doch es umhüllt sie sofort mit Damians Duft. Sie löst das Tuch unter dem Shirt und zieht es aus und es tut gut, das nasse Ding loszuwerden.

Nala sieht wieder hoch in seine Augen, die ruhig auf ihr liegen. Damian nimmt ihr das Tuch ab, in dem Moment kommen zwei Frauen vom Eingang und lachen, als sie aber Damian erblicken, erlischt das Lachen und wird zu einem sexy Lächeln, was sie ihm zuwerfen, er aber greift wieder nach Nalas Hand und sie verlassen die Burg. Seine Gesten sind besitzergreifend, jedoch nicht im negativen Sinne.

Im Auto streift sich Nala die Schuhe von den Füßen, während Damian losfährt. Er fährt heute das Auto, das sie zusammen gekauft haben, also zumindest war sie dabei. »Ist dir kalt?« Damian sieht zu ihr, Nala schmiegt sich tiefer in das Leder, kuschelt sich ins Shirt und schüttelt zufrieden den Kopf, sie kann nicht leugnen, dass sie sich wohl bei Damian fühlt. »Nein, es ist alles gut.« Damian sieht zu ihr, in ihre Augen und wieder auf die Straße.

»Woher wusstest du so genau, wo ich bin? Kennst du die Burg?« Nala beobachtet Damians Profil von der Seite und merkt, wie die Müdigkeit sie langsam einholt. »Die Burg ist bekannt, man kann sie für Feiern mieten, wir haben dort auch schon öfter welche gehabt.« Nala wird sicher nochmal dahin fahren. »Ich hätte mir gerne alles angesehen, sie ist bestimmt wunderschön. Wo warst du eigentlich? Habe ich dich gestört?«

Damian lacht leise und sieht auf sein Handy, was gerade klingelt. »Nein, ich setze dich gleich ab und muss nochmal los, aber es war nichts Besonderes heute Abend. Außerdem habe ich dich angerufen, du hast mich nicht gestört.«

Nala schließt kurz die Augen. Stimmt, er hat sie angerufen. »Es war erst sehr schön auf der Feier, doch dann war es so … als würden die Männer erwarten, mit jeder Frau dort schlafen zu können.« Sie sind fast alleine auf der Straße, Nala sieht auf Damians Hände, die das Lenkrad halten. Sie sind groß und breit, so stark und doch so sanft, so wie fast alles an ihm. »Das können sie garantiert auch, die meisten der Frauen, die da auf der Feier waren, haben damit sicher kein Problem, wir nennen sie hier Chicas. Die Frauen wollen ihren Spaß, meist genießen sie das Geld der Männer und haben ihren Spaß, ich schätze, deine Freundinnen aus der Uni gehören auch dazu.«

Damian hält und Nala hat noch nicht einmal gemerkt, dass sie wieder bei ihrem Haus sind. Sie setzt sich auf, Damian wendet sich zu ihr, lässt den Motor aber an. »Das sind nicht meine Freundinnen, ich wollte einfach nur ausgehen und all das hier für ein paar Stunden vergessen.« Einen kurzen Augenblick sehen sie sich in die Augen. Nala liebt seine schönen Augen.

»Wieso?« Nala entzieht sich dem Blick und greift nach ihren Schuhen und der Tasche. »Weil das alles nicht gut ist, ich sollte dem besser aus dem Weg gehen, bevor es noch komplizierter wird!« Damian beobachtet sie genau, doch sie wird nicht den Fehler machen und ihm wieder in die Augen sehen.

»Was ist nicht gut?« Nala lacht leise auf, dann kann sie nichts anders und sieht doch zu ihm. »Das … alles. Wir beide wissen ganz genau, dass das mehr war als einfach nur ein Kuss zwischen uns, oder willst du jetzt etwa immer noch behaupten, da ist nicht mehr?« Dieses Mal sieht sie ihm ganz genau in die Augen, sie achtet auf jede Reaktion, doch Damian blinzelt nicht einmal zu schnell, er sagt allerdings auch nichts, was Nala leise aufseufzen lässt. »Wir sollten versuchen, es nicht noch komplizierter werden zu lassen.«

Mit diesen Worten verlässt sie das Auto, sie weiß, dass Damian dazu nichts sagen kann, was sollte er? Nala geht zu der Haustür und genau in dem Moment öffnet sich diese und Rodriguez kommt mit Hernandez heraus, obwohl es bereits so spät ist. Damian gibt Gas und fährt davon. Rodriguez sieht seinem Sohn verwundert hinterher und zu Nala, zu dem Shirt, das sie trägt und legt den Kopf ein wenig schief. »Hattest du einen schönen Abend?«

Nala ist müde, müde von allem, was gerade passiert, doch sie lächelt und geht schnell weiter. »Sehr schön, ich bin müde, gute Nacht!«

Kapitel 12

Am nächsten Tag schläft Nala lange aus, sie steht erst mittags auf, zieht sich einen Bikini an, eine Shorts und ein enges Top, sie schminkt sich nicht. Sie wird zum Strand fahren und einen Tag am Meer genießen, das hat ihr das letzte Mal auch so gut gefallen. Vielleicht hat Marina Zeit, Latizia und Dilara sind heute für eine Hochzeit von jemandem der Tijuas weiter weggefahren und kommen erst Montag wieder.

In der Küche steht Melissa und bereitet schon das Mittagessen zu, für Nala steht das Frühstück aber noch da. Nala erzählt Melissa von ihren Plänen und erfährt, dass Marina mit Yara, Bella, Lucia und Danijela unterwegs sind und erst am nächsten Nachmittag wiederkommen. Melissa muss hierbleiben, weil Amalia etwas fiebert, sie bekommt gerade Zähne, doch sie sagt, dass Nala ja auch einfach am Pool bleiben kann, doch Nala möchte unbedingt zum Strand und beschließt, alleine zu gehen.

Nach dem Frühstück geht sie nur schnell oben ihre Sachen holen, sie nimmt sicherheitshalber auch ihren Zeichenblock und Stifte mit. Als sie wieder herunterkommt, hat Melissa ihr schon Obst und Getränke zurechtgelegt, Nala bedankt sich, umarmt Melissa kurz, gibt Amalia einen Kuss und geht dann zu ihrem Auto. Sie sieht, dass Damian mit Juan vor der Haustür des Hauses steht, in dem er zur Zeit noch wohnt, doch sie sieht schnell weg, steigt in ihr Auto und fährt weg, ignorieren oder sich drauf einlassen, eine andere Option haben sie beide nicht.

Sie weiß, wie sie zu einem schönen Strand kommt, allerdings kommt ihr plötzlich eine andere Idee, sie fährt in die andere Richtung und ist froh, dass sie den Weg zur Burg allein findet. Am Tag sieht das Gebäude noch viel beeindruckender aus. Es steht ein Wagen vor dem Schloss und die Tore sind offen. Nala parkt und betritt sie. Sie geht die Flure entlang, die sie gestern zusammen mit Damian durchquert hat und trifft auf zwei Frauen mit Besen und Putzutensilien in den Händen.

Sie machen hier nach der Feier sauber. Nala zeigt ihnen ihren Zeichenblock und fragt, ob sie hier ein paar Zeichnungen machen kann, die Frauen haben nichts dagegen.

Nala geht nicht nach draußen, sie geht die Flure weiter entlang und blickt in einen großen Saal, der mit Kronleuchtern und teuren Teppichen ausgelegt ist. Nala sieht förmlich vor sich, wie die Menschen früher hier getanzt haben. Sie geht weiter, doch die anderen Türen sind fast alle verschlossen und die Treppen nach unten und oben sind abgesperrt, Nala hätte gerne noch mehr entdeckt, doch sie muss sich wahrscheinlich erst erkundigen, wann man mal das ganze Schloss besichtigen kann.

Also geht sie doch in den Garten, das Anwesen ist riesig und sie waren offenbar nur auf der oberen Fläche des Gartens. Nala durchquert das Chaos, was hier verursacht wurde und geht einige Treppen hinab, von wo aus sie auf einen weiteren Teil sehen kann: Man sieht einen gepflegten Garten mit einem kleinen Pavillon und einem Teich. Nala setzt sich auf die Treppen und beginnt, diesen wunderschönen Anblick abzuzeichnen. Wer hier wohl gelebt hat? Wem das Schloss jetzt gehört und ob man hier auch alles besichtigen kann?

Nala zeichnet und während sie das tut, vergisst sie wieder alles um sich herum, hin und wieder trinkt sie einen Schluck, doch sie ist ganz in ihren Gedanken gefangen und spürt erneut, wie sehr sie es genießt zu zeichnen. Sie kommt erst wieder ins Hier und Jetzt, als eine der Reinigungsfrauen sie vorsichtig anstößt und ihr sagt, dass sie jetzt gehen und abschließen wollen.

Es dämmert bereits, Nala hat hier mehrere Stunden verbracht, ohne es zu merken, doch jetzt nach dem Aufstehen spürt sie es. Sie hätte sich lieber in den Schatten setzen sollen, ihr ist warm und sie hat Hunger, doch als sie den Reinigungsfrauen ihr Bild zeigt und diese es begeistert ansehen, weiß sie, dass es sich gelohnt hat.

Nala fährt direkt nach Hause, sie hat eine Nachricht von Melissa bekommen, dass sie bei Bella grillen und sie zu ihr kommen kann, doch Nala geht in das Haus, in dem sie zur Zeit wohnt, hier ist nie ein Haus abgeschlossen, deswegen braucht sie auch keinen Schlüssel.

Zum Glück ist noch etwas vom Mittagessen da, Nala isst und zieht sich dann ihre Kleidung aus, sie trägt ja noch den Bikini darunter. Sie geht ein paar Runden im Pool schwimmen, genießt es, allein im Haus zu sein und die Abkühlung tut ihr gut. Sie beschließt, sich noch einen Film anzusehen und dann schlafen zu gehen, als sie den Pool wieder verlässt und sich eines der weichen Handtücher umbindet, die immer am Pool bereitliegen.

»Wo sind alle?« Nala schreckt zusammen, als Damian plötzlich im Garten steht, sie hat nicht gemerkt, wie er ins Haus gekommen ist. »Ähmm, bei Bella drüben.« Nala bindet sich das Handtuch enger und will an ihm vorbei durch die Terrassentür. »Bist du nicht unterwegs, es ist Samstagabend?« Nala bleibt stehen und sieht zu Damian. »Damit du mich dann wieder retten kommen kannst? Nein, ich wette, du hast heute Besseres vor.« Damian lächelt. »Nein, eigentlich hatte ich mich schon darauf gefreut, dich irgendwo abholen zu können und mir dann im Auto wieder Vorwürfe anzuhören.«

Nala wird ernst. »Das waren keine Vorwürfe, das war die Wahrheit, oder ist es nicht so?« Damian sagt nichts und Nala tritt näher zu ihm. Er muss vorgehabt haben wegzugehen, oder hat es noch vor, erst jetzt registriert sie, dass er eine Anzughose und ein Hemd anhat. So zurechtgemacht wirkt er noch gefährlicher, Nala kann nicht sagen, woran es liegt, es ist aber so.

»War das für dich doch einfach nur ein Kuss? Bin ich dir egal? Ist da nicht mehr zwischen uns beiden?«

Nun will Nala es wissen, diese sture Haltung von Damian und dass er darauf nicht reagiert, lässt ihr Blut kochen, während sie sich jeden Tag deswegen Gedanken macht, zuckt er noch nicht einmal mit der Wimper. Sie tritt noch näher. »Ist dir das alles egal?« Nala kann nicht einmal mehr konkret sagen, wer genau ihre Lippen wieder zusammengeführt hat, doch das Knistern zwischen ihnen war viel zu sehr zu spüren, sie wusste, dass es so kommen würde.

Eine erschreckende Befriedigung breitet sich in Nala aus, als sie Damians Lippen wieder auf ihren spürt, sie schließt die Augen, Damian umfasst mit beiden Händen zärtlich ihr Gesicht und drückt sie automatisch gegen die Terrassentür. Nala umfasst seinen Nacken und schmiegt sich noch näher an ihn. Das ist kein erster vorsichtiger Kuss, kein Kuss, der aus Versehen passiert ist und der eigentlich nie hätte stattfinden dürfen, das hier ist Verlangen und Sehnsucht und es wäre lächerlich, würde einer von ihnen das abstreiten.

Damians Hände wandern ihren Hals entlang, seine Lippen verlassen die ihren für wenige Augenblicke und folgen seinen Händen, während diese ihre Taille entlangfahren, immer weiter nach unten, bis sie unter dem Handtuch ihren Po umfassen. Nala stöhnt auf und dieses Geräusch bringt Damian dazu, ihre Lippen noch fordernder wieder zu vereinen.

Nala öffnet sich ihm ganz und verliert sich komplett in diesem Gefühl, in der Nähe, in Damian, er drängt sich näher an sie. In dem Moment kann Nala für nichts mehr garantieren, das Verlangen, Damian noch näher zu kommen, ist zu groß. Erst als sein Handy klingelt, kommen sie beide wieder zur Besinnung, auch wenn Damian den Anruf gar nicht annimmt.

Damian verlässt ihre Lippen trotz dieser abrupten Unterbrechung sehr langsam, er küsst sie immer wieder sanft, küsst ihre Wangen und sie beide kommen wieder zum normalen Atem. »Sieht es so aus, als wäre mir das alles egal?« Nala legt ihre Stirn an seine, das alles artet immer mehr aus.

»Nein, aber ich glaube auch nicht, dass du verstehst, was das alles für mich bedeutet. Du wirbelst alles durcheinander, ich weiß nicht mehr, was ich fühlen und glauben soll, oder was ich tun soll, doch so wirklich sagst du auch nicht, was du willst. Soll ich jetzt alles aufgeben? Willst du eine Beziehung?«

Damian küsst wieder ihre Wange. Wieso fühlt sich das alles nur so gut an? Wieso muss Nala sich so fühlen? Wieso konnte sie nicht verhindern, was hier passiert und wieso genießt sie es so sehr? »Das habe ich nie gesagt, Nala ...« Nala hält seine Hände fest und sieht ihm in die Augen. »Ich denke, das ist das eigentliche Problem, du sagst zu alldem nichts Richtiges.« Plötzlich geht die Haustür auf, Nala richtet sich schnell ihr Handtuch wieder, bevor sie ins Haus geht.

Rodriguez steht im Flur mit der schlafenden Amalia im Arm und sieht zu Damian und ihr. Nala spürt, wie sie leicht rot wird, sie geht durch die Küche und lächelt schwach, natürlich ahnt Damians Vater, dass hier etwas nicht stimmt. »Ich gehe nach oben und lege mich hin. Soll ich Amalia in ihr Bett legen?« Rodriguez nickt und gibt Nala Amalia auf den Arm. »Leg sie einfach rein, ich komme gleich und mache den Rest.«

Nala ist froh, alldem zu entkommen, drückt Amalia an sich und geht schnell nach oben, doch sie weiß, dass sie dem allen nicht lange entkommen wird.

Damian spürt genau den Blick seines Vaters auf sich, doch schaut zu, wie Nala mit Amalia im Arm die Treppen hinaufgeht. Sein Vater geht in die Küche und gießt sich etwas zu trinken ein, dabei lässt er Damian nicht aus den Augen. »Was wird das zwischen Nala und dir?« Sein Vater ist nicht dumm, es wäre respektlos jetzt so zu tun, als wäre da nichts. »Wer weiß das schon.« Damian sieht zu seinem Vater und würde am liebsten fluchen, was zum Teufel soll er dazu sagen, er weiß es ja selbst nicht.

»Ich erkenne in dir dieselbe Ratlosigkeit, die ich am Anfang bei deiner Mutter hatte.« Damian hat jetzt garantiert nicht den Nerv für diese Art von Gespräch mit seinem Vater, außerdem wartet Kasim im Auto auf ihn. Sie wollen zur Verlobungsfeier eines alten Schulfreundes fahren, es ist zwar schon viel zu spät, doch sie haben es früher einfach nicht geschafft.

»Das ist nicht dasselbe, glaub mir!« Sein Vater lacht leise. »Das habe ich auch immer gedacht und ich war mir absolut sicher, dass ich für eine feste Beziehung nicht geschaffen war … war ich auch nicht, doch für deine Mutter habe ich das geändert, auch wenn es eine Weile gedauert hat, bis ich dazu bereit war und auch verstanden habe, was da gerade passiert.«

Damian sieht nach oben. Er hat keine Ahnung, was da gerade zwischen Nala und ihm passiert und noch nie hat ihn eine Sache so verunsichert wie das, doch das wird trotzdem nicht in einer festen Beziehung enden. »Da ist nichts Festes zwischen uns.« Rodriguez sieht Damian in die Augen. »Dann lass es sein, Damian, sie hat einen Freund und sie wohnt bei uns. Wir passen momentan auf sie auf und es würde deiner Mutter garantiert nicht gefallen, wenn du ihr das Herz brichst, mir auch nicht. Ich mag Nala, ich verstehe dich ja, sie ist wunderschön, aber sie ist auch so ganz besonders und hat es nicht verdient, eine deiner vielen Eroberungen zu werden und wie gesagt … sie hat einen Freund!«

Damian erwidert den Blick seines Vaters. »Das weiß ich alles und wie ich es gesagt habe … da ist nichts. Also Sami hat gesagt, Alfonzo ist wieder da und hat sich endlich bereit erklärt, uns noch einmal zu treffen.« Nach dem Treffen zwischen Damian und Alfonzo ist dieser erst einmal überall hingeflogen, um seine neuen Waffen zu präsentieren. Er hat noch keine Deals gemacht, er zeigt sie erst einmal herum und holt sich gute Angebote ein.

Sein Vater verschränkt die Arme vor der Brust und sieht ihn an, dabei lehnt er sich gegen die Küchentheke, natürlich weiß er, dass Damian das Thema wechselt, doch er lässt es zum Glück zu. »Ja, morgen Abend. Paco und ich fahren mit Juan hin.« Damian ist mit alldem nicht einverstanden. »Ich komme mit! Seit wann lassen wir uns so von jemandem auf der Nase herumtanzen? Alfonzo treibt dieses Spielchen viel zu weit.«

»Von mir aus komm mit, doch verhalte dich erst noch ruhig, Damian. Wir warten ab, das bedeutet nicht, dass wir ihm alles durchgehen lassen. Du musst lernen, geduldiger zu werden.« Damian lacht leise, nimmt sein Handy heraus und sieht, dass Kasim schon wieder angerufen hat. »Paco sagt mit ständig, dass du in meinem Alter nie Geduld hattest … da komme ich wohl ganz nach dir. Ich muss los, bis morgen Abend.«

Sein Vater hebt die Augenbrauen. »Bis morgen Abend? Was hast du vor?« Damian ist schon fast zur Tür hinaus. »Spaß haben, ich bin noch nicht bereit für etwas Festes, wahrscheinlich werde ich das nie sein.« Er hört das leise wissende Lachen seines Vaters und läuft fast in seine Mutter hinein. »Na, das hoffe ich doch nicht, ich möchte Enkelkinder haben.« Damian lacht und küsst seine hübsche Mutter auf die Wange. »Dafür hast du Dilara.«

Nun hört er seinen Vater leise grummeln. »Wehe, wenn Dilara jetzt schon ...« Damian geht schnell zu Kasim, bevor seine Mutter auch noch von seines Vaters Bedenken wegen Nala hört und setzt sich zu ihm ins Auto. »Was hat so lange gedauert?« Damian deutet an, dass er losfahren soll. »Nichts!« Sein bester Freund lacht. »Ich wette, das Nichts sieht aus wie Shaki!«

Damian lässt Kasims Spruch so stehen. Es nervt ihn, dass es immer offensichtlicher wird, dass Nala ihm nicht egal ist und das ist sie nicht, wenigstens das weiß er. Sie hat ihm von Anfang an gefallen, doch das tun viele Frauen. Je öfter er Nala allerdings gesehen hat, desto mehr Sachen sind ihm an ihr aufgefallen. Sie ist nicht nur wunderschön, sie hat ihren eigenen Kopf, sie musste schon früh auf eigenen Beinen stehen und hat deswegen eine sehr taffe Art und doch ist sie sanft und ... Damian kann es kaum in Worte fassen.

Er ist gerne mit ihr zusammen, er liebt es, wenn sie ihn aus ihren schönen grünen Mandelaugen ansieht, wenn ihre Locken ihr hübsches Gesicht einrahmen, wenn sie lächelt, wenn sie ihn neugierig mustert. Sie hat eine traumhafte Figur und sie hat einen leichten süßen Duft, Damian erinnert es immer ein wenig an Zuckerwatte. Als er sie von der Feier geholt und ihre Hand gehalten hat, war es das erste Mal für ihn.

Er hatte schon so viele Frauen, doch noch niemals hat er von einer Frau die Hand gehalten, jetzt, wenn er nach und nach mehr Nähe zu Nala zulässt, spürt er immer mehr, wie sehr sich das alles von allem, was er davor hatte, unterscheidet und das, obwohl er das nie wollte.

Er weiß nicht, wann es passiert ist, wann dieser Wechsel stattgefunden hat von 'einfach nur Nala' zu der Frau, die in seinen Augen die außergewöhnlichste ist, die er jemals getroffen hat. Vielleicht hat es an dem Abend angefangen, als er sie mit in die Bar genommen hat und mit ihr auf der Aussichtsplatzform war, richtig bewusst ist es ihm beim Kuss geworden. Selbst das war nicht geplant, Damian weiß, dass Nala einen Freund hat, auch wenn er sehr schnell gemerkt hat, dass es ein Arsch ist. Nala hat ihm gefallen, immer mehr, doch er hatte nicht geplant, sie zu küssen.

Dass der Restaurantbesitzer sie in den Raum geführt hat, war ein dummer Zufall und er konnte nicht anders, er musste sie einfach küssen, er hat nie damit gerechnet, was das auslöst.

Nala hat recht, es war nicht nur ein Kuss.

Damian hat noch nie etwas intensiver gespürt als diese Berührung mit Nala und er hat sich von diesem Zeitpunkt an auch nichts mehr gewünscht, als sie wieder küssen zu können, da hat alles angefangen, da wurde auch ihm klar, dass da mehr ist, doch er kann Nala nicht sagen, was genau da zwischen ihnen ist. Er kann nicht leugnen, dass er gerne mit ihr zusammen ist, am liebsten hätte er das, was sie gerade angefangen haben, weitergeführt, wäre mit ihr zusammen nach oben gegangen, doch er weiß, dass er das nicht sollte.

Nala so in den Armen zu halten, sie zu küssen, zu schmecken und zu sehen, was seine Berührungen bei ihr auslösen, könnten ihn süchtig machen und diese Erkenntnis trifft ihn. Er hätte nicht gedacht, dass er jemals so auf eine Frau reagieren könnte, dass eine Frau so sehr seine Gedanken beherrscht, dass es ihn so befriedigen würde, eine Frau einfach nur anzusehen, doch trotzdem kann er nicht glauben, dass Nala das für ihn ist, was seine Mutter für seinen Vater, Bella für Paco oder Dania für Leandro ist, einfach weil er noch nicht bereit dafür ist.

Nala möchte, dass er sich dem stellt, was da zwischen ihnen ist, doch solange er selbst das alles noch nicht einschätzen kann, will er versuchen, alles so entspannt wie nur möglich zu sehen. Sie werden sehen, was noch passiert und sollten das alles auf sich zukommen lassen, er versteht sowieso nicht, wieso Frauen bei allem solch einen Stress machen müssen.

»Sami schreibt, dass sehr heiße Chicas da sind.« Kasim sieht auf sein Handy, während er das Auto durch die dunkle Nacht lenkt. »Da werden wir ja sicherlich unseren Spaß haben.« Damian zuckt die Schultern, er bezweifelt, dass ihn die Chicas dort sehr interessieren werden, nicht solange er noch Nala auf seinen Lippen schmecken kann.

Nala sitzt mit einem brummenden Schädel am Frühstückstisch, dabei hat sie nichts getrunken. Sie fühlt sich, als hätte sie einen schweren Kater und die Nacht durchgefeiert, doch das Einzige, was ihr passiert ist, ist Damian. Sie konnte gestern nicht mehr richtig zur Ruhe kommen, sie hat gehört, wie er mit seinem Vater gesprochen und gesagt hat, dass das zwischen ihnen nichts Festes ist, das weiß sie natürlich, doch es so aus seinem Mund zu hören, hat sie auch wieder ein wenig auf den Boden geholt nach den Zärtlichkeiten, die sie ausgetauscht haben. Sie weiß momentan gar nichts mehr, was ist mit Damian? Was mit Samuel? Was ist mit ihrem alten Leben? Wird sie nach diesen Monaten hier einfach so weitermachen können wie bisher? Wieso war sie so naiv, das zu glauben?

Sie ist auch nicht sauer, auf Damian. Sie fühlt sich zu ihm hingezogen und er scheint das auch zu spüren, doch sie hat den Freund, sie muss da eigentlich eine Bremse ziehen, was sie aber nicht kann und das wahrscheinlich, weil das, was Samuel und sie haben, nie damit aufzuwerten ist, wie die Gefühle, die in so kurzer Zeit entstanden sind und jedes Mal in ihr aufkommen, sobald sie an Damian denkt.

All das beschert ihr diesen dicken Kopf und lässt sie die Zeit, die sie hier verbringt und eigentlich genießen sollte, nicht genießen.

Sie frühstückt gerade mit Rodriguez, auch er scheint erst spät aufgestanden zu sein. Er fragt sie, wie das mit dem Zeichnen läuft und sie erzählt ihm, wo sie gestern war und wie faszinierend sie das Schloss findet. Melissa wollte nur kurz zu Bella und kommt jetzt freudig mit Amalia auf dem Arm zurück, gerade als Nala von einem Croissant abbeißt. »Nala, ich habe tolle Neuigkeiten. Ich habe gerade einen Anruf einer alten Freundin bekommen. Eine Sängerin, die eine große Show in Las Vegas hat, ist krank geworden und sie springt ein. Ich habe sie ewig nicht gesehen und sie hat Bella und mich heute Abend zur Show eingeladen. Wenn du möchtest, kannst du mitkommen, wir bleiben bis morgen Abend da und du könntest die Zeit nutzen und deinen Freund sehen, also natürlich nur, wenn du möchtest.«

Nala spürt Rodriguez' Blick auf sich, er ahnt wahrscheinlich, dass da etwas zwischen Damian und ihr ist. Vermutlich ist das genau das Richtige, sie sollte jetzt unbedingt Samuel sehen und endgültig für sich klären, was da noch zwischen ihnen ist, was er sich vorstellt, wie es mit ihnen weitergehen soll, was für Pläne er hat und überhaupt einfach noch einmal mit ihm in Ruhe sprechen. Vielleicht sieht sie ihn wieder und weiß, dass das hier nur vorübergehend ist und nicht an Samuel und sie herankommt. Das Treffen im Gerichtsgebäude sollte

sie nicht überbewerten, es ist normal, dass sie das nur noch mehr verunsichert hat.

»Ja … ich denke, das ist eine gute Idee. Wann geht es los?« Melissa
sieht auf die Uhr. »Ich denke, wir fahren in zwei Stunden los, ich habe
schon Bescheid gegeben, dass wir den Flieger brauchen.« Nala nickt
und beißt in ihr Croissant, vielleicht wird das ihr Gefühlschaos ein für
allemal klären.

Kapitel 13

Nur wenige Stunden später läuft Nala aufgeregt im Hotelzimmer hin und her. Der Flug hat länger gedauert, Bella und Melissa haben sich nur schnell umgezogen und sind direkt zum Konzert gegangen, während Nala sich auch ein wenig frisch gemacht hat, etwas gegessen hat und nun auf Samuel wartet, der jeden Moment kommen muss.

Sie alle haben ein eigenes Hotelzimmer, das von Nala ist traumhaft, sie hat ein riesiges Bett, ein luxuriöses Bad und einen wunderschönen Ausblick auf die vielen bunten Lichter der Casinos. Als sie damals immer in den Straßen hier unten langgelaufen ist, hätte sie niemals daran geglaubt, dass sie nun hier oben in einem dieser luxuriösen Hotelzimmer schlafen würde, das Leben kann wirklich verrückte Wege gehen.

Nala kann das alles nicht einmal genießen, sie ist aufgeregt. Aufgeregt wie vor einer wichtigen Arbeit, einem ersten Date, als hänge alles mit diesem Treffen zusammen und vielleicht ist es sogar so. Samuel war begeistert, dass Nala kommen wird und hat sofort zugesagt, ins Hotel zu kommen. Nala sieht in den Spiegel, sie ist brauner geworden, trägt ein wenig teureres Make-up, aber sie hat extra darauf geachtet, eine Shorts und ein Top anzuziehen, die sie mit nach Puerto Rico genommen hat, sie möchte nicht, dass Samuel und sie sich fremd vorkommen, doch dass das nicht nur an ihrer Kleidung liegen wird, weiß Nala, als ihr Handy in dem Moment klingelt und sie sieht wer dran ist.

»Hey.« Sie versucht, so locker wie möglich zu klingen, doch sie hört selbst, dass sie dabei völlig versagt.

»Ist das dein Ernst? Du bist nach Las Vegas geflogen, um deinen Freund zu treffen?« Allein beim Hören von Damians rauer wütender Stimme kribbelt es in ihrem Magen.

»Ja, deine Mutter hat es angeboten und ich denke, dass ich das tun muss, ich muss mit ihm reden, gucken, wo wir stehen und was genau gerade passiert und …«

Damian unterbricht sie.

»Das hättest du doch auch mit ihm am Telefon klären können.« Nun wird Nala langsam sauer.

»Weißt du, wenn du vor mir stehst und ich dich frage, was da zwischen uns ist, dann bekommst du deinen Mund nicht auf, aber jetzt hast du auf einmal so viel dazu zu sagen. Sage mir doch, wieso ich jetzt nicht hier sein sollte, Damian?«

Stille – Nala atmet wütend aus. »Siehst du, was willst du eigentlich?«

Man hört etwas scheppern. »Weißt du was? Renn doch zurück zu deinem Freund, der sich schon immer so gut um dich gekümmert hat, lass dich nicht aufhalten.«

Es tutet, Damian hat aufgelegt. Nalas Hand zittert, sie will ihn zurückrufen und ihn fragen, was er sich denkt, woher er das Recht hat, ihr vorzuwerfen, dass sie jetzt bei ihrem Freund ist, immerhin ist Samuel ihr Freund, während das mit Damian gar nicht hätte passieren dürfen, gleichzeitig irritiert es sie, dass es ihn überhaupt stört.

Diese Tatsache ist nicht das Einzige, es hat nicht nur etwas mit Damian zu tun. Nala hatte nie ein richtiges Bild für eine gute Beziehung. Sie kannte nur das Chaos, das ihre Mutter immer mit ihren Männern hatte, die paar Liebeleien, die Nala hatte, waren auch nie wirklich sehr liebevoll. Erst jetzt in Puerto Rico sieht sie, wie anders all das sein kann. Wie liebevoll man miteinander umgeht, wenn man sich wirklich liebt. Es ist nicht so, dass die Paare wie Melissa und Rodriguez, Bella und Paco oder Sara und Juan ständig Händchen halten und sich küssen, nein, aber es sind Blicke, Gesten, wie sie miteinander umgehen, Nala kann es gar nicht richtig in Worte fassen, doch sie weiß genau, dass sie das nicht kennt und auch nie erlebt hat, sie weiß, dass sie das nicht mit Samuel hat und dass es dort in Puerto Rico einen Mann gibt, der sie wahnsinnig macht.

Er ruft sie an und ist so wütend, wieso, wenn nicht, weil Nala ihm auch etwas bedeutet? So etwas würde Samuel nie tun, er würde nur so wütend anrufen, wenn sie ihm kein Geld geschickt hätte oder irgendetwas anderes passiert wäre. Bevor Nala zurückrufen kann, klopft es an der Hotelzimmertür. Ganz wunderbar, einfach toll.

Nala atmet tief durch, sieht noch einmal in den Spiegel und öffnet die Tür.

»Hey Baby.«

Nala liegt sofort in Samuels Armen und schließt die Augen. Sein vertrauter Geruch hüllt sie ein, viele Erinnerungen kommen in ihr hoch und wieder dieses Gefühl der Dankbarkeit, dass er da war, als kein anderer es war. »Lass dich ansehen, immer noch meine kleine Maus.« Samuel drückt Nala von sich weg und sieht sie sich einmal komplett an. »So lange ist es ja jetzt auch wieder nicht her. Schön, dass du gekommen bist, komm rein.«

Samuel sieht sich im Zimmer um. »Scheiße Mann, da haben wir wohl den Jackpot gezogen. Die Familie muss viel Geld haben, oder?« Er sieht sich alles an, bevor er sich auf eines der gemütlichen Sofas fallen lässt, die Füße auf einen der Tische legt und nach den Erdnüssen greift, die hier auf dem Tisch liegen. »Ja, sie haben Geld, aber es ist nicht mein Geld, Samuel. Melissa ist gut zu mir, sie hilft mir wo sie kann und ihre Familie auch und ich werde das garantiert nicht ausnutzen.«

Samuel hebt die Hände. »Okay, okay. Flipp nicht gleich aus.« Nala sieht ihm in die Augen, Samuel ist auch ein hübscher Mann, doch es ist ein ganz anderes Gefühl, was sie bei ihm hat, als bei Damian, komplett anders. Sie räuspert sich. »Ich werde dort bleiben, bis ich volljährig bin. Sie geben schon sehr viel Geld für mich aus und ich werde das garantiert nicht ausnutzen, Samuel.« Samuel lehnt sich entspannt zurück und beobachtet sie. »Du veränderst dich, Nala. Dir ist klar, dass du keine von ihnen bist. Dass dein Leben hier ist, bei mir, in Las Vegas, oder wo auch immer wir hingehen werden.«

Nala verschränkt die Arme vor der Brust, sie kann sich nicht hinsetzen. »Ich weiß, zumindest … denke ich, dass es so sein wird. Ich habe wirklich das Gefühl, dass mich das verändert, das bedeutet aber nicht immer, dass es gleich etwas Schlechtes sein muss. Wir könnten beide aus dieser Sache lernen und einiges ändern.« Samuel sieht sich um, als müsste er nochmal überprüfen, ob auch wirklich niemand hier ist.

»Es wird sich auch alles ändern, Baby. Während du in Puerto Rico bist und es dir gut gehen lässt, treffe ich hier Vorbereitungen, dass wir ein besseres Leben führen. Ich war in der Fabrik, um deinen restlichen Lohn abzuholen, dabei habe ich einen der Arbeiter getroffen und bin mit ihm ins Gespräch gekommen. Emanuel aus Mexiko, er hat meistens die Schichten eingeteilt und die Arbeitsplätze.« Nala erinnert sich an den schmierigen dicken Kerl, der sich immer wie der Chef aufgespielt, aber niemanden gut behandelt hat.

»Was ist mit ihm?« Nala erkennt an Samuels Gesichtsausdruck, dass da noch etwas kommt. »Er hat mir gesagt, dass sie einen Fahrer brauchen, jemanden, der unbehelligt durch die Grenze kommt und mehrmals in der Woche ein paar Sachen rüberbringen kann. Ich bekomme sogar ein Auto gestellt.« Nala kann das nicht glauben. »Was für Sachen sollst du rüberbringen, Samuel?« Er lächelt. »Lass das mal meine Sorge sein, Baby, wenn ich das jetzt mache, dann haben wir bald ein kleines Vermögen zusammen und ...«

Nala kann nicht fassen, wie leichtsinnig Samuel bist. »Sag mal, bist du jetzt total wahnsinnig geworden? Du willst Drogen schmuggeln? Denkst du, ich komme vom Mond? Samuel, du kommst gerade aus dem Gefängnis, es wird bald die erste Gerichtsverhandlung laufen und du hast vor, all das noch schlimmer zu machen? Bist du ...?« Er lacht nur leise und winkt ab. »Ich wusste, dass ich dir davon nichts sagen sollte, du regst dich völlig umsonst auf, ich habe das im Griff.«

Nun kann Nala sich nicht mehr zurückhalten. »Ach, hast du das? Das sieht man, wunderbar, wie du das alles immer im Griff hast und weißt du, was das Schlimmste ist, dass ich all das nicht will und du mich da immer mit reinziehst. Wieso tust du das? Solltest du mich nicht schützen, statt mir Probleme zu machen? Wieso gehst du nicht einfach mal in irgendeinen Laden und fragst nach, ob du dort arbeiten kannst, verdienst auf normalem Wege Geld und holst uns beide aus der Scheiße raus, in die du uns geritten hast!«

Es tut gut, das alles mal loszuwerden, auch wenn Nala vielleicht etwas zu laut geworden ist. Samuel sieht sie verwundert an, eigentlich ist Nala nicht der Typ, der herumschreit, denn es ändert nichts, doch sie war auch noch nie in einer Situation, die sie so zerrissen hat wie momentan. Samuel steht auf und kommt zu ihr. »Okay, okay, ich habe es verstanden. Wir lassen das mit den Drogen, ich möchte nicht, dass du denkst, ich würde dir absichtlich schaden wollen, Baby, du weißt doch, dass ich das niemals tun würde. Du und ich … das kennst du doch?« Samuel küsst Nala so schnell, dass sie es gar nicht vorher hat kommen sehen. Seine Lippen legen sich fordernd auf ihre, es ist eine Weile her, dass sie sich nahe waren, doch immer hat Nala seine Nähe genossen, egal wie lange es her war, doch in diesem Moment passiert es.

Samuel küsst sie, schnell und fordernd, Nala kennt das, sie kennt seinen Geschmack und Geruch, seine Lippen und die Berührungen, doch in dem Moment passiert etwas in ihrem Herzen und ihr Verstand reagiert sofort. Da ist nichts. Nala unterbricht den Kuss, sieht Samuel in die Augen, schmiegt sich näher an ihn und küsst ihn erneut, doch wieder stellt sich kein Gefühl ein, nicht mal annähernd. Das Gefühl, was allein Damians Stimme bei ihr bewirkt und die Tatsache, dass sie an ihn denkt, während sie Samuel küsst, lässt Nala den Kuss erneut unterbrechen.

»Ich denke, wir sollten darüber reden, Nala, es scheint sich so einiges verändert zu haben.« Samuel spürt es und sieht ihr in die Augen, die sich sofort mit Tränen füllen. Nala setzt sich auf die Couch und beginnt zu weinen, sie weint sehr, wirklich sehr selten, doch ihr wird in diesem Moment klar, dass sie all das Vertraute, was immer ihr Leben seit dem Tod ihrer Mutter ausgemacht hat, verloren hat. Verloren hat, weil sie sich verändert hat und es nicht verhindern konnte.

Samuel setzt sich zu ihr, er fragt sie aus, ob es an dem Kuss und dem Mann dahinter liegt, doch Nala schüttelt den Kopf. Denn das tut es nicht. Es geht nicht um Damian, wäre das zwischen Samuel und Nala richtig und echt, hätte auch Damian bei ihr keine Chance gehabt.

Würde sie Samuel lieben, so wie sich Melissa und Rodriguez lieben, wäre all das nicht passiert, doch hier und jetzt und in diesem Moment müssen Samuel und Nala feststellen, dass sie sich sehr mögen, doch dass das nichts mit Liebe zu tun hat, zumindest nicht mit einer Liebe, wie sie zwischen Mann und Frau sein sollte.

Einige Stunden später hört Nala, wie Melissa und Bella zurückkommen. Samuel ist schon weg. Sie haben sich ausgesprochen und beschlossen, Freunde zu bleiben, momentan kann Nala ihm nicht mehr anbieten und das scheint sie mehr zu stören als ihn. Es wirkt fast so, als hätte Samuel damit gerechnet oder zumindest geahnt, dass das passieren kann, für ihn war nur wichtig, dass sie trotz allem zusammenhalten und füreinander da sind, was Nala nie anders tun würde.

Nala wird nicht gegen Samuel aussagen und sie wird nach der Zeit auch zurück nach Las Vegas kommen, auch wenn es danach aussieht, dass sie beide dann wahrscheinlich nur noch Freunde sein werden.

Als Samuel sich mit einem Kuss auf die Wange verabschiedet hat, sagte er ihr, dass sie vielleicht dann wieder richtig zusammenfinden, doch Nala bezweifelt es, nicht nachdem sie jetzt diesen Hauch einer Ahnung hat, wie Liebe wirklich sein kann, doch sie wird Samuel auch niemals in den Rücken fallen.

Kurz bevor sich Nala ins Bett legt, sieht sie noch einmal auf ihr Handy und denkt darüber nach, Damian anzurufen, ihm zu erzählen, was passiert ist, doch sie lässt es sein. Es hat nichts mit Damian zu tun, vielleicht hat er Gefühle in ihr freigetreten, von denen Nala nie etwas geahnt hat, doch es hätte auch jeder andere sein können. Das zwischen Samuel und ihr hat nicht gestimmt, das bedeutet nicht, dass das mit Damian das Richtige sein muss.

Damian sieht auf sein Handy, sein Daumen schwebt schon über dem Anrufsymbol, um Nala anzurufen und zu fragen, ob der Idiot, der sich ihr Freund schimpft, noch bei ihr ist oder ob sie endlich vernünftig genug war und ihn losgeworden ist. In Damian kommen Bilder hoch, davon, wie Nala einen anderen Mann küsst und spätestens, als sich alles in seinem Bauch zusammenzieht, merkt er, dass er sich wohl doch mehr für Nala interessiert, als er sollte und als es gut wäre.

Damian flucht leise und legt sein Handy weg, er spürt den Blick seines Vaters auf sich, doch sieht erst gar nicht zu ihm, sondern zu Paco, der sich noch einmal die Waffen von Alfonzo zeigen lässt. »Sie sind wirklich etwas Besonderes, doch ich denke, dir ist klar, dass deine Forderungen nicht erfüllbar sind. Was möchtest du haben, Alfonzo? Keiner von uns hat die Geduld für deine Spielchen, nenne mir das höchste Gebot, was du auf deiner komischen Tour bekommen hast und wir zahlen etwas drauf, doch denke nicht, dass wir dir irgendwelche Prozente abgeben werden oder es dulden, dass du die Waffen auch an andere verkaufst.«

Alfonzo lehnt sich zurück, er spürt, dass sie es ernst meinen. Er sitzt zwischen Paco und Juan. Damians Vater, Leandro, Kasim und er sind auch dabei. Doch trotz allem legt sich wieder dieses selbstsichere Grinsen in Alfonzos Gesicht. »Ich weiß nicht, ob ich das tun kann. Ihr seid wie meine Brüder ...« Damian sieht zu seinem Vater, der es hasst, wenn jemand so etwas sagt, sie sind eine Familia, niemand von Außenstehenden ist wie ihr Bruder, sonst wäre er ein Teil ihrer Familia. »Doch ich denke, ich werde die Waffen an mehrere verkaufen, das ist lukrativer. Ihr müsst mich da auch verstehen. Ich bin immerhin Geschäftsmann.«

Paco lehnt sich zurück. »Dann müssen wir komplett von allem zurücktreten, Alfonzo, und keine Geschäfte mehr mit dir machen, das bedeutet auch, dass du keinen Schutz mehr von uns zu erwarten hast und wir dich als ... unseren Gegner ansehen werden.« Alfonzo nimmt seine Waffe zurück und sieht sich in der Runde um. »Nicht doch, nicht doch, wieso gleich so drastisch. Ich bin mir sicher, wir treffen uns irgendwo in der Mitte. Ich bin gerade direkt vom Flieger hierher und bleibe ein paar Tage. Ich habe in zwei Tagen noch ein Treffen, dann kann ich euch genauer sagen, wer als meine Kunden in Frage kommen und wir verhandeln noch einmal neu, was haltet ihr davon?«

Damians Vater und Paco sind schon aufgestanden, in solchen Sachen müssen sie sich nicht absprechen, über die Jahre haben sie sich so aufeinander eingespielt, dass sie fast immer gleich handeln und ohne Worte wissen, was der andere denkt. »Wir sehen uns, Alfonzo.« Nun erheben sich alle und Alfonzo sieht sich unsicher um. »Aber das mit dem Treffen geht doch klar, oder? Ich melde mich, sobald ich mehr weiß.« Keiner von ihnen sagt mehr etwas dazu, doch Damian erkennt, wie wütend alle sind.

In ihm selbst brodelt es, sie hätten dieses Treffen gar nicht wahrnehmen sollen. Niemand darf das Gefühl haben, er hätte Macht über die

Familias, niemals! Sie verteilen sich auf die Autos. »Wir warten die zwei Tage ab und stellen solange genaue Listen zusammen, wenn es wirklich so kommt, werden wir eine Menge Verlust machen. Wir sollten uns dann mehr auf die größeren Waffen konzentrieren, um dort weiter die Oberhand zu behalten und entscheiden, wie wir weiter mit Alfonzo umgehen. Beruft in drei Tagen ein Treffen der Familias ein, auch der Tijuas, das hier ist verdammt ernst.«

Damian hält Kasim unauffällig am Arm zurück, eigentlich ist er mit seinem Vater hergekommen, doch er hat eine Idee. »Okay, wir geben Bescheid.« Leandro steigt in sein Auto, er wird sich sicherlich irgendwo mit Dania treffen. »Wir haben noch etwas zu erledigen.« Damian deutet Kasim mit den Augen, mit ihm zu kommen, er hebt die Hand zum Abschied, bevor sein Vater oder einer seiner Onkel etwas sagen können.

»Was hast du vor? Willst du doch noch auf die Feier von Adrian?« Damian setzt sich statt seines Freundes ans Steuer und nimmt Kasim den Schlüssel aus der Hand. »Nein, ich habe eine Idee.« Kasim hasst es, wenn man eines seiner Autos fährt, doch Damian weiß, dass von jetzt an jede Minute zählt, zumindest wenn sein Plan wirklich aufgehen sollte. »Was hast du vor?« Damian gibt Gas und rast zum Flughafen. »Ich werde Alfonzo zeigen, dass man sich lieber nicht mit den Familias anlegen sollte.«

Damian war noch nie so schnell am Flughafen, er hat Kasim erzählt, was seine Hoffnung ist und als sie jetzt in das Gebäude für Privatflüge treten und sich vom Fenster aus die Maschinen ansehen, scheint es so, als haben sie kein Glück. Damian findet eine Frau, die hier für die Abflüge zuständig ist und die sie gut genug kennt, immerhin fliegt ständig einer von ihnen irgendwohin. Eine ihrer Maschinen ist gerade in Las Vegas.

Er fragt nach Alfonzos Maschine und ob noch einer aus seiner Crew da ist. Sie sagt ihm, dass sie glaube, der Pilot ist noch im Geräteraum die Formulare ausfüllen. Damian und Kasim beeilen sich, nachdem sie ihnen erklärt hat, wie sie dorthin kommen und sie haben Glück. Der Mann steht wirklich noch dort herum und füllt einiges aus.

Damian zieht sofort seine Waffe, während Kasim die Tür schließt. »Wer … was?« Damian redet nicht lange um den heißen Brei herum. »Dein Chef, Alfonzo, von wo holt er die Waffen, wo fliegt er dafür hin?« Der Pilot bekommt große Augen, er erkennt sie und weiß, wer sie sind. Damian stößt ihn auf einen Stuhl und der Mann hebt die Hände. »Ich bin nur der Pilot, wir sind in den letzten Wochen viel herumgeflogen, wir …« Damian hält ihm die Waffe an den Kopf, er hat keine Zeit dafür. »Ich weiß, dass ihr Piloten immer mehr mitbekommt als ihr solltet, also rede oder ist es das wert zu sterben?«

Der Pilot beginnt zu schwitzen und sieht sie bittend an. »Costa Rica, dort gibt es einen kleinen Flughafen bei Liberia, von da hat er immer ein Auto genommen, zu einem kleinen Dorf direkt am Strand Hermosa. Mehr weiß ich nicht, das schwöre ich!«

Kasim nickt, offenbar glaubt er ihm und mehr braucht Damian auch gar nicht. Kasim sieht auf einer Liste an der Tür nach. »Morgen Mittag wird hier wieder geputzt, so lange bleibt er hier unentdeckt.« Es stehen Flaschen mit Wasser herum, auch einige Chipstüten, er nimmt dem Piloten das Handy ab und sieht nach, ob sonst noch etwas herumliegt, was ihn verraten könnte, dann wendet er sich an den Piloten.

»Verhalte dich ruhig, sollten wir erfahren, dass du geschrien hast, finden wir dich. Wenn du morgen entdeckt wirst, kannst du deinem Chef alles sagen, wir brauchen nur etwas Zeit.« Damian deutet dem Piloten sich hinzusetzen, dann schließen sie die Tür von außen ab, und da sie nicht sicher sein können, ob er sich wirklich ruhig verhält, auch noch mal die Tür zum gesamten Elektrobereich des Gebäudes. Wenn sie Glück haben, findet ihn niemand vor morgen Mittag und sie haben etwas Zeit.

»Und, haben Sie ihn gefunden?« Die Frau sieht ihnen neugierig entgegen. »Nein, da unten ist alles ruhig, machen Sie bitte eine Landebahn bereit, wir fliegen in einer halben Stunde ab.« Damian ruft ihre Piloten an, die immer auf Abruf bereitstehen müssen. Da ihre Flieger immer nach jeder Reise neu betankt werden, können sie gleich losfliegen.

Damian ruft Leandro an, er hasst es, seinen Vater zu belügen. »Ich bin's, Kasim, und ich habe einen Tipp für ein neues Geschäft bekommen, wir sind ein paar Tage weg. Ich erreiche meinen Vater grad nicht, sag ihm Bescheid, zum Treffen sind wir zurück.«

Nachdem Leandro ihn noch ausgefragt hat und Damian ihm irgendeinen Blödsinn erzählt hat, legt er auf und sieht auf ihre Privatjets, von denen einer bereitgemacht wird. »Und was genau haben wir jetzt vor? Sollten wir den anderen nicht Bescheid geben?«

Damian schüttelt den Kopf. »Sie werden es nicht zulassen. Ich werde Alfonzo zeigen, dass man nicht versuchen sollte, die Familia zu verarschen!«

Kapitel 14

»Willkommen in Costa Rica, können wir irgendetwas für Sie tun?«
Nur wenige Stunden später und als gerade die Sonne aufgeht, betreten sie das Gebäude für Privatflieger in Costa Rica. Damian versichert, dass alles in Ordnung ist, er legt einige Scheine mit dem
Namen von Alfonzo und seiner Handynummer auf den Tisch. Er bittet die Frau, Bescheid zu geben, sobald sich ein Flug mit Alfonzo
ankündigt, dann erhalte sie noch einmal das Doppelte.

Damian und Kasim nehmen sich ein Taxi, sie wissen nicht, was sie
erwartet. Es ist verrückt, nur zu zweit hier unten zu sein, doch es ist
nicht das erste Mal, dass Damian Aktionen auf eigene Faust macht.
Kasim war immer an seiner Seite, auch wenn es bisher immer eine
Menge Ärger deswegen gab und vieles schiefgegangen war, deswegen
will er so wenig Leute wie nur möglich hier hineinziehen. Kasim ist
sein bester Freund und eh immer an seiner Seite. Damian weiß nicht,
ob das alles klappt, doch er muss es probieren, um Alfonzo eine Lek-
tion zu erteilen und dafür zu sorgen, dass ihre Familia keine Verluste
macht.

Damian hat im Flieger kein Auge zugetan, während Kasim wie wild
geschnarcht hat. Das hier ist zu wichtig, außerdem liegt ihm die Sache
mit Nala im Magen. Wahrscheinlich liegt sie schon längst wieder in
den Armen ihres Freundes. Was hat Damian gedacht? Er ist der Fehl-
tritt, wenn man es so nennen kann und egal wie verkorkst ihr Freund
ist, er bedeutet garantiert nicht so viel Ärger wie Damian, der sich in
diesem Moment wahrscheinlich den größten Ärger seines Lebens ein-
handeln wird.

Im Taxi rächt es sich, dass er nicht geschlafen hat. Damian fallen
fast die Augen zu, während Kasim alles ganz genau aus dem Fenster
beobachtet. Der Taxifahrer bringt sie zu dem Dorf und schon als
Damian sich umsieht, kann er nicht so recht glauben, dass hier diese
Waffen hergestellt werden sollen. Wie? Von wem? Er fragt trotzdem
sicherheitshalber einen älteren Mann nach den Waffen und der zeigt

auf ein Grundstück und erklärt, dass die Familie dort die Waffen herstellt.

Damian und Kasim betreten das Grundstück, was doch etwas größer ist, es hat mehrere Häuser und auf Tischen im Garten liegen unzählige dieser Waffen. Ein angeketteter Schäferhund bellt wie wild und sorgt dafür, dass zwei junge Männer in den Hof treten und sie unsicher ansehen. Damian geht zu den Waffen und nimmt eine in die Hand. Das sind sie, das sind die Waffen von Alfonzo. »Stellt ihr diese Waffen her?«

Die Männer nicken und Damian weiß, dass sie ihn erkennen, ihr Ruf eilt ihnen weit über Puerto Rico voraus. Er lächelt. »Gut, dann bringt mich zu dem Mann, der hier das Sagen hat.« Und das tun sie. Womit Damian nicht gerechnet hat, es ist ein alter Mann, der kaum mehr aufrecht sitzen kann. Er ist der Vater der beiden jungen Männer, außerdem lernen sie noch seine Frau kennen, die ihnen schnell ein wirklich leckeres Frühstück aus Eiern, gebackenem Brot und frischer Milch zubereitet.

Damian erklärt, dass er gerne erfahren würde, wie sie es schaffen, hier Waffen herzustellen. Der alte Mann erklärt, dass sie hier Bergwerke haben, die ihnen das Erz liefern und auch die Kohle für den kleinen Schmelzofen für Eisen, den sie im Schuppen haben. Er stammt von einer alten Familia, die hier früher geherrscht hat, von da haben sie auch die Formen und anderen Maschinen. Er erzählt, dass es lange gedauert hat, bis sie die perfekte Waffe formen konnten, doch sie alle haben sich da hineingekniet und nun haben sie es geschafft.

Nach und nach kommt die ganze Familie, zwei Schwiegersöhne und drei Töchter arbeiten mit dem Vater und der Mutter zusammen, insgesamt vier Frauen und fünf Männer, sie zeigen ihnen die Öfen und Apparate, Damian ist wirklich beeindruckt. Als Letztes fragt er nach dem Deal, den sie mit Alfonzo ausgehandelt haben. Sie alle zögern, doch am Ende wissen sie offenbar, dass die Familia um Damian mächtiger ist und erzählen es ihm.

Kasim sieht Damian in die Augen, der Deal ist ein Witz, Alfonzo hat die Armut der Leute hier völlig ausgenutzt. Mittlerweile ist es Mittag und Damian sieht die Familie der Reihe nach an. »Gibt es hier ein gutes Restaurant, ich würde euch alle gerne einladen und euch ein richtiges Angebot machen.«

Nala sieht aus dem Fenster. Sie hat merkwürdigerweise die Nacht sehr gut geschlafen, fast so, als wäre ihr eine Last von den Schultern genommen worden und im Grunde ist das auch so. Dass Samuel wirklich nicht böse ist, hat er gezeigt, als er zum Frühstück zurück ins Hotel gekommen ist, zusammen mit Bella und Melissa haben sie gefrühstückt und sie haben Samuel kennengelernt. Als sie sich dann von ihm verabschiedet haben und noch ein paar Dinge in der Shopping Mall besorgt haben, hat Nala ihnen allerdings erzählt, dass ihre Beziehung erst einmal auf Eis gelegt ist. Sie sind dann noch zum Grab ihrer Mutter gefahren, auch Bella hat sie gekannt und es war eine merkwürdige Situation, weil sich die beiden Frauen von einer Frau verabschiedet haben, die Nala so nicht kennt. Sie kennt ihre Mutter nicht so, wie sie damals noch war. Sie standen am Grab der gleichen Frau mit komplett anderen Erinnerungen an sie, aber so wird es wahrscheinlich vielen Menschen ergehen.

Sie sind dann früher losgeflogen und nun wird Nala doch ein wenig nervös. Soll sie zu Damian gehen und es ihm sagen, soll sie warten, bis er auf sie zukommt, soll sie trotzdem versuchen, ihm aus dem Weg zu gehen? Nur weil das mit Samuel beendet ist, bedeutet es nicht, dass es viel besser wäre, jetzt etwas mit Damian anzufangen. Nala seufzt und sieht auf die vielen Wolken, wenn sie dachte, dass ihr Gefühlschaos nun besser wäre, hat sie sich wohl sehr getäuscht.

Damian sieht über den großen Tisch zu allen Familienmitgliedern, die zufrieden auf ihre leeren Teller blicken. Sie haben gut und viel gegessen und miteinander gesprochen. Die Familie hat sehr bescheidene Wünsche, sie wollen eigentlich von dem Verkauf der Waffen nur gut leben können und haben sich von Alfonzo mit ein paar Cent abspeisen lassen.

Damian kennt ja die Preise, die er für die Waffen haben will und er hätte ein sehr gutes Geschäft gemacht, das möchte Damian auch, aber er hat von seiner Familia gelernt, fair zu bleiben. Wenn du ein Geschäft aufbauen willst, was Bestand hat und wo du dir keine Sorgen machen willst, dass du übers Ohr gehauen wirst, musst du alle fair behandeln.

»Ich möchte euch folgendes anbieten: Alfonzo ist niemand, im Gegensatz zu unserer Familia, aber ich denke, das wisst ihr schon. Wieso wollt ihr mit einem unserer Handlanger Geschäfte machen, wenn ihr das auch mit uns machen könnt?« Der Vater sieht ihn eingeschüchtert ein. »Wir wollen keine Probleme bekommen. Wenn wir jetzt zu Ihrer Familie wechseln, bekommen wir garantiert Ärger und das wollen wir nicht.«

Damian sieht zu Kasim. »Wir werden veranlassen, dass Alfonzo Einreiseverbot nach Costa Rica erhält, das würden wir sowieso tun. Außerdem wird das alles hier umgeändert. Wir erweitern euer Grundstück, ich habe die Felder hinter eurem Haus gesehen und werde mich darum kümmern. Ihr bekommt ein neues Haus und ein größeres Grundstück.

Deine Frau liebt, wie ich es mitbekommen habe, ihren Stall und ihre Tiere, wir werden das alles neu machen, dazu noch genug Platz, um Gemüse anzubauen. Das Grundstück wird groß genug sein, dass auch eure Töchter mit ihren Männern bei euch wohnen können und die Söhne, falls sie möchten. Ihr bekommt eine Produktionswerkstatt, in der ihr alle Geräte neu bekommt, die ihr braucht, außerdem werden euch Männer zum Schutz gestellt, denn es ist dann ja ein Unternehmen unserer Familia. Statt der 15%, die Alfonzo euch bietet, zahlen wir 25%. Alles was ihr tun müsst, ist, genug zu produzieren und an niemanden außer uns zu verkaufen.«

Damian hat das alles im Kopf berechnet, es lohnt sich, Geld in das Projekt zu stecken, er hat sich alles durch den Kopf gehen lassen und wenn sie nur halb so viel verkaufen, wie es geplant ist, würden sie ihr momentanes Vermögen innerhalb von zwei Jahren verdoppeln können. Das wäre eines der größten Geschäfte, die sie jemals abgeschlossen haben, da können sie auch dafür sorgen, dass die Leute gut und zufrieden leben.

Damian sieht, dass die Kinder und die Frau begeistert sind, Damian hat auch noch Pferde als Trumpfkarte, die er besorgen würde. Er hat gesehen, dass die Mutter einige Pferdefiguren herumstehen hat, doch die Karte muss er offensichtlich nicht mal ausspielen. Vielleicht besorgt er die Pferde trotzdem. Der Vater sieht Damian aus seinen erfahrenen Augen an, dann lächelt er und gibt ihm die Hand.

»Abgemacht, ab jetzt arbeiten wir nur noch mit euch zusammen.« Damian und er schütteln sich die Hand, er sieht Kasim in die Augen, der tief ausatmet. Das, was sie hier gerade getan haben, stellt alle anderen Geschäfte vorher in den Schatten, zumindest fast alle, dieses Mal hat Damian keinen Mist gebaut. Er hat nicht nur seine Familia vor einem großen Verlust bewahrt, er hat ihr Vermögen verdoppelt.

Damian nimmt sein Handy heraus und ruft einen ihrer Mitarbeiter bei der Regierung in Costa Rica an, sie haben überall Kontakte.

Er nennt ihm Alfonzos Namen und sagt ihm, er solle dafür sorgen, dass er ein komplettes Einreiseverbot für Costa Rica bekommt, der Mann versichert ihm, dass das in ein paar Minuten erledigt ist. Damian und Kasim besprechen noch ein paar Einzelheiten und Wünsche, welche Maschinen ausgetauscht werden sollen und was noch wichtig ist und gerade, als sie damit fertig sind, bekommt Damian den Anruf, dass es durchgesetzt wurde. Alfonzo ist gerade auf dem Weg nach Costa Rica und wird in einer halben Stunde landen. Er soll sofort wieder zurückgeschickt werden, doch Damian sagt, dass sie ihn am Flughafen festhalten sollen, das wird er ihm selbst sagen.

Also hat er seinen Piloten gefunden. Zufrieden tauschen sie Handynummer und weitere Daten mit der Familie aus, dann verabschieden sich Kasim und Damian und fahren auf schnellstem Weg zum Flughafen. Neben dem besten Deal seit Langem und dass er seiner Familia zeigen kann, zu was er in der Lage ist, ist es das, was ihn am meisten an alldem befriedigt. Nun wird er Alfonzo ins Gesicht sehen und ihm zeigen, dass er sich niemals mit ihrer Familia hätte anlegen sollen.

Nala sieht sich im Garten um, Rodriguez und Paco haben sie abgeholt, zusammen mit Lando und Amalia, sie waren etwas essen und nun sind sie im Haus angekommen. Dilara und Latizia warten mit ihren Freunden bei ihnen im Haus. Während die Männer sich um einen Tisch setzen und irgendetwas besprechen, kann Nala es nicht lassen und sieht sich immer wieder um, ob Damian irgendwann auftaucht, doch das tut er nicht. Sie essen Eis und sehen zu, wie die Kinder im Pool planschen, ein normaler Nachmittag hier in der Familie, und Nala freut sich schon, morgen wieder zu ihrem Zeichenkurs zu kommen.

Nala erzählt Dilara und Latizia, dass Samuel und sie beschlossen haben, eine Pause einzulegen, es wirkt nicht so, als würden sie es falsch finden, im Gegenteil, sie sagen ihr, dass Nala sich hier einfach neu orientieren und sich Zeit nehmen soll, herauszufinden, welchen Weg sie einschlagen möchte.

Damian sieht das Chaos schon von Weitem, das Sicherheitspersonal des Flughafens hält seine Maschinengewehre auf das Privatflugzeug von Alfonzo und man hört ihn im Flieger toben. Damian sagt den Männern, dass sie Alfonzo kurz aus dem Flieger lassen sollen. Er kann es nicht erwarten und sieht ihm zufrieden entgegen. Das Sicherheitspersonal deutet Alfonzo, seine Waffe auf den Boden zu legen, bevor er zu Damian geht.

Wütend sieht er zu Damian, der grinst und seine Waffe ebenfalls auf den Boden legt, er deutet Kasim zu warten, er wird das alleine mit Alfonzo klären. Sie gehen aufeinander zu und halten erst, als sie sich richtig in die Augen sehen können.

»Was hast du getan, du verdammter ...« Damian zieht seine Schultern hoch. »Du hattest deine Chance, Alfonzo, ich habe sie dir gegeben und mein Vater und meine Onkel auch nochmal. Ich hatte dich gewarnt, versuche nicht, uns zu verarschen. Du hast hier nichts mehr zu suchen. Wir haben das Geschäft übernommen. Die Familie arbeitet für uns und du wirst nie wieder auf sie zugehen, sonst wirst du unsere gesamte Macht spüren, hast du das verstanden?«

Alfonzo sieht ihn hasserfüllt an, doch dann bildet sich ein gemeines Lächeln auf seinem Gesicht. »Weißt du, vielleicht nimmt mir eure Familia alles und hat gewonnen, aber ich werde nicht alleine untergehen, Damian, hörst du. Ich werde ihnen etwas nehmen, was man nicht wieder ersetzen kann ...« Bevor Damian die Worte richtig verstehen kann, geht alles schnell, zu schnell.

Alfonzo lässt ein großes Messer aus seinem Jackenärmel schnellen, Damian hört einen Schrei, einen Befehl, er sieht Alfonzo in die hasserfüllten Augen und bevor er reagieren kann, spürt er einen heftigen Schmerz im Brustkorb, es fühlt sich an, als wäre ein Auto gegen seine Brust gefahren, wieder sieht er in Alfonzos Augen, hört Schüsse und dann wird alles schwarz.

Rodriguez kann nicht glauben, was Musa so alles für Einfälle wegen Alfonzo hat, langsam wird ihm Dilaras Freund immer sympathischer, doch eine richtige Lösung für das Problem mit Alfonzo haben sie noch nicht. Als sein Handy klingelt und er Kasims Nummer entdeckt, nimmt er verwundert an. Es ist selten, dass ihn der Sohn seines besten Freundes Hernandez anruft. Damian und er sind fast immer zusammen unterwegs. Rodriguez nimmt das Gespräch an und hört sofort, dass etwas nicht stimmt.

Es ist laut und Kasim ... weint er? »Rodriguez, ihr müsst kommen, sofort! Sie sagen, er wird es wahrscheinlich nicht schaffen ... es ist alles ... voller Blut.« Rodriguez steht auf, plötzlich spürt er eine Kälte in sich aufsteigen, die er noch nie zuvor gespürt hat. »Kasim? Was ist passiert? Wo bist du und wo ist Damian?«

Kapitel 15

Als Latizia damals fast ermordet worden wäre, ging es Rodriguez schlecht, er hatte das Gefühl durchzudrehen, war es nicht gewohnt, so machtlos zu sein. Er dachte wirklich, er würde verstehen, was Paco und Bella während dieser Tage gefühlt haben, doch nun weiß er, dass er das nicht verstehen konnte.

Er hat nicht geahnt, wie es ist zu hören, dass einem seiner Kinder etwas passiert ist, wie es ist, wenn Minuten zu Stunden werden und jede Minute, die man länger braucht, um zu seinem Kind zu kommen, unerträglich ist.

Wie es ist, wenn einem tausende von Bilder im Kopf umhergehen. Wann habe ich das letzte Mal mit meinem Sohn gesprochen, wann haben wir das letzte Mal zusammen gelacht? Wieso hat Rodriguez in letzter Zeit so wenig Zeit mit ihm verbracht? Damian ist zu einem Mann geworden und Rodriguez wollte ihm diese Zeit geben, doch nun bereut er jede Minute, die er nicht an seiner Seite war.

Er kann seine Frau kaum ansehen, er sieht in ihrem Gesicht die Panik, die er verspürt, die Trauer und die Wut über die Ungewissheit. Er sollte jetzt für sie stark sein, doch wie, wenn es darum geht, dass er seinen Sohn, sein Leben und seinen Stolz verlieren könnte?

Sie haben Kasim kaum verstanden, er hat ihnen seinen Standort in Costa Rica geschickt, sie sind sofort losgeflogen. Costa Rica? Rodriguez hat nicht mal eine Vorstellung, was die beiden dort gemacht haben, oder ob noch andere bei ihnen waren. Paco, Dilara, Musa, Hernandez und Leandro begleiten sie, Bella ist mit den Kindern zurückgeblieben. Sie hatten auch nicht die Zeit, noch irgendjemandem Bescheid zu geben und haben auch an nichts weiter gedacht, nur so schnell wie möglich zu Damian zu kommen.

Das war der schlimmste Flug, den Rodriguez jemals hatte. Direkt nach dem Start haben sie versucht, den Chefarzt des Krankenhauses zu erreichen, wo Damian und Kasim offenbar sind. Auch Kasim muss verletzt sein, sie erreichen ihn nicht mehr. Der Chefarzt ist gerade in einer Operation und nach und nach begreifen sie, dass er gerade dabei ist, Damian zu operieren. Es dauert eine Weile, bis ein Polizei-beamter an den Hörer der Krankenschwestern kommt und ihnen sagt, dass es auf dem Flughafen passiert ist.

Damian hat ein Messer in die Brust gerammt bekommen. Gleichzei-tig haben die Sicherheitskräfte und Kasim auf den Angreifer geschos-sen, der auch sofort ums Leben kam, dabei wurde Kasim an der Schulter getroffen, die Wunde ist aber nicht lebensgefährlich, er wird gerade verarztet.

Eine Krankenschwester kommt danach an den Apparat und erklärt, dass sie Glück hatten und niemand das Messer aus Damians Brust herausgezogen hat, sonst wäre er sofort verblutet. Nun wird er operiert, es soll eine schwere Operation sein, die sehr lange dauern wird, weil sie sehr präzise vorgehen müssen, um ihn nicht zu verlie-ren. Er schwebt in Lebensgefahr und noch kann niemand sagen, ob er es schafft oder was alles verletzt ist.

Rodriguez war noch nie so verzweifelt, er sitzt da, mit dem Hörer in der Hand, während sein Sohn um sein Leben kämpft und er kann nichts tun, er ist noch nicht einmal bei ihm. Er nimmt Melissa in den Arm, sieht die Verzweiflung seines Bruders und der anderen, doch er kann nicht reagieren.

Er darf seinen Sohn nicht verlieren. Der Flug scheint ewig zu dau-ern, Melissa wird immer verzweifelter, sie rufen immer wieder im Krankenhaus an, doch die Operation dauert noch an und es kommen keine neuen Informationen durch.

Während Melissa in seinen Armen weint und sich kaum beruhigen lässt, muss Rodriguez an Damians Geburt denken, er war so winzig, und das Erste, was er getan hat, als er ihn auf den Arm hatte, war es, den Finger seines Vaters zu umfassen und festzuhalten.

Rodriguez hat ihn von der erste Sekunde an über alles geliebt, er hat die Zeit genossen, als er noch auf seinen Schultern gesessen und gespielt hat, dass er die ganze Welt beherrschen wird. Als er seine ersten Schritte getan hat, um in Rodriguez' Arme zu kommen, als er ihm das Fahrradfahren beigebracht hat.

Die Zeit im Gefängnis hat ihnen nicht gut getan, Rodriguez hatte lange Zeit das Gefühl, es hat sie voneinander entfernt und wahrscheinlich ist es auch so.

Er hat regelmäßig versucht, wieder das alte Vertrauen mit Damian hinzubekommen, manchmal hatte er das Gefühl, es hat geklappt, doch dann schien Damian wieder so weit weg von der Familie, dass Rodriguez stets das Gefühl hatte, seinen Sohn verloren zu haben, nun aber in der Situation zu sein, ihn wirklich verlieren zu können, bricht sein Herz.

Nach einer gefühlten Ewigkeit und noch immer keinen Neuigkeiten, wie es Damian geht, landen sie endlich auf dem Flughafen in Costa Rica. Schon auf der Landebahn warten zwei Jeeps auf sie. Ihre andere Maschine steht hier herum, mit der müssen Damian und Kasim gekommen sein. Wieso sind sie nach Costa Rica geflogen? Noch eine Maschine steht auf dem Gelände für Privatflieger, sobald die Tür aufgeht, sehen sie einige Männer, die um einen abgetrennten Bereich herumstehen, Polizisten sind auch dabei, aber auch Männer einer Familia.

»Das sind Alfonzos Männer!« Paco ist nicht von Rodriguez' Seite gewichen, auch wenn er ihm momentan nicht wirklich helfen kann, tut es gut, ihn bei sich zu haben. Er hält zusammen mit Musa Dilara auf den Beinen, die sehr blass ist. Sie weint nicht, Dilara hat noch nie viel geweint, doch man sieht die Angst in ihren Augen. Die Angst, ihren Bruder zu verlieren, und Rodriguez weiß, wie sehr sie an ihm hängt.

»Oh mein Gott.« Rodriguez nimmt Melissas Hand in seine, als sie zu den Autos die Treppen hinabgehen, vorbei an dem Fleck, auf dem viel Blut zu sehen ist, sehr viel Blut. Die Männer der anderen Familia weichen zurück, als sie sie erkennen. Rodriguez' Blut kocht, doch sie müssen zu Damian, all das wird Rodriguez noch klären und die Verantwortlichen finden.

Rodriguez weiß nicht, ob das alles Damians Blut ist, doch er will nur noch schnell ins Krankenhaus zu seinem Sohn. Zum Glück sind sie schnell da, sie rasen durch die Straßen, und als sie endlich zu dem Operationsbereich des Krankenhauses eilen und Kasim davor sitzen sehen, atmet Rodriguez das erste Mal kurz durch. Jetzt ist er da, jetzt kann er etwas machen. Kasim sieht auf und hat noch immer Tränen in den Augen. Hernandez nimmt ihn in den Arm, sieht sich seine Schulter an und als Rodriguez zu Kasim tritt, kann der ihm kaum in die Augen sehen.

»Was zur Hölle ist passiert, Kasim, und wie geht es jetzt Damian?« In dem Moment kommt allerdings ein Mann aus dem Operationsbereich und zieht sich erschöpft seinen Kittel aus. »Sind Sie die Angehörigen … ja, das sind Sie.« Er scheint sie zu erkennen und sieht Rodriguez in die Augen. »Das Messer hat den Brustkorb verletzt, er hatte starke innere Blutungen, die wir stillen konnten, zum Glück sind die inneren Organe nur leicht verletzt worden oder verschont geblieben, er hat sehr viel Blut verloren, auch wenn wir das Schlimmste verhindern konnten, weil das Messer von uns entfernt wurde.

Wir haben getan, was wir konnten, nun kommt es auf seinen Körper an, ob er die nächsten Stunden überlebt und seine Werte sich verbessern.« Er sieht zu Melissa und senkt den Blick ein wenig. »Beten Sie für ihren Sohn! Wir haben wirklich alles getan, jetzt müssen wir abwarten.« Rodriguez kennt diese Worte, es ist nicht das erste Mal, dass er sie hört, doch noch nie haben sie ihn so sehr getroffen. »Können wir zu ihm?« Der Arzt nickt. »Gleich, er wird gerade nach oben auf die Intensivstadion gebracht, ich bringe Sie hin.«

Rodriguez fühlt sich, als würde man ihm den Boden unter den Füßen wegziehen, doch was das wirklich bedeutet, weiß er erst, als Melissa und er kurze Zeit später das abgedunkelte Zimmer von Damian betreten und ihren Sohn dort im Bett liegen sehen. Es ist das erste Mal, dass ihm die Tränen in die Augen steigen. Die ganze Zeit hat sein Herz gerast, er musste etwas tun, musste sich beeilen, nachfragen, wie es Damian geht, seine Frau beruhigen, stark für sie sein, doch jetzt in dem Moment fällt all das von ihm ab.

Melissa setzt sich vorsichtig auf das Bett, sie legt ihren Kopf auf Damians Schulter und tiefe Schluchzer durchfahren ihren Körper. Rodriguez stellt sich hinter sie und schluckt schwer, seine Tränen fahren über seine Wangen, als er in das Gesicht seines Sohnes sieht. Er sieht aus wie immer, er ist blass, doch er sieht so aus, als würde er einfach nur friedlich schlafen, aber all die Schläuche, die in seinen regungslos auf der Bettdecke liegenden Armen stecken, der stark verbundene Brustkorb und die sehr flache Atmung beweisen, dass er gerade um sein Leben kämpft.

Rodriguez legt seine Hand auf Melissas Rücken und greift nach der Hand seines Sohnes. Er sieht ihm ins Gesicht, Damian sieht aus wie er mit Anfang zwanzig, man könnte denken, sein jüngeres Ich liegt hier. Er wünschte, Damian würde auch jetzt nach seinem Finger oder seiner Hand greifen, er würde alles tun und alles dafür geben, jetzt an seiner Stelle da zu liegen, wenn er ihm irgendwie Kraft geben könnte, irgendetwas, doch er kann nichts tun.

Damians Hand ist kalt und schlapp, als wäre das Leben schon aus seinem Körper gewichen, doch das wird es nicht. Rodriguez wird das nicht zulassen. Er sieht auf die kleine Narbe an Damians Kinn und muss an den Tag denken, als er vielleicht drei oder vier Jahre alt war. Seine Cousins Leandro und Sanchez waren bei ihm und sie haben sich wegen eines Autos gestritten. Damian wurde so wütend, dass er ein Glas, das er gerade in der Hand hatte, auf den Boden geschleudert hat. Eine Scherbe ist zurückgesplittert und hat ihm das Kinn aufgeschnitten.

Er musste genäht werden. Damian saß auf Rodriguez' Schoß und war ganz still, doch dicke Tränen sind seine Wange heruntergelaufen. Rodriguez hat sie ihm weggewischt und gesagt, er solle durchhalten, er bräuchte keine Angst zu haben, er ist bei ihm. Bis heute hat er an der Stelle diese Narbe. Rodriguez wünschte, er könnte ihm das jetzt auch sagen, dass er ihn hören könnte.

Er setzt sich hinter Melissa, verschränkt seine Hände und lässt Damians Hand in der Mitte. Er legt seine Stirn an ihre Hände und beginnt in Gedanken zu beten und gleichzeitig auch zu Damian zu sprechen, dass er durchhalten soll und er keine Angst zu haben braucht, dass er bei ihm ist und nicht weggehen wird.

Sie bleiben die ganze Nacht an Damians Bett, manchmal ist Dilara bei ihnen, manchmal Paco, manchmal Leandro oder Hernandez. Die Schwestern kommen herein, ab und zu sehen sie besorgt auf die Monitore, manchmal lächeln sie ihnen aufmunternd zu. Sie trinken etwas, essen aber nichts von dem, was die anderen ihnen bringen. Kasim erzählt ihnen endlich alles, was passiert ist. Damian liegt hier, weil er ihrer Familia einen der größten Deals gesichert hat, den sie seit Langem neu dazugewinnen konnten.

Rodriguez kennt seinen Sohn, er weiß, dass er mit dieser Sache vor allem ihm zeigen wollte, dass er es kann, dass er die Familia leiten kann, er hätte sich nicht beweisen müssen. Er hätte niemals allein so eine Sache durchziehen sollen, doch wahrscheinlich wusste er, dass Rodriguez ihn daran gehindert hätte. Wahrscheinlich wäre keiner von ihnen dieses Risiko eingegangen oder hätte zumindest verhindert, dass ihre Söhne es tun.

Er wünschte, er könnte so vieles rückgängig machen, doch dass er die Chance hat, vielleicht einfach ab jetzt vieles anders zu machen, weiß er erst, als der Oberarzt am frühen Morgen ins Zimmer kommt und sich die Werte ansieht.

Er sagt, dass der Körper von Damian von allein die Heilung übernommen hat und er über den Berg ist, das Fieber ist gesunken und sie reduzieren die Dosis für die Schmerzmittel, sodass er auch langsam wieder mehr zu Bewusstsein kommen sollte.

Es ist, als würde man viele Steine von den Herzen aller fallen hören und es sind nicht nur sie, die hier sind und im und vor dem Krankenzimmer warten. Die Handys klingeln im Sekundentakt, die gesamten Familias haben in der letzten Nacht nicht geschlafen und mit ihnen gebetet. Rodriguez dankt Gott dafür, dass er Damian am Leben lässt und schwört sich selbst, diese zweite Chance, die ihnen gegeben wurde, zu nutzen, um ihm wieder näher zu kommen.

Sie warten. Durch die Aussagen des Arztes wieder etwas beruhigter, fällt Melissa nach vielen Stunden, in denen sie an Damians Bett geweint hat, in einen erleichterten Schlaf, auch Paco legt sich auf die Couch und schläft, während sie darauf warten, dass Damian langsam wieder ansprechbarer wird.

Rodriguez aber bekommt kein Auge zu, es dauert fast zwei Stunden, bis Damian langsam seine Augen öffnet, langsam, doch Rodriguez erkennt darin sofort wieder diesen festen Willen und die Stärke, die seinen Sohn ausmachen.

162

Rodriguez fallen tausend Steine vom Herzen, Damian sieht sich um, sieht auf Paco, seine Mutter, beide schlafen noch und Rodriguez ist froh, diesen Moment für sie beide alleine zu haben, dann sieht er in die Augen seines Vaters.

Damian setzt an, etwas zu sagen, doch er verzieht nur schmerzvoll das Gesicht. Rodriguez beugt sich zu ihm und küsst seine Stirn. »Bleib ruhig liegen, du wurdest lange operiert, wir hätten dich fast verloren, ich werde das nicht noch einmal zulassen. Ruh dich aus, nicht dass noch etwas passiert und irgendwelche Wunden wieder aufgehen.«

Damian sieht ihn kurz nachdenklich an, dann setzt sich ein leichtes Lächeln auf sein Gesicht. »Ich habe es Alfonzo gezeigt. Wir haben die Waffen ...« Damians Stimme ist sehr schwach und brüchig. Rodriguez unterbricht ihn. »Dafür hast du fast mit deinem Leben bezahlt, denkst du, das macht mich glücklich, Damian? Ich würde alles, alles was ich habe, jeden meiner Freunde, alles, jeden einzelnen Cent geben, um dich nicht zu verlieren. Du bist mein Sohn, es gibt nichts, was mir wichtiger ist, Damian! Mach das nie wieder, hörst du?«

Damian nickt, noch immer hat er das zufriedene Lächeln im Gesicht, auch wenn es sich gleich wieder schmerzvoll verzieht. »Das war das Schlimmste, was ich jemals mitmachen musste, der Gedanke, dich zu verlieren, hat mich wahnsinnig gemacht, deine Mutter hat nicht eine Minute aufgehört zu weinen. Wenn du wieder richtig fit bist, werde ich dich dafür noch richtig fertigmachen.« Damian lächelt wieder, doch es tut ihm weh. »Okay ... aber dann wirst du auch zugeben, dass ich es gut gemacht habe.«

Rodriguez will noch etwas sagen, doch in dem Moment wacht Melissa auf und umarmt Damian so sehr, dass er schmerzvoll aufstöhnt und Melissa wieder zu weinen beginnt. Dilara kommt in den Raum und Paco wird wach, spätestens als Damian fragt, ob Nala auch da ist, weiß Rodriguez, dass alles wieder gut wird.

Sein Sohn ist stark und hat es geschafft, doch diese letzten Stunden wird er niemals in seinem Leben vergessen. Sie haben sich tief in sein Gedächtnis gebrannt. Niemals wieder will er um eines seiner Kinder Angst haben müssen und er wird diese zweite Chance nutzen, um

Damian wieder näherzukommen. Erleichtert sieht er auf seine Familie und weiß, dass alles andere, Macht, Geld, alles unwichtig ist. Das Wichtigste ist die Gesundheit und dass es den Menschen, die man liebt, gut geht.

Kapitel 16

Nala setzt sich in ihrem Bett auf und hört sich um.

Ein zufriedenes Lächeln setzt sich auf ihr Gesicht, als sie hört, wie Melissa unten mit Amalia spricht und sie im Garten die Stimmen von Rodriguez und Paco erkennt. Es ist jetzt etwas über zwei Wochen her, dass Damian fast gestorben wäre. Es war einfach nur schrecklich.

Nala selbst hatte in dem Moment, als sie davon erfahren haben, das Gefühl, keine Luft mehr zu bekommen. Sie hat so viel darüber nachgedacht, was sie jetzt tun soll und wie sie all dem mit Damian am besten aus dem Weg gehen kann, dass sie nie darüber nachgedacht hat, wie ihre Gefühle für ihn aussehen, doch manchmal öffnen einem solche Situationen die Augen.

Sie hat sich schrecklich gefühlt, sie hatte Angst, dass er stirbt. Sie hat die Panik und die Verzweiflung in Melissas und Rodriguez' Gesichtern gesehen und dann war da diese Stille.

Nala kennt es, alleine zu sein, sie war ihr ganzes Leben lang fast immer auf sich gestellt, doch hier in dieser Familie hat sie das erste Mal ein richtiges Familienleben erlebt. Es ist immer jemand da, mit dem man sprechen kann, man hört ständig irgendwo ein Kind lachen, Stimmen, es ist selten, dass es ruhig ist. Nala fand das in den ersten Tagen sehr befremdlich, sie dachte, dass sie sich daran nie gewöhnen könnte, doch in dem Moment, als der Anruf kam, dass etwas mit Damian war, setzte diese unheimliche Stille ein.

Nala ist hiergeblieben, Bella hat sie mit zu sich genommen und zusammen mit Latizia haben sie auf Lando und Amalia aufgepasst und die ganze Zeit über die Handys angestarrt, ob es etwas Neues gibt. Irgendwann kam auch Bellas Bruder mit seiner Frau.

Nach und nach haben sie erfahren, was passiert ist, auch wenn Nala das alles nicht so ganz versteht, scheint Damian für die Familia ein großes Geschäft gemacht zu haben und dabei ist er von jemandem mit dem Messer angegriffen worden.

Nur die Kinder haben geschlafen, sie waren alle wach, bis der Anruf am Morgen kam, dass er überleben wird. Nala hat die Erleichterung bei Bella, Sara und Latizia gesehen und wie sie alle geweint haben, auch ihr ging es sofort besser, doch da kam das erste Mal der Wunsch auf, zu ihm zu fliegen, bei ihm zu sein, auch da zu sein und sich davon zu überzeugen, dass es ihm gut geht, doch dazu hat sie nicht das Recht, sie kennen sich noch nicht so lange und erst muss sie seiner Familie den Vortritt lassen.

In den nächsten Tagen sind immer wieder Leute hingeflogen und zurückgekommen. Bella flog mit den Kindern hin, Paco kam wieder. Dilara kam zurück und flog gleich wieder hin. Sie haben Nala erzählt, dass Damian nach ihr fragt und dann hat sie sich endlich getraut zu fragen und ist zusammen mit Sami und Miguel hingeflogen. Für die Zeit, die Damian im Krankenhaus bleiben muss, haben sich alle, die gerade da sind, in ein Hotel in der gleichen Straße eingemietet.

Vier Tage nach dem Angriff auf ihn ist dann auch endlich Nala zu ihm ins Krankenzimmer gekommen. Es war ein merkwürdiger Augenblick, natürlich war sie nicht die Einzige im Raum, sie ist zusammen mit Miguel und Sami gekommen, Melissa war da mit Amalia, später kam auch Rodriguez wieder. Nala musste schwer schlucken, als sie Damian gesehen hat. Es wirkte so anders, statt seiner sonst so mächtigen Präsenz saß er halb in seinem Krankenbett, sein Oberkörper fest eingebunden, noch immer steckten Schläuche in seinen Armen.

Man sah ihm an, dass es ihm nicht sehr gut geht, doch er versuchte zu lächeln und den Gesprächen zu folgen, einzig seine Augen funkeln wie sonst auch immer. Als er über einen von Samis Sprüchen gelacht hat, hat Nalas Herz einen kleinen Sprung gemacht, für sie ist Damian der hübscheste Mann, den sie jemals getroffen hat.

Sobald Nala das Zimmer betreten hat, lagen seine Augen wachsam auf ihr und Nala hat das sofort wieder genossen. Sami und Miguel haben ihn kurz umarmt und so ist Nala auch zu ihm gegangen und hat ihn umarmt. Vielleicht ein wenig länger als seine Cousins und auch nur sie hat gespürt, wie Damian seine Nase an ihre gestupst hat für einen winzigen Augenblick, wie sie die Augen geschlossen hat und so unendlich dankbar war, dass sie ihm noch einmal so nah sein konnte.

Doch sie haben nicht einmal richtig miteinander sprechen können, alle waren ständig da, sie waren nicht eine Sekunde alleine, Nala hat sich eher im Hintergrund gehalten und die Familie vorgelassen.

Nach zwei Tagen ist sie zurückgeflogen und ist wieder zur Uni gegangen. Sie wünschte, sie hätte bei ihm bleiben können. Schon das stille Sitzen in der Ecke auf der Couch hat ihr gutgetan und ihr gezeigt, dass es Damian jeden Tag ein wenig besser geht, doch sie darf nicht zu lange in der Uni fehlen und ist zusammen mit Bella wieder zurückgeflogen.

Nala war von dem Moment an allein im Haus, zwar sind Bella und auch alle anderen immer da und fragen, ob sie etwas braucht, sie geht bei Bella essen und sie könnte auch da schlafen, doch Nala ist im Haus von Melissa geblieben. Am Anfang dachte sie, sie würde die Ruhe genießen, doch Tag für Tag hat es sie mehr bedrückt.

Melissa und Rodriguez sind bei ihrem Sohn geblieben, erst nach zehn Tagen war er langsam wieder so weit, einige Schritte zu gehen und gestern ist er hergeflogen worden und mit ihm der komplette Rest der Familie. Nala hat sich wahnsinnig gefreut, sie ist sofort zu ihm ins Zimmer gegangen. Melissa hat darauf bestanden, dass er, solange er noch nicht wieder richtig fit ist, bei ihnen im Haus in seinem alten Zimmer bleibt, damit sie sich richtig um ihn kümmern kann.

Doch natürlich war sie nicht allein. Alle, die nicht zu ihm geflogen sind, weil es einfach schon so voll war, sind gekommen, ständig kam und ging jemand. Nala hat Damian wieder nur kurz umarmt und sich in eine Ecke zurückgezogen, von wo sie alles beobachtet hat. Als sie am Abend in ihr Zimmer gegangen ist, wollte sie noch warten, bis es endlich ruhiger geworden ist, doch sie ist darüber eingeschlafen. Heute Morgen ist sie zu spät in die Uni gekommen und war direkt im Anschluss beim ersten Termin ihres Extrakurses. Sie sind mit einem kleinen Heißluftballon in die Luft geflogen und haben von dort oben gezeichnet, sie mussten schnell zeichnen, doch der Ausblick war unglaublich.

Danach wollte sie direkt zu Damian, doch wieder waren einige seiner Cousins da und Nala ist direkt in ihr Zimmer gegangen, wo sie wieder eingeschlafen ist. Nun ist es abends und Nala hört, dass sich endlich wieder alles normalisiert. Sie lauscht kurz den Geräuschen und ist erschrocken, wie zufrieden sie die Tatsache macht, dass alle zuhause sind. Wann hat sie angefangen, so familiär zu denken?

Nala steht auf, geht in ihr Bad und wäscht sich das Gesicht, sie ist ungeschminkt, weil sie heute verschlafen hat, sie benutzt etwas Lippenpflege und geht dann leise auf den Flur. Die Zimmertür von Damian steht offen und sie hört Stimmen daraus. Wahrscheinlich muss sie wirklich nachts kommen, um ihn mal alleine sehen zu können. Nala geht trotzdem nachsehen. Sie stellt sich an den Türpfosten und hebt die Hand, als Damian und Sanchez zu ihr sehen.

»Blonde Shaki, du siehst so niedlich verschlafen aus.« Sanchez grinst sie an. Nala lacht leise. Sie mag den riesigen Teddy sehr gerne. »Vorsicht, deine Freundin hat mir verraten, wie sie dich immer nennt.« Nala lacht leise über Sanchez' Gesichtsausdruck. »Hat sie nicht wirklich … ihr Frauen immer. Da fällt mir ein, ich muss los und sie abholen.« Er wendet sich wieder zu Damian. »Ich kläre das und komme morgen wieder, sobald ich die Liste mit meinem Vater durchgegangen bin.« Damian nickt, Sanchez steht auf und gibt Nala beim Hinausgehen einen Kuss auf die Wange. Nala sieht ihm hinterher und dann zu Damian, der noch nichts gesagt hat und sie einfach nur ansieht.

»Hey.« Nala tritt ins Zimmer, die ganze Zeit wollte sie mit ihm alleine sein, jetzt wo sie es ist, weiß sie gar nicht so genau, wie sie sich verhalten soll. Nala schließt die Tür zwar nicht komplett, aber sie lehnt sie an, bevor sie zu Damians Bett geht. Er sieht schon viel besser aus, der riesige Verband ist ab, Nala weiß, dass jeden Morgen die Ärztin der Familia kommen soll, um sich um Damian zu kümmern. Er trägt kein Shirt, der Verband muss heute entfernt worden sein, nur noch ein großes Pflaster mit mehreren Kompressen liegt über seiner rechten Brust, das muss die Stelle sein, an der er getroffen wurde.

»Hey, wie geht es dir?« Nala zieht die Augenbrauen ein wenig verwundert hoch und setzt sich zu ihm ans Bett, wo ein gemütlicher Sessel herangezogen wurde. »Das fragst du mich? Du bist fast gestorben, wie geht es dir?« Auf Damians schöne Lippen setzt sich ein leichtes Lächeln, was auch Nala lächeln lässt. »Schon viel besser. Ich bin wieder zu Hause, ich konnte heute Morgen richtig duschen, ohne zu doll aufpassen zu müssen, ich habe wieder richtig anständig gegessen … es geht mir gut, würde ich sagen.« Nala sieht auf die Wunde. »Tut es noch sehr weh?« Damian blickt ihr in die Augen. »Es geht.« Nala sieht auf das Pflaster. »So nah am Herzen, du musst unwahrscheinliches Glück gehabt haben.«

Damian fasst sich an die verbundene Stelle. »Offenbar soll ich noch etwas am Leben bleiben, ich war einfach zu übermütig. Ich habe ein großes Geschäft abgeschlossen und hätte wissen müssen, dass nicht alle das gut finden. Es war meine Unachtsamkeit, weswegen ich hier jetzt liege, aber das ist halt eines der Risiken von dem Leben, das wir führen. Du hast schon so oft zu mir gesagt, dass ich so ein einfaches Leben führe, vielleicht siehst du jetzt, dass es nicht so ist. Wir haben Geld, wir haben große Familien, Macht und Freunde, doch das hat auch immer eine Schattenseite.

Wir haben viele Feinde, ich hatte keine unbeschwerte Jugend, also eine Weile schon, doch irgendwann mussten meine Cousins und ich sehr schnell erwachsen werden und unsere Väter befreien, unsere Stadt zurückerobern. Ich musste sehr früh, sehr hart für all das kämpfen und dass wir ständig unser Leben riskieren, ist für uns ein Normalzustand.« Nala seufzt leise aus. »So langsam begreife ich das auch alles. Latizia hat mir von der Zeit erzählt …« Nala schweigt, sie hat wirklich am Anfang immer nur gedacht, sie alle wären verwöhnte Menschen, die gar nicht wissen, wie hart das Leben sein kann, doch Nala weiß jetzt, dass sie wahrscheinlich Seiten am Leben gesehen haben, die sie hoffentlich niemals entdecken muss.

Damian räuspert sich. »Ich habe dich die Tage beobachtet. Du warst so ruhig und blass, ist bei dir alles in Ordnung?« Nala legt den Kopf ein wenig schief.

»Ja, natürlich … ich meine, ich gehöre nicht zu deiner Familie, aber dass du fast gestorben bist, hat mich sehr … getroffen. Ich meine, ich … wir … na ja, du weißt schon und ich wollte die ganze Zeit mit dir reden, aber na ja … deine Familie ist groß.« Damian seufzt leise auf. »Ja das ist sie. Du hättest nur etwas sagen müssen, dann hätten sie uns alleine gelassen.« Nala lacht. »Klar … könnt ihr mich bitte mit Damian alleine lassen. Allein die Blicke deine Mutter, deine Schwester … das hätte ich niemals getan.« Damian lacht leise und öffnet die Schublade seiner Kommode.

Nala ist gestern schon aufgefallen, dass das Zimmer von Damian hier ziemlich kahl ist, es gibt zwar noch das Bett, auch ein Schreibtisch, Regale und ein riesiger Kleiderschrank sind da, doch wahrscheinlich hat er alles, was ihm wichtig war, mit in sein neues Haus genommen. Natürlich ist es sehr luxuriös hier, genau wie ihr Zimmer hat auch er ein eigenes Bad, und Damian hat einen Fernseher an der Wand gegenüber seinem Bett, den man gut und gerne als Kinoleinwand bezeichnen kann.

In der Schublade sind Unmengen an Schokolade und Süßigkeiten. Wahrscheinlich hat ihm jeder, der zu Besuch gekommen ist, welche mitgebracht und er legt sie jetzt aufs Bett zwischen Nala und sich und deutet ihr, sich etwas zu nehmen. Nala greift zu. »Das hättest du tun sollen, ich habe mich schon die ganze Zeit gefragt, was jetzt mit deinem Freund ist. Wir konnten ja nach deinem spontanen Besuch bei ihm nicht mehr reden.«

Nala beißt in einen Riegel, der außen mit leckerer Schokolade umhüllt ist und innen einen weichen Nougatkern hat. Sie schließt kurz die Augen. »Das ist doch jetzt völlig egal. Wie kannst du darüber überhaupt nachdenken? Du bist fast gestorben und …« Er unterbricht sie. »Na wenn ich trotzdem die Kraft habe, darüber nachzudenken, scheint es mir doch wichtig zu sein, oder?« Nala sieht ihm in die Augen. Bilder kommen in ihr auf, wie er sie an die Terrassentür gedrängt hat, sie sich immer wieder geküsst haben, wie er sie von der Feier geholt und ihre Hand gehalten hat, allein beim Gedanken daran bekommt sie eine Gänsehaut.

»Wir sind nicht mehr zusammen …« Nala legt das Papier des Schokoriegels zur Seite und sieht Damian dabei nicht an. »Hast du ihm von uns erzählt?« Nala lächelt matt und sieht ihm in die Augen. »Das hatte ich ihm schon vorher gesagt, ich lüge nicht, das hat ihn nicht besonders gestört …« Damian schnauft leise auf. »Der Kerl wird mir immer sympathischer.«

170

Nala zuckt die Schultern. »Er hat mich geküsst und in dem Moment ist mir klar geworden, dass das, was Samuel und ich hatten, eher … wie gute Freunde oder wie Bruder und Schwester ist. Ich habe ihm das gesagt und wir haben beschlossen, zwar für immer füreinander da zu sein, aber erst einmal eine Pause einzulegen. Wenn ich zurück in Las Vegas bin, muss sich eh alles neu finden. Momentan bin ich viel zu durcheinander … ich bin jetzt knapp zwei Monate hier und habe das Gefühl, ich habe mich komplett geändert, also nicht ich, eher meine Einstellungen und … wahrscheinlich doch ich, oder zumindest vielleicht auch das, was ich vom Leben erwarte.«

Damian lehnt sich noch ein Stück mehr zurück. »Und was du von einem richtigen Freund erwartest.« Nun sieht Nala ihm richtig in die Augen. »Ich denke, das sollte ich nicht. Wenn man Erwartungen hat, wird man nur enttäuscht. Was soll man auch erwarten? Und ich denke auch nicht, dass ich, solange ich selbst so durcheinander bin, wieder eine Beziehung eingehen sollte …«

Damian nimmt sich auch ein Stück eines Schokoladenriegels und gibt ihr den Rest. »Du musst Erwartungen an einen Mann haben. Dass er dich über alles liebt, dass er alles dafür tut, dass es dir gut geht und niemals solche Sachen zulässt wie, dass du dich vor jemandem ausziehst oder dass du auch nur auf die Idee kommst, einen anderen Mann zu küssen. Dass er dafür sorgt, dass es keinen Mann neben ihm gibt und …«

Nala unterbricht ihn lachend. »Warte mal, und all das aus dem Mund des Mannes, der keine Beziehung möchte.« Damian wirkt einen Moment wie ertappt, doch dann stellt sich wie immer sein freches Grinsen ein. »Mag sein, aber ich wäre sicherlich ein großartiger Freund, wenn ich es dann mal irgendwann möchte.« Nala lächelt. »Bestimmt.«

Sie weiß, dass das zwischen Damian und ihr mehr als nur ein Kuss ist, doch sie hat sich nie die Hoffnung gemacht, dass es zu einer richtigen Beziehung führt, sie genießt es, Zeit mit ihm zu verbringen, doch dass Damian ihr nächster Freund wird, damit hat sie nie gerechnet, auch wenn sie schon einige Gefühle für ihn aufgebaut hat, was ja nichts Schlimmes sein muss. Sie kann ja trotzdem weiter Zeit mit ihm verbringen, nur die Illusion, dass es etwas Festes oder Dauerhaftes wird, hat keiner von ihnen beiden und das ist gut so.

Deswegen wechselt sie auch schnell das Thema.

»Von was hat Sanchez da gesprochen? Wie ist es eigentlich genau dazu gekommen und wieso wollte dich jemand umbringen?« Nala beginnt nun, Damian auszuquetschen und man merkt schnell, dass er es nicht gewohnt ist, jemandem alles zu erklären, was er tut. Er erzählt von dem Deal, erst sehr oberflächlich, doch Nala hakt nach, sie will versuchen, dieses Leben besser zu verstehen.

Damian erzählt, wie er den Deal eingefädelt hat, wie er diesen Alfonzo ausgestochen und er ihn dafür niedergestochen hat. Nun kümmern sich seine Cousins darum, dass all das auch klappt, er kann es ja zur Zeit nicht. Sanchez stellt gerade die Männer zusammen, die hinfliegen und ihre Waren dort unten sicherstellen werden.

Bevor Nala allerdings noch mehr herausfinden kann, werden sie von Melissa zum Abendessen gerufen. Damian steht mühevoll auf, er soll sich wieder etwas mehr bewegen. Er trägt nur eine Shorts und kein Shirt, er bittet Nala, ihm eines zu bringen und zieht es sich dann über. Wieder einmal ist Nala fasziniert von seiner muskulösen Brust, doch sie lässt es sich nicht anmerken.

Er zieht sich sein Shirt über und Nala hilft ihm dabei. Als ihre Hand seine warme Haut streift, fühlt sie sich trotz der harten Muskeln so weich an. Sie spürt Damians Blick auf sich, sieht ihn aber nicht dabei an. Dass sie beide nichts Festes im Sinn haben, bedeutet nicht, dass es nicht noch immer gewaltig zwischen ihnen knistert. Allein wieder so nah bei ihm zu sein, lässt Nalas Herz rasen, doch sie sollten versuchen, sich da ein wenig mehr im Griff zu haben. Zumindest Nala, Damian scheint sich da ziemlich gut kontrollieren zu können. Momentan hat er mit sich selbst genug zu tun, ihm tut jeder Schritt weh, doch gehen sie danach zusammen die Treppen hinunter und essen gemeinsam mit Melissa und Amalia. Rodriguez und Paco sind schon weg.

Man spürt, wie erleichtert Melissa ist, Damian bei sich zu haben. Auch Amalia scheint zu spüren, dass etwas nicht stimmt und sitzt die ganze Zeit auf Damians Schoß. Es gibt einen leckeren Auflauf. Damian isst zwei volle Teller, man merkt, dass er einiges nachzuholen hat. Melissa fragt Nala über den Kurs aus und sie erzählt von dem Heiß-luftballon, Nala soll Melissa später unbedingt das Bild zeigen.

Als Nala und Melissa den Tisch abräumen, kommt Dilara mit Musa. Die beiden zu beobachten, ist sehr niedlich, Musa ist auch mit nach Costa Rica geflogen, als er das mit Damian gehört hat, aber auch so merkt man sofort, dass er immer an Dilaras Seite stehen würde. Sie sind nicht ständig zusammen, doch wenn sie es sind, spürt man, wie verbunden sie sind.

Dilara und Musa haben Kuchen mitgebracht und sie setzen sich alle noch in den Garten. Amalia schläft schnell auf Damians Schoß ein, während sich Dilara immer wieder an die gesunde Schulter ihres Bru-ders lehnt. Nala fragt sich, ob sie ihre Geschwister, wenn sie welche hätte, auch so lieben würde. Sie kann es sich nicht vorstellen. Leandro und Dania kommen vorbei und nach kurzer Zeit geht Nala nach oben. Sie muss noch etwas für die Uni vorbereiten und vertieft sich so intensiv darin, dass sie erst das Klingeln ihres Handys wieder ins Hier und Jetzt holt.

Damian hat ihr eine Nachricht geschrieben, er fragt, ob er ihre Bil-der auch sehen kann. Nala schreibt ihm, dass sie gleich nochmal zu ihm hinüberkommt. Sie geht duschen und zieht sich eine Shorts und ein Top an, dann nimmt sie ihren Zeichenblock und geht zu Damians Zimmer. Die Tür ist zu, sie klopft und geht hinein. Damian ist allein und sieht fern. Es ist aber auch schon fast Mitternacht, nur eine klei-ne Nachtlampe brennt.

»Ich wusste nicht, dass du zeichnest.« Damian sieht auf den Block, den Nala vor ihrem Bauch hält. »Ich ehrlich gesagt auch nicht. Es ist auch eher ein Hobby und nichts Großartiges, aber es macht mir Spaß und beruhigt mich.« Damian rutscht in seinem riesigen Bett zur Seite, sodass sich Nala neben ihn setzen kann. Sie waren sich schon so nah, dass es für sie nicht merkwürdig ist, sich neben ihm aufs Bett zu set-zen.

»Na, da bin ich mal gespannt.« Nala gibt ihm den Block, während sie sich den Film weiter ansieht, den er gerade verfolgt. Es geht um Autorennen. Damian schlägt den Zeichenblock auf und sieht die ersten Bilder, von der Vase, von Amalia, auch sein Bild, da wendet er sich mit fragendem Blick zu ihr. »Oh, ich wollte mal ein Porträt malen und habe dich gewählt, du warst gerade da.«

Nala lächelt unbedeutend, auch wenn sie selbst sich noch gut genug an die Gefühle erinnern kann, die es in ihr ausgelöst hat: Damian so intensiv zu beobachten und dass sie da zum erste Mal ihr Gefühlschaos gespürt hat.

Damian sieht sich das Bild auch wirklich lange an, dann blättert er weiter. »Du kannst sehr gut malen, Nala, du hast wirkliches Talent dafür.« Nala lächelt, kuschelt sich ein wenig mehr in die weichen Kissen von Damian und sieht zu, wie eine Frau einen Mann davon abhalten will, ein lebensgefährliches Rennen zu fahren. »Danke, doch ich muss noch einiges verbessern.« Damian sieht sich die Bilder weiter an und Nala atmet zufrieden aus. Hier und jetzt, so friedlich bei Damian zu liegen, lässt das erste Mal seit Langem ihr Gefühlschaos verstummen.

Rodriguez gibt Lando, der schlafend im Arm seines Vaters liegt, einen Kuss auf die Haare. Sie waren zusammen bei der Ärztin. Lando ist gefallen und hat sich am Hinterkopf eine tiefe Schnittverletzung zugezogen, die genäht werden musste. Rodriguez und Paco haben ihn sofort zur Ärztin gebracht und sind erst jetzt zurückgekommen.

»Ich denke, Ramon ist zufrieden mit uns.« Rodriguez sieht verwundert zu Paco. »Was meinst du?« Sein älterer Bruder sieht sich auf ihrem Anwesen um. »Das alles … immer wieder passiert etwas, trifft uns und haut uns um … Latizia, Damian, egal was kommt, wir beide halten zusammen und leiten die Wege der Familia weiter. Ich denke nicht, dass er uns beiden das zugetraut hätte.« Rodriguez lächelt und sieht zum Haus, in dem früher Ramon und Jennifer gelebt haben und das nun von Miguel bewohnt wird.

»Doch, ich glaube, er wusste das. Wir hatten früher immer am meisten Streit und jedes Mal hat er mir dann gesagt, dass die Liebe zwischen uns beiden dafür am stärksten ist und wahrscheinlich hat er damit recht gehabt.« Rodriguez denkt daran, wie schlimm es damals für Paco war, als Rodriguez fast gestorben wäre. Paco lacht. »Du bist halt mein kleiner Bruder.« Rodriguez sieht ihm in die Augen, diese tiefe Verbindung zwischen ihnen wird alles überstehen und sie werden immer zusammen dafür sorgen, dass es allen gut geht, vor allem ihren Kindern.

»Pass gut auf meinen Neffen auf.« Rodriguez sieht zu Lando und Paco nickt ins Haus. »Du aber auch auf meinen!«

Rodriguez geht müde ins Haus, es ist alles still, er wird schnell duschen und dann direkt schlafen gehen. Er will nur noch kurz nach Damian sehen. Als er die Tür, die nur angelehnt ist, leise öffnet, stockt er. Damian liegt halb sitzend im Bett, den Arm um Nala gelegt, die den Kopf auf seiner gesunden Schulter hat. Beide schlafen, Damians Nase ist an Nalas Locken und Rodriguez muss leise lachen. »Da ist nichts weiter ... alles klar.«

Er schließt die Tür leise und geht in sein Schlafzimmer. Er kann seinen Sohn verstehen, Nala ist wunderschön und eine beeindruckende junge Frau, doch so wie er Damian kennt, wird das ein harter Kampf gegen seine eigenen Gefühle, bis er versteht, was da wirklich gerade passiert. Rodriguez geht in sein Zimmer und sieht, wie Melissa und Amalia zusammengekuschelt im Bett schlafen. Er liebt sein Leben.

Er geht schnell duschen und legt sich ins Bett, im selben Augenblick kuschelt sich Amalia an ihn und Rodriguez beugt sich zu Melissa, um sie zu küssen. Er schließt zufrieden die Augen. Auch wenn sie immer wieder schwer geprüft werden, all das ist es wert, hart für ihr Glück zu kämpfen.

Er muss an Damian und Nala denken und wie schwer er damals gegen seine Gefühle für Melissa gekämpft hat. Nun ist Damian dran, diesen Kampf zu führen und ein leichtes Lächeln legt sich auf Rodriguez' Lippen, bevor er einschläft.

Kapitel 17

Als Nala am nächsten Morgen ihre Augen öffnet, sieht sie direkt auf Damians T-Shirt. Sie muss eingeschlafen sein, sie spürt Damians Arm um sich, sie atmet seinen Duft ein und setzt sich langsam auf. Die Jalousien sind heruntergefahren, sie sieht auf das Handy von Damian, das neben ihr auf der Kommode liegt, und seufzt leise aus. Sie ist schon wieder zu spät. Ohne Damian zu wecken, schleicht sie sich aus dem Zimmer.

Sie macht sich schnell frisch, zieht sich ein weißes Sommerkleid über, bindet sich einen Pferdeschwanz, schnappt sich ihre Tasche und geht schnell nach unten, sie läuft fast in Melissa hinein. »Ich wollte gerade nach dir sehen. Du bist schon ziemlich spät, oder?« Nala nickt und eilt an ihr vorbei. »Ja, ziemlich.« Melissa deutet zur Küche. »Da liegt etwas zu essen für dich.« Nala geht schnell in die Küche. Damians Mutter ist wirklich ein Engel, sie stopft sich die Tüte mit den Sandwiches und einen Apfel in die Tasche, nimmt sich ein Croissant, gießt sich einen Becher Kaffee ein und eilt schnell aus dem Haus. »Danke. Bis später!«

Das war knapp. Während Nala versucht, kaffeetrinkend und schnell zur Uni zu kommen, muss sie daran denken, was wäre, wenn Melissa sie in Damians Bett vorgefunden hätte. Es ist ja wirklich sehr harmlos gewesen, doch danach sah es sicherlich nicht aus und Nala möchte nicht, dass jemand erfährt, dass da was zwischen Damian und ihr ist … was auch immer da sein mag.

Nala geht schnell in ihren Kurs, setzt sich nach hinten und trinkt den Kaffee aus. Banu und ihre Freundinnen sind ihr in den Tagen nach der Feier noch ziemlich auf die Nerven gegangen mit der Ausfragerei über Damian. Sie haben ständig gefragt, ob Nala wirklich mit einem der Anführer der Familia zusammen ist und ob sie weiß, was es bedeutet. Natürlich hat sie sofort gesagt, dass sie es nicht ist und wollte auch gar nicht erst wissen, was es ihrer Meinung nach zu bedeuten hat.

Nala versucht, ihnen so weit es geht aus dem Weg zu gehen, doch es klappt nicht immer, auch nach dem ersten Kurs trifft sie Banu auf dem Flur und wird von ihr zum nächsten Kurs geschleppt.

Erst als sie auf den Plan guckt, was sie heute noch so alles hat, bemerkt sie, dass sie ihren Zeichenblock bei Damian vergessen hat. Sie greift in ihre Tasche nach ihrem Handy und sieht, dass Damian ihr schon geschrieben hat.

'Wieso bist du weg?' Nala muss leise lachen.

'Weil ich verschlafen habe und jetzt habe ich auch noch gemerkt, dass du meinen Zeichenblock hast. Ich muss gestern aus Versehen eingeschlafen sein, ich hoffe, es war nicht zu unbequem für dich.' Er hat ihr erst vor zehn Minuten geschrieben. Nala legt das Handy neben sich und lässt sich von Banu zeigen, welche Textpassagen sie besprechen, da klingelt es wieder.

'Ich habe sehr gut geschlafen, du hast mit zwar ständig die Decke geklaut, aber sonst war es sehr gemütlich. Ich schicke ihn dir. Wann bist du wieder hier?'

In Nalas Bauch beginnen Schmetterlinge herumzufliegen, natürlich, jetzt kann sie mit Damian flirten, doch sollte sie es wirklich tun? Es läuft auf nichts hinaus, doch andererseits, wenn sie hier eh gerade ihr ganzes Leben umwirft und neue Wege geht, wieso kann sie sich mit so einem heimlichen Flirt mit Damian nicht die Zeit versüßen? Sie spürt doch, wie gut ihr das tut.

Sie ist noch einige Wochen hier, sie sollte die Zeit nutzen und genießen, wer weiß, wann sie sonst wieder auf der Sonnenseite des Lebens steht. Nala sieht aus dem Fenster auf die Sonne, die hoch am Himmel steht, eine Palme wedelt im leichten Wind. Momentan ist sie definitiv auf der Sonnenseite. Es ist nicht ihr Leben, sie darf es nur einige Monate leben, also wieso sollte sie das nicht genießen?

'Erst am späten Nachmittag, du brauchst den Block nicht zu schicken, ich leihe mir einfach ein Blatt.' Es kommt eine Weile keine Antwort, erst als Nala zur Cafeteria geht und dabei fast in Sami hineinläuft, wird sie wieder daran erinnert. »Shaki!« Nala muss lächeln. »Hört ihr jemals auf, mich so zu nennen?« Sami wedelt mit ihrem Block vor ihrer Nase. »Ich denke nicht!«

Banu neben ihr setzt sich sofort in Szene und lächelt Sami an. »Wir haben uns schon mal gesehen, aber ich denke nicht, dass wir uns schon richtig vorgestellt wurden.« Nala nimmt den Block entgegen. Sami trägt nur eine kurze graue Joggingshorts und ein schwarzes Shirt, er hat ein Cap falsch herum auf und eine Sonnenbrille verbirgt seine schönen blauen Augen, auch wenn er in der Uni ist.

»Sami, das ist Banu, Banu, Sami. Danke, du bist ein Schatz, aber du hättest dir nicht extra die Mühe machen müssen ...« Sami gibt Banu die Hand und lächelt. »Das war keine Mühe. Ich muss zu den Puntos, die Uni liegt auf dem Weg.« Sein Handy klingelt. »Ich dachte, es gibt keine Puntos und Surenas mehr, so hatte ich das jedenfalls verstanden.« Sami lacht.

»Klar gibt es die noch, die neue Generation, also wir, bilden eine Familia, die Surentos, doch die alte Generation denkt noch in der alten Form. Erzähle mal meinem Onkel Juan, dass er ein Surena ist, das wirst du nie wieder vergessen.« Er lacht und sieht auf sein Handy. »Ich muss auch schon los, viel Spaß, Ladies. Vielleicht sehen wir uns noch mal, Banu, und dich sehe ich später, Shaki!«

Nala seufzt leise auf und sieht ihm hinterher. Er hat hinten in seiner Joggingshorts seine Waffe locker eingesteckt, wenn man in Amerika so offen mit einer Waffe ein Schulgebäude betreten würde ... tja, sie ist halt in Puerto Rico.

Nala kauft sich ein Eis und geht auf den Hof, Banu isst Salat und erzählt ihren beiden Freundinnen genau von dem Aufeinandertreffen mit Sami, während Nala wieder auf ihr Handy sieht, doch es ist keine weitere Nachricht da. Auch während der restlichen Mittagszeit trifft keine mehr ein. Nala lässt sich Zeit nach dem Zeichenkurs, sie redet noch mit ihrem Professor über den Extrakurs. Sie werden in ein paar Tagen nach San Juan, an die alte Festung fahren. Außerdem hat Nala heute gemerkt, dass sie keine Probleme hat, Dinge, die in der Realität vor ihr stehen, abzuzeichnen, sie hat aber Schwierigkeiten, von Bildern, Fotos oder anderen Zeichnungen abzuzeichnen. Sie versteht es selbst nicht, doch ihr Professor rät ihr einfach, das oft genug zu üben.

Auf dem Rückweg hält Nala an einer Videothek, sie hatte vorhin eine Idee. Sie sucht in den Regalen nach Dirty Dancing, nur mit Hilfe der Verkäuferin findet sie den alten Klassiker, den Damian nicht kennt, aber unbedingt kennen sollte. Sie nimmt Popcorn mit und fährt dann in ihr vorübergehendes Zuhause.

Doch schon als sie ins Haus kommt, sieht sie, dass ihr Plan nicht so leicht umzusetzen sein wird. Damian sitzt im Garten mit Sanchez, Miguel, Sami, Leandro, Adán und Musa. Nala nimmt sich etwas zu essen und geht nur an die Terrassentür, hebt einmal die Hand in die Richtung der Jungs und trifft dabei auf Damians Blick. Alle grüßen sie, doch dann unterhalten sie sich weiter. Nala wird sich nicht wieder in eine Ecke setzen und diesen Gesprächen lauschen, bei denen sie eh nur die Hälfte versteht, deswegen nimmt sie ihren Teller mit nach oben und setzt sich an ihren Schreibtisch.

Genau in dem Augenblick ruft Samuel sie an, er erzählt ihr von einem neuen Gerichtstermin, der bald stattfinden soll und dass sein Anwalt noch einmal sicher wissen möchte, ob Nala auch wirklich nicht aussagt. Nala versichert es ihm, fragt ihn, wie es ihm geht und erzählt auch ein wenig von der Uni, mehr kann sie ihm nicht sagen, er würde es nicht verstehen, wenn sie ihm jetzt von Damian und seiner Messerverletzung erzählen würde. Und sie möchte mit ihm auch nicht über diesen neuen Teil in ihrem Leben sprechen. Nala ist einfach nur froh, dass sie noch so normal miteinander umgehen können.

Als sie das Gespräch beendet haben, wird es langsam Abend. Noch immer hört sie die Stimmen der Männer im Garten, dann macht sie sich eben allein einen gemütlichen Abend. Sie geht duschen, zieht sich eine Shorts und ein weites Shirt an und glättet ihre Locken für morgen, was wie immer eine ganze Weile dauert, ihre Locken sind sehr widerspenstig. Dann erst holt sie das Popcorn heraus und genau in dem Moment klopft es an ihrer Tür.

»Ich dachte, du schläfst vielleicht schon.« Damian kommt in ihr Zimmer, er sieht ein wenig blass um die Nase aus, blasser als gestern. »Ich habe einen Film für uns geholt und dachte, wir sehen ihn uns an … Du hast Schmerzen, das war vielleicht etwas zu viel auf einmal da unten, du solltest dich nicht so anstrengen.« Damian lacht leise und legt sich auf Nalas Bett. Die Decke ist schon zurückgezogen. Er trägt wieder nur eine Shorts und ein Shirt. Als er sich gegen die vielen Kissen lehnt, seufzt er erleichtert auf. »Meine Familie ist immer anstrengend, das kann man nicht verhindern.« Nala kommt zu ihm und drückt ihm die Packung Popcorn in die Hand. »Okay, dann hast du ja jetzt Zeit, dich auszuruhen. Ich habe für uns Dirty Dancing geholt.«

Nala geht zum Fernseher und schiebt die DVD ein. »Du weißt, dass wir eine Mediathek haben, wo es alle Filme gibt? Dirty Dancing? Ich hätte nicht gedacht, dass du dir solche Filme ansiehst.« Nala stellt alles ein. »Wirklich? Das wusste ich nicht. Na ja, egal jetzt, das ist der Tanzfilm, von dem ich dir erzählt habe, weißt du noch? Wo du mich aus dem Schloss gerettet hast?«

Nala setzt sich neben Damian auf das Bett, sie legt die Decke gemütlich über seine Beine und sieht ihm ins Gesicht. Er wirkt müde und erschöpft. »Keine Tanzfilme, ist das dein Ernst? Wann wurde der Film gedreht ... in der Steinzeit? Das nennen sie Dirty Dancing? Also wenn man hier tanzt, das ist dirty, das ist ... harmlos.« Damian sieht zum Vorspann des Filmes und Nala bekommt schon beim ersten Lied Gänsehaut.

»Der Film ist von 1987 und damals war das sehr sexy.« Nala lacht leise, kuschelt sich auch ins Bett und rutscht dabei eng an Damian heran, der fast schon automatisch seinen Arm um sie legt. Sie nimmt sich eine Handvoll Popcorn, legt ihren Kopf an seine Schulter und verfolgt den Film, der sie sofort wieder gefangennimmt. Eine Weile guckt auch Damian zu, er kann sich ein paar Kommentare nicht verkneifen, doch irgendwann hört Nala seinen gleichmäßigen Atem und weiß, dass ihn seine Kräfte verlassen haben. Bei der Szene, die sie ihm beschrieben hat, weckt sie ihn leicht, er sieht sie sich aus halbgeschlossenen Augen an und lächelt.

Nala kann nicht anders, sie beugt sich zu ihm, als seine Augen sich wieder schließen und gibt ihm einen leichten Kuss auf den Mund. Damian schafft es nicht, die Augen wieder zu öffnen, doch seine Hand geht an ihre Wange, er zieht ihr Gesicht zu sich und küsst erst ihre Lippen und dann ihre Stirn. »Morgen wiederholen wir das nochmal richtig.« Nala lacht leise und vergräbt ihre Nase an seiner Schulter. »Das hat mir gefehlt.« Sie ist einfach nur ehrlich. »Mir auch.«

Damians Stimme ist nicht viel mehr als ein leises Nuscheln, doch sie weiß, dass seine Worte ehrlich sind.

Nala bleibt einfach so an Damian gekuschelt liegen, genießt seine Nähe, die Ruhe, die sich über das Zimmer ausbreitet. Kurz bevor sie auch einschläft, schaltet sie den Fernseher aus. Bevor sie die Nachttischlampe ausschaltet, nimmt sie ihr Handy, kuschelt sich an Damian, der seine Nase an ihre Stirn legt und weiterschläft und macht ein Bild von ihnen beiden. Sie lächelt müde in die Kamera, während er schläft. Es ist ein wunderschönes Bild geworden. Nala löscht das Licht und schläft ein, das zweite Mal neben Damian und es ist ein Gefühl, an das sie sich gewöhnen könnte.

Am nächsten Morgen verschläft sie nicht, sie macht sich leise fertig, zieht sich eine enge Jeans und ein weißes Shirt an, welches sie seitlich zuknotet, sodass es dem ganzen Look etwas Besonderes verleiht. Sie schminkt sich die Augen stärker, zieht sich einen langen Lidstrich, der ihre Augen besonders betont und lässt ihre langen glatten Haare offen. Sie zieht sich ihre Flipflops an und sieht noch einmal auf den weiterhin schlafenden Damian. Am liebsten würde sie zurückgehen und sich wieder an ihn kuscheln, doch sie muss los.

Der Frühstückstisch ist schon gedeckt und Rodriguez sitzt daran, Amalia rennt schon im Garten herum. »Guten Morgen.« Damians Vater sieht Nala grinsend an, er ist immer sehr nett zu ihr, doch Nala ist sofort klar, dass er weiß, dass Damian und sie zusammen in einem Zimmer geschlafen haben, natürlich weiß er das, auch Melissa wird es wissen, darüber haben sie gar nicht nachgedacht. »Guten Morgen.« Nala gießt sich Kaffee ein und spürt, wie ihre Wangen zu glühen beginnen.

Sie setzt sich und Rodriguez öffnet eine Tüte mit frischen Croissants und reicht ihr eines. Er will etwas sagen, doch in diesem Moment stürzt Amalia auf Nala zu und will auf ihren Schoß, zum Glück. Nala weiß nicht, was sie Damians Vater sagen soll, das muss Damian lieber selbst mit ihm klären. Nala liebt Damians kleine Schwester, sie ist so liebevoll und süß, sie kuschelt sehr viel und jeder hat sie einfach nur lieb.

Nala kitzelt sie durch, bis sie los zur Uni muss. Rodriguez sagt ihr noch, dass es heute Nachmittag wahrscheinlich regnen soll und sie aufpassen muss. Der Regen hier ist immer nur sehr kurz, aber dafür sehr heftig, es gibt oft Unfälle deswegen. Nala verspricht aufzupassen und fährt dann schnell zur Uni.

Den ganzen Vormittag muss sie an ihren Kuss denken, die kleinen Küsse, die sie ausgetauscht haben, doch schon die haben sie wieder völlig in ihren Bann gezogen. Nala bekommt nicht genug davon und sie hat nicht gelogen, sie hat diese Nähe wirklich vermisst. Doch wie soll das weitergehen? Damian und sie kommen sich näher, aber beide wissen, dass es nichts Festes ist, Nala möchte nicht, dass Melissa und Rodriguez zu viel davon mitbekommen, wenn es nicht schon zu spät dafür ist.

In den letzten Stunden hat sie wieder den Zeichenkurs und weil sie das Bild, das zur Zeit gemalt werden soll, schon fertig hat, nimmt sich Nala das Bild von gestern Abend vor, legt sich das Handy hin und beginnt, es auf ihrem großen Zeichenblock zu malen. Es ist schwer, doch Nala liebt das Motiv, sie könnte stundenlang auf das Bild sehen, sie liebt jede Kleinigkeit, achtet auf jedes Detail, auf die langen Wimpern von Damian, wie sich ihre Haare auf seinem Shirt abzeichnen, wie vertraut sie sich an ihn lehnt, seinen Arm auf ihr, ja selbst die Dirty Dancing DVD-Hülle auf dem Bett zeichnet sie ab.

Ganz zum Schluss zeichnet Nala ihr Gesicht ein, sie kann sich nicht daran erinnern, wann sie jemals so gestrahlt hat. Als sie das Bild beendet hat, lobt der Professor sie wieder, er sagt, dass man ihren Werken anmerkt, bei welchen sie einen engen Bezug dazu hat. Nala mag das Bild auch, doch ihr lässt etwas keine Ruhe:

Sobald sie im Auto sitzt, um zurückzufahren, kramt sie aus ihrer Tasche ihr altes Handy heraus, was sie noch immer ständig bei sich trägt, falls Samuel anruft. Sie blättert in den Bildern, aber auf keinem sieht Nala so glücklich, zufrieden und gelöst aus wie auf dem mit Damian.

Sie lehnt sich zurück und sieht sich ihre Zeichnung genau an. Sie genießt es, Zeit mit Damian zu verbringen, sie genießt es, zur Zeit hier zu leben, doch sie muss sich im Hinterkopf immer darüber klar sein, dass das alles ein Ende hat und sie dann zurück in ihr reales Leben muss. Eigentlich ist Nala realistisch genug, das nicht aus den Augen zu verlieren, doch diese Gefühle, die Damian in ihr weckt, kennt sie nicht und sie hofft, dass sie am Ende ihrer Reise nicht bereut, diesen Abstand zwischen ihnen nicht gewahrt zu haben.

Grübelnd fährt Nala nach Hause, sie fährt an Leandro vorbei, der ihr zuwinkt. Als sie auf das Grundstück fährt, sieht sie, dass Damian vor dem Haus steht und einem Mann die Hand schüttelt, der danach zu einem Auto geht und davonfährt. Nala geht zu Damian. »Hey, Guapita.« Nala lächelt. »Hi, wer war das?« Sie sieht dem Mann hinterher, der gerade aus der Einfahrt fährt. »Er ist für die Häuserbauten zuständig. Ich muss mir meines jetzt nochmal ansehen und eventuelle Änderungen angeben. Leandros ist heute fertig geworden.«

Leandros Haus ist neben dem wilden Haus, wie das Haus genannt wird, in dem Damian eigentlich lebt, außerdem leben dort noch einige der anderen Cousins. Nala hat da nicht so einen richtigen Überblick und sie war auch noch nicht drinnen.

Heute wurde Leandros Haus offenbar gestrichen, jetzt passt es perfekt zu den anderen Häusern. Nala dreht sich zu dem Haus um, das für Damian neben Rodriguez' Haus gebaut wird, dort sieht es noch eher aus wie auf einer Baustelle. »Willst du es mal sehen?« Nala dreht sich wieder zu ihm. Er sieht wieder ein bisschen besser aus, heute trägt er eine lange, dunkelblaue Jogginghose, ein schwarzes Shirt und seine Haare sind noch nass. Wahrscheinlich hat er gerade erst geduscht.

»Meinst du, das ist so eine gute Idee? Du solltest vielleicht noch nicht so lange auf den Beinen sein.« Damian lächelt und deutet Nala mitzukommen. »Mein eigenes Haus anzusehen, schaffe ich grade noch so.« Also folgt Nala ihm, es donnert und sie sieht zum Himmel, der sich schlagartig zugezogen hat. Die Sonne ist von dunklen Wolken verdeckt und die Palmen wehen im starken Wind. »Das ist nur kurz, in einer Stunde ist alles wieder vorbei.« Damian bemerkt ihren besorgten Blick zum Himmel. »Es sieht aus, als würde die Welt untergehen.« Damian lächelt. »Nicht heute!«

Er öffnet die Tür, das Haus ist von innen noch komplett leer, allerdings ist der gesamte Eingangsbereich mit schwarzem Marmor ausgelegt, zwei weiße Treppen führen an beiden Seiten in das obere Stockwerk, während man in der Mitte der Treppen im Erdgeschoss direkt zu dem Wohnbereich kommt, hier ist heller Holzboden verlegt, es gibt einen Kamin, und die gesamte Front ist verglast. Man sieht auf einen Garten mit Pool, vielleicht ist der etwas größer als der in Damians Elternhaus. Dort stehen auch schon Liegen sowie ein großer Grill in der Ecke. Im Haus gibt es allerdings noch keine Möbel, doch wegen der hellen Farben an den Wänden wirkt alles jetzt schon sehr gemütlich und edel.

»Es ist schön, du kannst es dir hier richtig gemütlich machen.« In dem Moment, als Nala aus der Terrassentür sieht, fallen die ersten Regentropfen auf die Scheiben. »Ja, meine Mutter und meine Tanten haben mit beim Aussuchen der Böden und all diesem Kram geholfen.« Sie sehen auf ein Gästebad und einen großen Küchenbereich, in dem aber noch keine Küche steht. Nala sieht wieder zum Kamin. »Du brauchst hier unbedingt schöne Bilder.« Damian sieht zu ihrem Zeichenblock.

»Ich habe schon eine wunderschöne Künstlerin gefunden, die mir welche malen kann.« Nala lacht und ihr fällt ihr Werk von heute wieder ein. »Sieh mal, das habe ich heute gemalt.« Sie zeigt ihm das neue Bild und Damian sieht lange darauf. »Ich habe uns gestern fotografiert und ja … das kam dabei raus.« Damian streicht über das Bild. »Du hast wirklich Talent, Nala, das solltest du nicht einfach so verschwenden. Bleib dran, vielleicht ist dieses Bild mal Millionen wert. Darf ich es behalten?« Nala reist es aus dem Block. Es war ja nur eine Übung. »Natürlich, ich muss noch besser werden, um überhaupt mal einen Dollar zu bekommen, ich schätze, das bleibt eher ein Hobby.«

Ihr fällt die Broschüre mit den Stativen heraus, die ihr Professor ihr empfiehlt. Sie sind sehr leicht zu transportieren und zusammenzufalten, doch wenn man sie dann aufstellt, sind sie sehr stabil, deswegen haben sie natürlich ihren Preis. »Was ist das?« Nala erklärt es ihm, während er sich die Broschüre ansieht. Als sie ihm die Broschüre wieder wegnimmt, sagt sie sofort, dass die Stative zu teuer sind und sie

Melissa nicht danach fragen wird und dass er auch nichts davon erwähnen soll. Damian verspricht ihr lächelnd, nichts zu sagen, sie beide wissen genau, dass Melissa Nala das Stativ sofort kaufen würde.

Doch Nala ist es wichtig, dass sie nur das Nötigste hier in Anspruch nimmt, mehr möchte sie nicht haben. Für das Nötigste empfindet diese Familie Taschen im vierstelligen Dollar-Bereich, Autos und einen Kleiderschrank, mit dessen Inhalt man sich locker ein kleines Haus kaufen könnte, während für Nala das Nötigste ein Bett und Essen sind.

Sie gehen in das obere Stockwerk, von dem noch ein Stockwerk abgeht, in dem ein Innenpool, eine Sauna und ein kleines Fitnessstudio eingebaut sind, außerdem eine riesige Dachterrasse. Im zweiten Stock befindet sich ein kleines Kino und fünf Schlafzimmer mit dazugehörigem Bad. Alles ist hell gehalten, doch noch nirgends stehen Möbel. Allerdings sind die Bäder alle riesig, mit extra getrennten Badewannen und Duschen, es ist Wahnsinn, das alles muss ein Vermögen gekostet haben.

Im größten der Zimmer bleibt Damian stehen. »Und das wird mein Schlafzimmer.« Nala sieht in den begehbaren Kleiderschrank und hebt die Augenbrauen. »Na, das wird garantiert nie langweilig hier bei dir. Wenn der Raum wüsste, was so alles auf ihn zukommt.« Sie muss lächeln. Damian umfasst Nala von hinten und sie muss aufpassen, dass sie seine Schulter nicht berührt, als sie sich zu ihm umdreht, so nah sind sie sich.

»Ich denke, es sollte schon mal einen kleinen Vorgeschmack bekommen vom dem, was es zu erwarten hat.« Nala stellt sich auf ihre Zehenspitzen und legt die Arme um seine Schultern, endlich sind sie ungestört und endlich kann Nala sich ganz ihren Gefühlen hingeben, ohne schlechtes Gewissen und Angst, gesehen zu werden, doch sie muss darauf achten, ihn nicht zu sehr an seiner Verletzung zu berühren. »Denkst du?«

Damian antwortet nicht mehr, er küsst sie, doch dieser Kuss ist nicht wild und sehnsüchtig, wie Nala es erwartet hätte, sondern sehr zärtlich. Er liebkost ihre Lippen, vereint sie noch intensiver, zieht sie enger an sich. Nalas Herz beginnt sofort zu rasen, wieso reagiert sie so stark auf diesen Mann? Sie erwidert den Kuss und gibt sich ganz diesem berauschenden Gefühl hin, Damian wieder so nah zu sein.

Sie lösen sich und Nala seufzt enttäuscht auf. Damian lächelt, küsst sie erneut, seine Lippen verlassen ihre aber nach nur wenigen Sekunden und fahren ihren Hals entlang, Nala seufzt auf und Damian vereint ihre Lippen wieder, dann wird der Kuss doch noch intensiver.

Nala kommt mit ihrem Rücken an die Fensterscheiben, gegen die noch immer die Regentropfen prasseln. Sie fasst mit ihrer Hand in Damians Haare, zieht ihn noch enger an sich, Damian küsst sie noch sehnsüchtiger und das erste Mal drängt er sich so eng an sie, dass sie spürt, wie sehr er sie will und Nala als Antwort darauf ihren Kuss noch intensiver werden lässt. Erst als Nala aus Versehen seine Schulter berührt, stoppen sie beide das und Nala lehnt sich außer Atem zurück. Damian atmet auch schwerer.

Ihr anfänglicher Spaß verursacht nun ein ungutes Gefühl beim Gedanken an Damians Worte in Nalas Bauch. Wie sehr sie diese Nähe genießt und die Vorstellung, dass er das noch mit einigen Frauen hier teilen wird, stört sie, sie weiß, es ist unsinnig, doch sie kann es nicht verhindern. »Wir sollten noch aufpassen.« Vorsichtig greift sie unter sein Shirt und fasst langsam über seinen Verband. Damian sieht ihr in die Augen und küsst ihre Wange. »Lass uns rübergehen, meine Mutter hat gekocht.« Nala hat wirklich Hunger und sie beide sollten sich wieder ein wenig abkühlen. Sie nickt.

Damian sieht noch einmal zurück und legt den Arm um Nala.

»Aber es war ein guter Einstieg.«

Sie lächelt, Damian beugt sich zu ihr und küsst noch einmal ihre Lippen, bevor er ihr zustimmt.

»Der beste, den man sich vorstellen kann.«

Kapitel 18

Sie essen zusammen und Nala bewundert es, wie leicht es Damian fällt, vor seinen Eltern so zu tun, als wäre nichts zwischen ihnen. Sie sitzen nebeneinander, doch während jedes Mal, wenn sie sich nur berühren, Nala hochsieht und hofft, niemand hat sie dabei beobachtet, ist Damian sehr gelassen.

Sami und Miguel kommen und überreden Damian zu einem Duell auf der Spielkonsole. Dilara kommt ebenfalls und sie sehen sich eine Show an, in der die neue Miss Puerto Rico gesucht wird. Dilara lacht darüber herzlich, während Nala das Ganze nicht so gespannt verfolgt, sie genießt die Teigtaschen, die Dilara mitgebracht hat.

Irgendwann kommt Damian vorbei, nimmt sich ein paar Teigtaschen und geht zusammen mit Sanchez zu sich nach oben. Die Show geht bis zum Finale und erst kurz davor erzählt Dilara, dass Damian etwas mit der Favoritin hatte. Erst da wird Nala richtig aufmerksam. So eine Schönheit, sie hat Ähnlichkeiten mit Banu, einen perfekten Körper, nicht solche kleinen wilden Locken wie sie, sondern schöne Wellen, wenn Damian so eine Frau hat einfach gehen lassen, wird er sich bei ihr nicht einmal umdrehen.

Nun ist Nala natürlich mit voller Aufmerksamkeit dabei, sie verfolgt die wilden Zickereien, die Gerüchte und die Intrigen, Melissa setzt sich auch noch zu ihnen, auch sie hat die Favoritin schon mit Damian zusammen gesehen. Nala hat es geahnt, doch sie wird richtig sauer, als Damians Ex dann wirklich gewinnt. Wow, die Miss Puerto Rico als Ex zu haben ist schon etwas sehr Besonderes. Dilara macht einen Screenshot und schickt ihn lachend ihrem Bruder. Es ist schon nach zwei Uhr nachts und Nala verabschiedet sich langsam nach oben, sie muss morgen wieder früh aufstehen. Sie hat zwar nur einen Kurs morgen in der Uni, aber der ist sehr früh.

Sie geht leise an Damians Zimmer vorbei, doch als sie nichts daraus hört, ist sie sich sicher, dass er schon schlafen wird. Am liebsten würde sie sich dazulegen, doch sie sollte sich etwas zurückhalten, würde sie jemand dabei erwischen, wäre es ihr sehr unangenehm.

Auch wenn Damian natürlich nichts dafür kann, macht Nala das Wissen, dass er mit Miss Puerto Rico zusammen war, wütend, was total unsinnig ist, doch sie geht lieber zu sich ins Bett.

Allerdings träumt Nala in der Nacht sehr schlecht und wirr von ihrer Arbeit in der Fabrik, und statt der normalen Mitarbeiter saßen Dilara, Melissa, Bella, Miss Puerto Rico und alle anderen da herum und haben sich wilde Liebesgeschichten rund um Damian erzählt.

Die schlechte Laune vom Abend zieht sich also auch in den nächsten Morgen hinein. Am liebsten hätte sich Nala sehr stark aufgetakelt, um sich selbst zu beweisen, dass sie neben einer Miss Puerto Rico nicht ganz untergehen würde, doch sie verschläft wieder und schafft es nur, Wimperntusche aufzutragen, ein Kleid überzuziehen und schon muss sie los.

Nach der Uni fährt sie in den Laden von Dilara, die sie gestern darum gebeten hat. Sie sagt ihr, dass es am späten Nachmittag eine Feier geben wird, sie wollen Damian überraschen und Nala kann sich etwas bei ihr im Laden dafür aussuchen. Dilara bekommt gerade neue Ware, Nala hilft ihr, alles zu öffnen, ins Lager zu bringen und an die Stangen zu hängen und verliebt sich dabei sofort in ein traumhaftes weißes Strandkleid, was aber durch einen goldenen Gürtel, den sich Nala um die Taille bindet, nicht mehr niedlich sondern sexy wirkt.

Nala hat keine Lust, nach Hause zu fahren und hilft Dilara im Lager, während sie vorne Kunden bedient. Damian ruft sie an und Nala nimmt erst nach ein paar Mal Klingeln an. »Hey.« Es ist ganz ruhig bei ihm, vielleicht ist er gerade erst aufgestanden. »Hey.« Nala setzt sich auf einen Karton. »Wieso bist du gestern nicht noch gekommen?« Nala sieht auf ihre Fingernägel, sie sollte sie lackieren. »Ich habe dabei zugesehen, wie deine Ex Miss Puerto Rico geworden ist, das hat sehr lange gedauert.«

Herrgott, Nala hört selbst, wie bissig sie sich anhört und erschreckt sich vor sich selbst. Sie ist und war nie eifersüchtig, bei keinem Mann, den sie getroffen hat, sie sollte nicht so dumm sein und genau bei Damian damit anfangen. »Ist das dein Ernst?« Nala kann Damians Grinsen förmlich hören. »Nein, ich meine ja, das habe ich gestern geguckt und … egal. Ich bin hier grad bei Dilara und hab schlechten

Empfang. Wir sehen uns später!« Damian murmelt ein »Okay, bis später« und Nala legt schnell auf. Sie verdreht die Augen, nicht nur, dass Puerto Rico ihr ganzes Leben auf den Kopf stellt, es macht sie auch nur zur eifersüchtigen Zicke. Irgendwann macht sie so einen Zickenterror wie die ganzen Frauen gestern in der Show. Nala schüttelt leicht den Kopf über sich selbst, niemals, so war Nala nie und so wird sie auch nicht werden.

Nala ordnet alles zu Ende und geht nach unten, wo Dilara schon Pizza bestellt hat. Sie hat eine kleine Wohnung im oberen Teil des Ladens und als es ruhiger wird, geht Nala dort duschen und beginnt, sich fertig zu machen. Sie lässt ihre Haare lockig, schminkt sich, wobei ihr Dilara hilft und die Augen in schönen Braun- und Goldtönen schminkt, passend zum Kleid. Nala trägt schon goldene Armreifen und Creolen und lässt sie an. Sie wird zuhause nochmal ihre Flipflops gegen Pumps tauschen.

Danach übernimmt sie den Laden und Dilara macht sich fertig, zusammen schließen sie am späten Nachmittag das Geschäft und fahren nach Hause. Der Parkplatz ist schon ziemlich voll, Nala hat gar nicht genauer nachgefragt, was für eine Feier das wird, doch im Grunde ist es eh egal. Die Familien hier feiern viel und gerne. Sie treffen auf Adán und Musa auf dem Parkplatz. Musa küsst Dilara und man sieht, wie stolz er auf seine hübsche Freundin ist. Nala begrüßt die beiden auch, sagt dann aber, dass sie noch schnell ihre Tasche abstellen geht und ihre Schuhe wechseln will und gleich nachkommen wird.

Im Haus von Melissa ist es sehr still, sie werden schon alle bei der Feier sein. Nala geht schnell nach oben und stockt, als sie in ihr Zimmer kommt. Dort steht ihr Stativ, also das, was sie gern haben wollte, mit ein paar Extras und einem Satz der teuersten Zeichenstifte. An das Stativ ist eine rote Rose gebunden. Nala traut ihren Augen nicht. Damian der verrückte … sie nimmt die Rose ab und riecht daran, schließt die Augen und muss lächeln. Und er hält sie jetzt bestimmt für eine zickige Kuh.

Nala geht schnell in die Küche, holt eine Vase und stellt sich die Rose auf den Schreibtisch, dann zieht sie sich die Pumps an und geht zum wilden Haus, wo die Feier stattfinden soll. Nala war noch nie in dem Haus und es ist, wie es heißt, wild.

Zwar ist es wie fast alle Häuser sehr luxuriös, doch man erkennt überall eine gewisse Unordnung. Im Wohnbereich stehen mehrere Sofas und Sessel und Unmengen von Spielkonsolen liegen herum. Auf dem einen Sofa liegt ein Shirt, in der Ecke alte Bierdosen, Nala will gar nicht wissen, wie es oben bei den Schlafzimmern aussieht. Doch im Garten, wo die Feier stattfindet, sind, wie sie es schon gewohnt ist, Tische mit Kuchen und Gebäck, Salaten, leckeren Kleinigkeiten und einigem mehr aufgestellt. Mehrere Männer stehen hinter Grills, Musik wird gespielt und es ist voll.

Nala sieht sich um, sie geht zu Melissa, sieht Rodriguez, Paco, Sara, Bella, Leandro, es sind alle hier und auch viele, die sie nicht kennt, doch Damian ist noch nicht da. Als Nala nach ihm fragt, erklärt Melissa, dass er von der Party nichts weiß und gleich mit Sanchez kommen wird. Nicht mal zwei Minuten später kommt er wirklich durch die Tür und sieht verwundert auf die Menge, die sich hier versammelt hat.

Nala muss lächeln, er trägt eine Jeans und einem kurzärmliges Kapuzenshirt. Wüsste sie nicht, dass er eine schwere Verletzung unter allem hat, könnte man ihm das nicht mehr ansehen. Er findet sie in der Menge und sein Blick gleitet an ihr hinab. Nala spürt, wie ihre Wangen warm werden unter seinem Blick, doch dann tritt plötzlich Leandro nach vorne und die Musik wird leiser gedreht.

»Du hast immer gesagt, wir würden es nicht schaffen, dich mal zu überraschen … willkommen auf deiner Party!« Auf Damians Gesicht zeichnet sich das Grinsen ab, was Nala am allermeisten an ihm liebt. Es ist frech und sexy zugleich. Damian und Sanchez bleiben am Eingang auf einer kleinen Erhöhung stehen und sehen zu ihnen allen hinunter. Sanchez legt den Arm um Damian.

»Wir haben nicht gewusst, ob wir diese Feier machen sollten. Wir wissen, dass es besonders für Rodriguez und Melissa nicht so einfach ist zu sagen, wir feiern das alles. Wir alle hier, die hier versammelt sind, hatten Angst um dein Leben, wir alle lieben dich, Damian, haben gebetet und danken Gott dafür, dass du noch bei uns bist.

Doch trotzdem darf auch die andere Seite nicht untergehen. Du hast mit dieser Aktion verhindert, dass unsere Familie Verluste macht und uns eine kleine Ratte auf der Nase herumtanzt. Unsere Männer, die für unsere Zahlen zuständig sind, haben all das mal überschlagen und durch diesen neuen Deal werden wir in wenigen Monaten unsere Gewinne fast verdoppeln.

Natürlich ist das nicht wert, dass du fast gestorben wärst, doch es ist auch falsch, das jetzt nicht zu feiern, denn du bist nicht gestorben. Du hast unsere Familie ein gutes Stück vorangebracht und uns alle daran erinnert, dass niemand es wagen sollte, sich mit uns anzulegen.«

Tobender Applaus und Pfiffe. Damian wird von Sanchez in den Arm genommen, dann kommt er herunter und wird überall beglückwünscht und gedrückt. Nala lächelt, es ist schön zu beobachten, wie sehr Damian hier geliebt wird. Sie sieht ihn kaum noch, jeder umarmt ihn und ihr ist klar, dass es eine Weile dauern wird, bis er irgendwann bei ihr sein kann.

Sie sieht, wie Dilara und Latizia Damian küssen und danach sein Vater einige Worte an ihn verliert und wendet sich dem Buffet zu. Sami kommt dazu und fragt, wie es der hübschen Banu geht. Nala sagt ihm, dass sie sie heute nicht gesehen hat und er stellt für Nala einen Teller mit vielen Leckereien zusammen, die sie alle unbedingt probieren muss.

Es dauert wirklich eine Weile, bis Nala plötzlich vertraute Hände an ihrer Taille spürt. »Hey, Guapita!« Nala wendet sich zu Damian um und sieht ihm in die Augen. Alles in ihr möchte ihn einfach auf den Mund küssen, doch sie reißt sich zusammen, hier sind gerade wirklich alle um sie herum. Sie lächelt, weil er wohl auch gerade darüber nachgedacht haben muss. »Du kleiner Held, ich hatte noch nie eine Party nur für mich. Wie machst du das?« Sami, der noch immer neben ihr ist, klopft auf Damians gesunde Schulter.

»Lass dir einfach ein Messer irgendwo reinrammen, schließe einen Deal für mehrere Millionen ab oder habe Geburtstag oder heirate … so schwer ist das bei uns nicht.« Damian lacht, er nimmt sich eine Quesedillas von Nalas Teller. »Du kannst auch ein Kind bekommen, oder aber du eröffnest einen Laden, du hast einiges zur Auswahl.«

Nala schmunzelt. »Ahh okay, ich werde mal sehen, was ich tun kann.« Juan, Damians Onkel, kommt und Damian erhält weitere Gratulationen.

Das Ganze zieht sich noch etwas hin, doch dann passiert plötzlich etwas Merkwürdiges. Es wird später und nach und nach gehen die Onkel und Tanten, sobald nur noch die Jüngeren da sind, kommen immer mehr Frauen an, hübsche Frauen, freizügige Frauen und auch die Männer der Familia werden immer mehr.

Alle werden ausgelassener und die Musik wird lauter gedreht, die richtige Party beginnt offenbar erst jetzt. Nala wird natürlich wie immer von Dilara zum Tanzen entführt, doch nach zwei Liedern sieht sie sich nach Damian um. Die Verletzung fordert ihren Preis. Damian sitzt an einem Tisch auf einer kleinen gemütlichen Sitzbank und sieht zu ihr. Miguel und seine hübsche Freundin, die Nala erst zwei- dreimal gesehen hat, sitzen bei ihm und noch zwei weitere Männer, auch ein paar Frauen, die Nala nicht kennt, sitzen mit am Tisch.

Damian allerdings sieht zu ihr und deutet ihr zu kommen. Ja, Rodriguez, Melissa und die anderen sind weg, doch Nala weiß nicht, ob die Cousins, Dilara und die vielen Cousinen erfahren sollen, dass da zwischen Damian und Nala ein wenig mehr ist, deswegen setzt sie sich unsicher zu ihm. Er allerdings legt den Arm um sie und zieht sie an sich, was dazu führt, dass zwei der Frauen aufstehen und sich entfernen. Miguel und seine Freundin reden gerade mit einem der Männer, doch Nala hat gesehen, dass sein Cousin Damian einen Moment fragend angesehen hat.

»Ist alles in Ordnung, Guapita?« Damian beugt sich zu ihrem Ohr und sein warmer Atem lässt Nala eine Gänsehaut am Nacken bekommen. Man hört allerdings auch, dass er erschöpft ist. »Ja, ich habe das Stativ gesehen. Danke, du bist verrückt, ich ...« Damian lacht leise. »Gerne. Was war das vorhin wegen der Miss Puerto Rico?« Nala räuspert sich, jetzt ist ihr ihr Verhalten schon mehr als unangenehm. »Nichts.«

Damian ist noch immer mit seinen Lippen an ihrem Ohr. »Das ist gut, weil mich diese Frau nicht interessiert, hat sie auch noch nie wirklich.« Seine Lippen geben einen sanften Kuss auf ihren Hals und Nala wendet ihr Gesicht zu ihm, während er mit seinen Lippen an ihrem Ohr bleibt.

Sie schließt die Augen, für wenige Sekunden überkommt sie eine wahnsinnige Sehnsucht, auch Damian scheint mit seinen Gefühlen zu kämpfen, doch dann lässt Miguels lautes Lachen über die Worte einer der Männer sie wieder ein wenig Abstand wahren.

Sein Arm bleibt um sie, doch nicht so offensichtlich und Nala kuschelt sich ein wenig an ihn, aber nicht zu nah. Sie greift nach seiner anderen Hand und in seinem Schoß umschließt er ihre Hand mit seiner. Es ist eine sehr vertraute Geste, die aber niemand anderes sehen kann.

So fühlt Nala sich unheimlich wohl, sie bleiben sitzen, irgendwann essen sie noch etwas, immer wieder kommt einer der Cousins an den Tisch, Latizia kommt zu ihnen, Dilara geht nach einer Weile, es ist ein bunter wilder Haufen, doch Nala beginnt es zu lieben. Doch auch sie muss irgendwann nur noch gähnen. Sanchez hat gerade ein paar Pläne ausgebreitet, die sich alle genauer ansehen, als Nala Damian sagt, dass sie langsam ins Bett gehen will. Er flüstert ihr zu, dass er auch bald kommen wird und sie die Zimmertür nicht schließen soll, was Nala mit einem Kribbeln im Bauch sich von allen verabschieden lässt.

Sie duscht, schminkt sich ab, zieht nur ein langes Shirt und einen Slip an und legt sich ins Bett. Bis hier kann man die Musik hören, wenn auch sehr gedämpft. Nala ist zwar aufgeregt, die Aussicht, Damian wieder nah zu sein, lässt alles in ihr kribbeln, doch sie ist auch wirklich müde und schon fast am Einschlafen, als ihre Tür leise aufgeht. Sie wendet sich zu Damian um, als er sich zu ihr legt. Er hat ebenfalls geduscht, seine Haut ist noch warm, Nalas Hand geht an seine warme Brust, der Verband ist ab und sie streicht vorsichtig an der langen Narbe an der Brust entlang.

»Das wird noch besser werden.« Damians Stimme ist rau, als Nala ihn vorsichtig berührt. Sie blickt ihm ins Gesicht und in die Augen. »Das muss es nicht, du bist nicht gestorben und hast überlebt, die Narbe steht dafür.« Sie flüstert leise, beugt sich hoch und küsst die Haut um die Narbe, als sie dann hochsieht, vereint Damian ihre Lippen und sofort ist diese starke Sehnsucht spürbar, die schon auf der Feier zwischen ihnen geknistert hat.

Nalas Hand geht an seine Wange, während seine Hände unter ihr Shirt gehen und ihren Po umfassen, der nur mit einem dünnen Seidenslip bedeckt ist. Damian lehnt sich zurück und zieht sie auf sich, während er sich hinlegt.

Bei dieser Bewegung wird sie an seine Erregung gedrückt, kommt auf ihr zu sitzen und stöhnt leise auf. Damian streicht ihre Beine entlang, umfasst ihren Po und sie drückt sich wieder ein weniger stärker auf ihn, was ihn dieses Mal auch aufstöhnen lässt.

»Du hast mir gefehlt heute.« Nala trennt ihre Lippen nur kurz und dieses Mal küsst sie seinen Hals entlang. Sie will ihn mit ihren Worten nicht verschrecken, sie sagt einfach nur die Wahrheit. »Du mir auch, meine Hübsche.« Seine Hände wandern nach oben und da sie keinen BH anhat, lässt sie diese Berührung aufseufzen.

Nala hat schon einige Erfahrungen, doch die Berührungen, die Küsse und alles andere von Damian sind so viel intensiver und stärker für Nala, sodass sie das Gefühl hat, all das das erste Mal zu erleben, noch nie hat sie einen Mann so sehr genossen. Sie beide atmen schneller, obwohl sie noch etwas anhaben, doch schon so können sie nicht genug voneinander bekommen. Sie stoppen erst, als sie unten eine Tür zugehen hören, da halten beide sofort ein.

Nala lacht leise und geht von Damian herunter, sie legt sich neben ihn und schmiegt ihren Kopf an seine Schulter. »Ich will nicht, dass deine Eltern das mitbekommen.« Damian atmet schwerer, doch er nickt, dreht sich zu ihr um und küsst sie noch einmal zärtlich, dann küsst er ihre Stirn und schließt die Augen, als sie ihren Kopf an seine gesunde Brust lehnt. »Darauf kommen wir aber noch zurück.«

Nala lächelt, gibt einen Kuss auf seine Brust und schläft zufrieden ein. Dieses Mal hat sie keine merkwürdigen Träume, im Gegenteil, sie hat selten solch einen friedlichen Schlaf gehabt.

Kapitel 19

Am nächsten Tag verschläft Nala nicht, sie fährt heute mit ihrem Kurs nach San Juan. Als sie fertig ist, gibt sie Damian, der immer noch schläft, noch einen Kuss, fährt zur Uni und zusammen werden sie mit einem Bus nach San Juan gebracht.

Nala liebt es. Diese Felsen, die Festung, die Geschichte dahinter. Sie verbringen einige Stunden dort. Sie alle verteilen sich und zeichnen ihre Bilder von diesem wunderbaren Ort. Wie immer vergisst Nala in dieser Zeit alles um sich herum, erst als sie einige Stunden später in ein Restaurant gehen, sieht sie, dass Damian geschrieben hat, ob bei ihr alles in Ordnung ist. Nala schickt ihm zwei Bilder, die sie mit einer Mitstudentin von sich und ihr bei der Festung geschossen hat. Sie sagt ihm, dass sie unbedingt nochmal nach San Juan möchte und er schreibt ihr, dass sie zusammen dahin fahren können.

Nach dem Essen gehen sie zurück und suchen sich auf dem berühmten Friedhof einen Platz. Fast alle zeichnen eine Marienfigur ab, die zwischen all den schönen weißen Granitsteinen herausragt und hinter der man das Meer sieht. Nala aber hat ein anderes Motiv, sie setzt sich auf eine Mauer und beginnt, einen alten Mann abzu- zeichnen, der am Grab seiner Frau sitzt und ihr leise etwas erzählt. Dabei wischt er sich immer wieder Tränen aus den Augen.

Nala zeichnet den Mann von hinten, um seine Privatsphäre zu respektieren, doch diese Szene berührt sie so sehr, dass, als sie fertig ist, ihr selbst ein paar Tränen die Wange herunterkullern und das, obwohl es selten etwas gibt, was Nala aus der Fassung bringt. Man sieht dem Bild an, wie sehr es Nala berührt und ihr Professor lobt es, als es dunkel wird und sie langsam wieder zurückfahren, als ihre bis- her beste Arbeit.

Nala kommt erst sehr spät nach Hause zurück. Melissa ist noch wach, sie hat am Laptop ein paar Emails geschrieben, sie würde gerne mal wieder ein Lied aufnehmen. Sonst ist es im Haus ganz ruhig, Nala zeigt ihr die Bilder und erzählt ihr, wie es war. Sie sitzen noch eine Weile zusammen und reden über San Juan, dann geht Melissa ins Bett und Nala duschen. Sie sieht, dass Damians Tür nur angelehnt ist, doch noch traut sie sich nicht, hineinzuschlüpfen. Aber als sie dann nach dem Duschen auf den Flur geht und hört, dass es nun komplett ruhig ist, geht sie barfuß zu Damian ins Zimmer.

Es ist stockdunkel. Nala schleicht sich ans Bett, in dem Damian friedlich auf dem Rücken schläft, sie schlüpft unter seine Decke und kuschelt sich an ihn. Sofort dreht sich Damian zu ihr um, umschlingt sie mit den Armen und schläft weiter. Nala seufzt zufrieden, sie liebt diese Nähe. Sie gibt einen Kuss auf Damians Brust, sie weiß nicht, ob sie schon jemals so glücklich und zufrieden war.

Am nächsten Tag fährt sie wieder zur Uni, bevor Damian wach wird, sie ist froh, dass sie die nächsten Tage frei hat und vielleicht mal ein wenig mehr Zeit mit Damian verbringen kann. Die letzten zwei Kurse fallen aus, sie hätte sie mit Banu zusammen und die fragt sie, ob Nala Lust hat, mit ihr zu einer Neueröffnung eines exklusiven Dessousgeschäftes zu kommen. Sie hat zwei Einladungen und man bekommt ein Unterwäsche-Set umsonst. Nala ist sofort dabei, sie hat keine besonders sexy Unterwäsche und so schön wie es gerade mit Damian ist, wird es sicherlich auch mal weiter gehen zwischen ihnen.

Nala wird aber sicherlich nicht mit Dilara oder Melissa Unterwäsche shoppen gehen, deswegen nimmt sie die Gelegenheit dankbar wahr. Sie fahren mit Banus Auto in die nächste Stadt, durch das Tijuas-Gebiet durch, noch weiter dahinter. Nala war noch nie in diese Richtung unterwegs, doch sie mag die etwas größere Stadt, in die sie fahren, mit den vielen kleinen Geschäften und Läden. Sie fahren zu einer Einkaufsstraße, in der das Dessousgeschäft eröffnet hat.

Der Laden ist mit vielen Ballons und Blumen geschmückt, sie kommen mit ihren Einladungen hinein, erhalten ein Glas Champagner, ein paar Aperitifs und dürfen sich alles ansehen. Nala ist nicht prüde, doch bei manchen Outfits, die sie hier findet, wird ihr wirklich heiß. Damian schreibt ihr und fragt, was sie macht und sie schreibt, sie ist noch shoppen mit Banu und kommt dann nach Hause. Dann widmet sie sich wieder den heißen Teilen und begutachtet einen weißen String. Die Sachen sind wahnsinnig teuer, doch sie fühlen sich toll an und sehen unglaublich sexy aus.

»Wem schreibst du die ganze Zeit und das immer mit diesem Lächeln im Gesicht?« Banu hält einen Body hoch und stupst Nala leicht an. Banu hat nichts mit der Familia zu tun, wieso soll sie also nicht ehrlich sein. »Damian.« Es tut gut, mal ganz normal darüber reden zu können. »Seid ihr zusammen?« Nala zuckt die Schultern. »Ja.« Nein, eigentlich nicht. Sie beide wissen, dass es nichts Festes zwischen ihnen ist, doch gerade fühlt es sich trotzdem so an und was soll's? Welche Beziehung hat schon eine Garantie? Sie könnte jetzt auch wirklich mit Damian zusammen sein und in zwei Wochen sind sie wieder getrennt, also ist es doch gar nicht so falsch, so zu tun, als wäre sie seine Freundin.

»Da hat er sich wirklich eine Schönheit ausgesucht. Komm mit, ich zeige dir etwas.« Nala folgt Banu, die sie zu einem anderen Ständer bringt. Banu trägt heute genau wie sie enge Jeans, doch während Nala ein einfaches Top dazu anhat, trägt Banu ein bauchfreies Knotenshirt. Sie ist perfekt geschminkt, hat ihre schwarzen Haare perfekt gewellt und sieht einfach nur zu sexy aus, um wahr zu sein. »Dein Freund ist einer der begehrtesten Männer Puerto Ricos und hatte schon einige Frauen.« Banu schiebt die Stücke auf der Stange weg und sucht nach etwas Bestimmtem.

»Danke, das ist genau das, was man hören möchte.« Banu dreht sich um und hält Nala einen traumhaften schwarzen Push-up-BH hin, dazu einen sogenannten Brazil Slip mit feiner Spitze. »Das meine ich nicht böse, Süße, ich will dir helfen. Damian kennt schon alles Ausgefallene, du musst für ihn etwas ganz Besonderes werden, sei sexy, aber edel dabei, alles andere kennt er schon.« Nala sieht sich die beiden Teile an und hat sich sofort darin verliebt, damit kann sie sich wirklich vorstellen, Damian zu verführen. »Danke.« Sie lächelt Banu an und meint es aus vollem Herzen, auch wenn sie am Anfang eher Abstand halten wollte, mag sie die hübsche Latina langsam immer mehr.

Zehn Minuten später verlassen sie den Laden wieder. Nala hat sich für das schwarze Set entschieden, Banu für einen sexy Body aus Spitze. Sie gehen zu Banus Auto und fahren aus der Parklücke, als sich vor und hinter ihnen zwei Wagen stellen. Nala versteht gar nichts mehr, als Banu leise flucht und ein Mann aus dem vorderen Wagen aussteigt und sich zu ihnen ins Fenster beugt. »Banu, ich habe Diddy erzählt, dass wir dich zufällig gefunden haben, er kann es nicht erwarten, dich wiederzusehen. Folge uns!«

Der Mann steigt wieder in den Wagen und gibt Gas. Banu folgt ihm. »Wer war das? Ist alles in Ordnung?« Banu sieht hinter sich, wo ein anderes Auto sicherstellt, dass sie nicht wegfahren. »Ja, es ist nur ein Kerl, der schon lange etwas von mir will und ich mich bis jetzt immer gut davor drücken konnte, ihn zu treffen, er denkt, ich schulde ihm Geld, das ist aber nicht so. Das dauert sicher nicht lange.«

Nala sieht zu dem vorderen Auto, das auf eine Landstraße abbiegt, nur um kurz danach wieder auf einer kleinen Ausfahrt abzubiegen. Zwei Minuten später stehen sie vor einem weißen Tor, was sich öffnet und wohinter sich ein kleines Grundstück mit zwei Häusern und einigen Garagen befindet. Mehrere Männer treten aus dem Haus und stellen sich hinter einen Mann, der mit nacktem Oberkörper, kurzer Badeshorts und einer großen Narbe über der rechten Gesichtshälfte sehr auffällt. Er ist eher kräftig als durchtrainiert, doch sein Erscheinungsbild ist trotzdem sehr mächtig.

»Ist er das?« Banu seufzt und schaltet den Motor aus. »Leider.« Nala und Banu steigen aus, die Männer beobachten sie genau. »Banu, dass du dich hier noch in die Nähe traust, ich dachte, du versteckst dich in irgendeinem Mäuseloch.« Banu verschränkt die Arme vor der Brust. »Wieso sollte ich, Diddy? Ich habe nichts getan, also ...« Diddy sieht zu Nala. »Mir fehlen 1000 Dollar, 1000 Dollar sind nicht nichts, dafür muss man lange arbeiten, aber du hast ja Verstärkung mitgebracht. Bist du auch eine Chica?«

Nala mag den Kerl nicht, er sieht sie wollüstig an. »Nein, wir gehen zusammen in Sierra zur Uni. Wir müssen los und werden hier gar nichts abarbeiten.« Sie erinnert sich daran, was Damian ihr wegen der Chicas gesagt hat. »Oh, Sierra … interessant. Hör mal, Kleines, ich glaube, du weißt nicht, wer ich bin und zu was ich in der Lage bin.« Er greift nach hinten, Banu muss sehen können, was er da hervorziehen möchte, denn sie greift schnell ein.

»Diddy, das hier ist Nala, sie ist mit einem der Anführer der Surentos zusammen, mit Damian. Ich denke, er würde es nicht wollen, dass wir hier zu lange bleiben, also lasst uns besser gehen.« Na toll, Nala wollte auch nicht, dass sich das so herumspricht, sie ist ja nicht wirklich mit Damian zusammen, der Begriff ist eh schwer zu definieren und …

Nala sieht, wie der Mann in seiner Bewegung stockt. »Die Freundin von Damian?« Er kommt näher und begutachtet Nala. »Er hatte schon immer einen guten Geschmack. Weißt du, dass ich versuche, deinen Freund seit einigen Tagen zu erreichen? Seine gesamte Familie? Weißt du, wie groß seine Familie ist? Und wenn man dann niemanden da erreicht, kommt man sich schon ein wenig verarscht vor.«

Nala sieht ihm in die Augen und muss sich ein Lachen verkneifen, es wird seinen Grund haben, wieso niemand etwas mit dem zu tun haben möchte und je näher er kommt und Nala betrachtet, umso mehr versteht sie es. Er ist unheimlich und wirkt sehr grausam. »Weißt du was, meine Schöne, wir machen das anders.« Er fasst Nala in die Haare und streicht ihr über die Wange. Nala weicht zurück.

»Sag deinem Freund, dass du hier warst. Sag ihm, du warst bei den Fallaras. Dass ich dich habe herbringen lassen und dass ich weiß, wo du zur Uni gehst. Und sage ihm schöne Grüße von mir, schaffst du das?« Nala wird sich von diesem Kerl nicht beeindrucken lassen, sie greift nach der Hand von Banu, die wie angewurzelt neben ihr steht und dreht sich mit ihr zusammen um. »Von mir aus, ich sage es ihm, aber jetzt gehen wir!« Die Männer lassen sie auch gehen und Banu atmet erleichtert aus.

Banu rast förmlich zurück nach Sierra und ist sehr ruhig. »Das ist ein Arschloch, geh ihm einfach aus dem Weg, Banu. Wieso sagt er, dass du ihm Geld schuldest?« Nala sieht, dass Banus Hände am Lenkrad zittern. »Wir waren vor einiger Zeit auf einer Party von den Fallaras. Ich habe eine alte Freundin dort getroffen und sie und ihre Frauen haben etwas mitgehen lassen. Ich habe nichts von seinen Sachen angerührt, doch weil ich mit ihnen war und Diddy nur mich kennt, behauptet er jetzt, ich stecke dahinter und soll für das Geld aufkommen.«

Banu hält vor Nalas Wagen, genau vor der Uni. »Vergiss den einfach. Geht es dir gut? Du wirkst so durcheinander.« Banu nickt und versucht zu lächeln. »Danke, dass du mir da rausgeholfen hast. Viel Spaß beim Testen.« Sie deutet auf die Tüte. Nala nimmt sie und steigt aus. »Wir sehen uns Montag.« Wieder nur ein gequältes Lächeln.

Der Kerl war ein arroganter Arsch, der sich aufgespielt hat, doch die Panik in Banus Gesicht, die sie erkennen konnte, auch wenn sie versucht hat es zu verbergen, lässt sie doch, sobald sie ins Haus kommt, nach Damian suchen. Sie läuft fast in Rodriguez hinein, der gerade aus dem Garten kommt und ihr sagt, dass Damian im wilden Haus ist.

Nala geht direkt hinüber und findet Damian zusammen mit Miguel, Sami, Sanchez und Leandro um einen Tisch herum. Dilara hat ihr erklärt, dass sie die neuen Anführer bilden. Damian trägt eine Shorts und ein Shirt, er sieht hoch, als sie in den Garten kommt und Nala sieht sofort, dass er wieder ein Stück erholter aussieht, außerdem erkennt sie sofort diese Sehnsucht in seinen Augen aufblitzen, die sie auch schon den ganzen Tag verspürt.

»Hallo Shaki, du wirst ja von Tag zu Tag hübscher, Puerto Rico scheint dir gutzutun.« Sanchez lacht leise und alle begrüßen sie. Nala setzt sich gar nicht, sie will etwas essen gehen, deswegen lächelt sie einmal in die Runde und sieht dann Damian an. »Ich soll dich von einen gewissen Diddy und den Fallallas oder so etwas grüßen.« Plötzlich verschwindet bei allen im Gesicht das Grinsen und alle sehen sie ernst an.

»Du sollst was? Wo hast du ihn getroffen? Die Fallaras?« Nala greift in eine Schüssel Gummitiere, die Sami vor sich hat und isst zwei, sie kommt um vor Hunger. »Genau … meinte ich. Ich war mit Banu shoppen und die haben uns mit Autos zu denen aufs Grundstück gebracht. Dieser Diddy denkt, Banu schulde ihm noch Geld, dabei ist es nicht so und dann hat Banu erwähnt, dass ich … Na ja, sie denkt, ich wäre deine Freundin ... keine Ahnung, wie sie darauf kommt.« Nala räuspert sich, alle hören ihr ganz genau zu.

»Als er das gehört hat, hat er gesagt, ich soll dich grüßen und dir sagen, dass ich bei ihnen war und er weiß, auf welche Uni wir gehen.

Ich bin dann mit Banu gegangen, mehr war da nicht, aber ich dachte, ich sage es dir lieber. Ich glaube, er versucht euch zu erreichen … irgendwie sowas, der Kerl ist irgendwie unheimlich.« Sie nimmt die Tüte mit den Fruchttieren in die Hand und sieht sie sich genau an. »Die sind richtig lecker, wo bekommt man die?«

Keiner der Männer sagt mehr ein Wort, sie alle starren Nala an, bis Sami leicht den Kopf schüttelt. »Sie ist so süß und unschuldig, sie hat keine Ahnung, was da gerade passiert ist.« Damian hingegen steht auf und erst da bemerkt Nala, dass er sauer ist, sehr sauer. »Nala, hat er dich angefasst? Hast du eine Vorstellung davon, was da passiert ist und was vor allem alles passieren hätte können?«

Nala sieht unsicher zu allen anderen. Auch Leandro steht auf und steckt sich seine Waffe hinten ein, nach und nach stehen alle auf. »Nein, ich meine ... das ist ein arroganter Arsch, aber man sollte den einfach ignorieren, das habe ich Banu auch gesagt.« Sami schnalzt die Zunge. »Es gibt klare Regeln, niemand hat sich an unsere Frauen zu wenden. Er versucht, über dich an uns ranzukommen, er weiß, dass Damian reagieren wird. Er hätte dich nicht einmal ansehen dürfen. Wir klären das, wo wohnt diese Banu?«

Nala beschreibt den Weg zu Banu und sagt auch, dass sie wirklich für all das nichts kann, Damian sieht Nala noch einmal genau an. »Er hat dich wirklich nicht angefasst?« Nala kommen sofort die Bilder hoch, wie er ihr in die Haare gegriffen hat, doch das wird sie garantiert nicht erwähnen, so sauer wie Damian schon ist. »Nein. Es war nicht so schlimm, wirklich ...« Damian sieht zu den anderen. »Geht schon mal, ich komme gleich.« Leandro dreht sich noch einmal um. »Bleib hier, Damian, du bist noch nicht fit, nicht dass etwas passiert.« Damian schüttelt den Kopf. »Er wollte mich damit provozieren, das hat er geschafft, für Diddy brauche ich nicht fit zu sein.«

Damians Cousins verlassen den Garten und das Haus und Damian wendet sich wieder zu Nala um. »Nala, du kannst nicht besonders gut etwas verbergen. Was hat er noch getan?« Sie sieht ihm in die Augen und geht näher zu ihm. »Lass es doch einfach sein, Damian, du bist verletzt, was soll das bringen? Du sagst doch selbst, er wollte dich nur provozieren, lass das doch nicht zu. Ich möchte nicht, dass dir etwas passiert, wenn ...« Damian küsst sie und Nala schließt die Augen.

Er weiß genau, wie er sie am besten ablenken kann. Nalas Hand geht an Damians Wange, als er den Kuss langsam löst. »Mir passiert schon nichts, Guapita. Du kennst diese Welt nicht, ich muss dahin und ihm klarmachen, dass er dir nie wieder zu nahe kommen darf. Ich bin gleich ...« Nala lacht bitter auf. »Damian, ich bin schon ein großes Mädchen. Ich habe auch schon einiges mitgemacht, du musst so etwas nicht für mich erledigen. Wenn deine Wunde aufgeht oder wieder irgendetwas passiert, kann ich mir das nicht verzeihen.«

Nala sieht ihn flehend an. »Wird es nicht. Ich bin bald wieder zurück.« Er gibt Nala noch einen Kuss und geht dann einfach. »Damian, nein!« Er hört nicht und nun ist es Nala, die sauer ist, wieso ist er so stur?

Als Nala aus dem wilden Haus tritt, fahren mehrere Autos gerade die Einfahrt hinaus. Nala sieht ihnen wütend hinterher und merkt erst später, dass Paco und Rodriguez auch gerade an einem Auto stehen und sie beobachten. »Ist alles in Ordnung, Nala?« Sie schnauft leise aus und nickt in ihre Richtung. »Ja, alles bestens.«

Nala geht ins Haus, sie verbringt den Rest des Nachmittags mit Amalia am Pool, irgendwann bekommt sie von Damian eine Nachricht, dass sie es geklärt haben und sie sich keine Sorgen zu machen braucht. Nala antwortet nicht, am Abend geht sie auf ihren kleinen Balkon, setzt sich hin und genießt die kühle Abendluft, während sie im Internet ein paar Recherchen macht.

Nala erschreckt sich, als Damian plötzlich hinter ihr ist, ihr drei Tüten dieser Gummitiere, die sie heute Mittag für sich entdeckt hat, hinhält und sie entschuldigend ansieht. »Sei nicht sauer, Guapita, so ist mein Leben nun mal.« Nala sieht ihm in die Augen. »Aber ich möchte nicht, dass du wegen mir irgendwelche Dummheiten machst.«

Auf einmal liegt ein Lächeln auf Damians Lippen, das Nala zuvor noch nie gesehen hat, er sieht ihr liebevoll in die Augen. »Wenn nicht wegen dir, weswegen dann?« Nala senkt den Blick, bis Damian mit seinem Finger ihr Kinn anstupst und sie dazu bringt, ihn anzusehen.

»Ich habe Pizza mitgebracht, du hast die nächsten Tage frei, du soll-test sie besser verbringen als mit Schmollen.« Nala legt den Kopf ein wenig schief, steht aber auf, als er ihr die Hand hinhält. »Wirklich, womit denn?« Damian lacht und küsst sie auf den Mund. »Na, da fällt mir noch so einiges ein.«

Nala legt die Arme um seinen Hals und sieht ihn ernst an. »Außerdem schmolle ich nicht. Ich möchte nicht, dass dir etwas passiert.« Damian wird auch ernst und erwidert ihren Blick. »Und ich sorge dafür, dass dir nichts passiert, Guapita.« Er küsst sie und bei dem Gefühl, was sich wieder in Nala ausbreitet, ist sie sich sicher, dass sie die nächsten Tage sehr genießen wird.

Und ihr Gefühl enttäuscht sie auch nicht. Damian und Nala ver-bringen die nächsten vier Tage fast komplett zusammen. Sie kommen sich immer näher. Auch wenn Nala darauf besteht, im Haus der Eltern nicht zu weit zu gehen, wird die Bindung zwischen ihnen immer fester und Nala weiß immer weniger, wie sie all das zuordnen soll.

Zwei Tage sind sie mit Leandro und Dania in Wohneinrichtungs-häusern unterwegs, weil die beiden Männer ihre Häuser einrichten müssen. Dania sucht alles zusammen mit Leandro aus, sie werden zusammen in dem Haus leben. Damian fragt Nala auch bei allem nach ihrer Meinung, und auch wenn sie sich zurückhält, da ja Damian alleine nachher in dem Haus leben wird, hat sie am Ende das Gefühl, sie haben das Haus von Damian auch gemeinsam eingerichtet.

Sie haben eine schöne Couch ausgesucht, mehrere große, gemütliche Sessel für die Schlafzimmer, Nala hat Damian gezeigt, was für eine Dekoration sie auf dem Kamin schön fände, große silberne Leuchter mit weißen Kerzen, einige silberne Kugeln, es gibt in den Einrich-tungshäusern schon alles schön eingerichtet. Als Nala in einem Schlafzimmer mit riesigem Bett, mit vielen Kissen, hellen Tagesde-cken, verspiegelten Nachtschränken mit schöner Dekoration und wei-chen Teppichen steht, sagt sie, dass sie dieses Schlafzimmer perfekt findet. Damian nickt nur, setzt sich aufs Bett, fragt den Verkäufer, ob man das auch noch etwas größer bekommt und sagt dann, dass alles, genau wie es hier im Raum ist, geliefert werden soll.

Die Badezimmer und Schränke sind fertig, sie besorgen noch Möbel für den Wohnbereich, den Eingangsbereich und die Gästezimmer. Nala selbst hatte nie wirklich schöne Wohnungen, sie hat in einem Trailer gelebt und mit Samuel war alles zusammengewürfelt und nichts von ihnen, doch Nala hat es geliebt, in Serien und Filmen immer die perfekten Einrichtungen zu begutachten und zu bestaunen. Deswegen macht es ihr richtig Spaß, zusammen mit Dania stellen sie für die Männer, die eher mäßig interessiert sind, perfekte Häuser zusammen.

Damian küsst Nala auch ganz offen vor Dania und Leandro, allerdings zeigen sie sich nur vor den beiden so offen. Nala liebt Leandros Freundin nach ein paar Stunden schon von ganzem Herzen. Sie mag sie alle, Dilara, Latizia, Abelia, Yara … aber Dania ist ein so herzensguter Mensch, auch die Männer spüren, wie gut sich die beiden verstehen und sie fahren am nächsten Tag zusammen nach San Juan.

Zwar kommen sich Nala und Damian in den vier Tagen körperlich nicht viel näher, weil sie viel unterwegs sind und nie ungestört, da abends meist noch lange Besuch da ist und sich dann einer immer abends nur zum anderen ins Bett legt, der meist schon schläft, doch Nala genießt diese Zeit trotzdem vollkommen.

Sie lernt eine andere Seite an Damian kennen, sie haben viel Spaß, lachen, er ist sehr fürsorglich ihr gegenüber, es ist, als wären sie ein Paar, irgendwie sind sie es ja auch, aber irgendwie dann auch wieder nicht. Als Dania Nala dazu genau ausfragen möchte, kann sie kaum etwas sagen, sie weiß es ja nicht. Sie erfährt aber, dass auch Damian, wenn seine Cousins ihn danach fragen, immer nur die Schultern zuckt und sagt, er wisse nicht genau, was nun zwischen ihnen ist. Natürlich denken sich die Cousins ihren Teil, besonders, da Damian jede Nacht in seinem Elternhaus verbringt, obwohl er sonst schon längst wieder im wilden Haus schlafen würde.

So geht es Nala auch und vielleicht ist es auch gar nicht so schlimm, nicht zu wissen, was da gerade passiert, zumindest nicht, wenn es sich so gut anfühlt.

Nach den vier Tagen muss Nala wieder zwei Tage zur Uni und dann fliegt sie mit Melissa zum nächsten Gerichtstermin. Nala hat in den letzten Tagen kaum mit Samuel gesprochen und all das weit von sich geschoben, Damian hat gar nicht so richtig mitbekommen, dass sie wieder hinunterfliegen, erst am Abend vor der Verhandlung, als Melissa Nala nochmal daran erinnert, dass sie morgens sehr früh losfliegen und Einzelheiten mit dem Anwalt im Flugzeug besprechen, sieht Damian von seinem Essen auf und ihr in die Augen. Nala entweicht seinem Blick und sagt Melissa, dass sie gleich alles Nötige zusammenpacken geht.

Rodriguez fragt Nala, ob sie noch einmal in Ruhe darüber nachgedacht hat, vielleicht doch besser gegen Samuel aussagen, doch sie sagt, dass sie nicht gegen ihn aussagen wird. »Warum nicht?« Damian schneidet allen das Wort ab und alle Blicke gleiten zu ihm. Auch Dilara und Musa sind da und alle sehen auf. »Weil ich Samuel nicht in den Rücken falle, ich habe es ihm versprochen.«

Damian legt seine Gabel hin, Nala sieht, dass er sauer wird. »In den Rücken fallen? Er hat dich in diese Situation gebracht, obwohl du nichts damit zu tun hattest, er ist dir in den Rücken gefallen.« Nala ist fertig mit essen und Melissa, die schon ihren und Rodriguez' Teller in den Geschirrspüler stellt, um noch Dessert zu holen, nimmt auch Nala den Teller ab. »Du verstehst das nicht, Damian!« Nun sieht man ihm an, dass er gleich platzt. »Offensichtlich nicht!« Alle sind mucksmäuschenstill, Rodriguez lehnt sich zurück, Musa sieht verwirrt zwischen Nala und Damian hin und her und Dilara versucht, zu Nala Augenkontakt herzustellen, doch Nala steht besser auf, bevor das hier noch eskaliert.

»Ich gehe schon mal alles zusammensuchen.« Ohne sich nochmal umzudrehen, geht sie in ihr Zimmer, doch keine halbe Minute später kommt Damian auch herein. »Erkläre es mir, Nala, wieso sagst du nicht gegen ihn aus? Du könntest all das sofort vom Tisch haben!« Nala öffnet ihre große Tasche und sieht ihn nicht an. »Ich falle ihm nicht in den Rücken, Damian!« Nun wird er lauter. »Du hast damit nichts zu tun, Nala! Du bist ihm gar nichts schuldig! Oder ist da noch etwas? Ich verstehe dich in dieser Sache nicht.«

Nala wendet sich ihm genervt zu. »Kannst du auch nicht, Damian, ich kann das nicht tun. Ich bin hierher gekommen, habe all das hinter mir gelassen, ihn verlassen, habe hier neu angefangen, dich kennengelernt … ich kann ihm das jetzt nicht auch noch antun, so ein Mensch bin ich nicht!« Nala kann sich nicht zurückhalten und schreit ihn zurück an. »Du wärst gar nicht hier, wenn er nicht so eine Scheiße gebaut hätte, er selbst trägt dafür die Verantwortung, aber weißt du was … mach doch, was du willst, du bist ja schon ein großes Mädchen, wie du es sagst!« Damian geht und knallt die Tür zu.

Nala setzt sich auf das Bett und hört auch unten die Haustür zuknallen, das muss wirklich jeder mitbekommen haben. Es dauert eine Weile, bis Nala sich wieder aufrafft, alles zusammenpackt, duschen geht und sich ins Bett legt. Damian kann das alles nicht verstehen, sie selbst versteht es kaum, doch sie weiß, dass sie das nicht machen kann, das bringt sie nicht übers Herz.

Nala findet in der Nacht keine Ruhe. Sie sieht immer wieder zum Handy, horcht auf die Geräusche im Haus und wartet auf warme Arme, die sich um sie legen, doch Damian meldet sich nicht und als sie am nächsten Morgen hinuntergeht, um mit Melissa zum Flughafen zu fahren, ist Damians Zimmer leer.

Kapitel 20

In der Küche merkt sie allerdings, dass es unruhig ist, Amalia sitzt auf Melissas Schoß und kuschelt sich an ihre Mutter. Rodriguez ist nicht da, Bella scheint Amalia nehmen zu wollen, doch die lässt sich von niemandem ansprechen. »Sie hat plötzlich Fieber bekommen. Ich probiere gerade, den Flug zu verschieben, doch dann kommen wir zu spät zum Gerichtstermin und …«

Nala hockt sich zu Amalia hinunter und fasst ihr an die Stirn, sie glüht. »Nein, fahrt mit der Kleinen zum Arzt. Ich fliege alleine runter, dort treffe ich den Anwalt und es passiert ja nichts Besonderes. Ich sage nicht aus und wir kommen zurück. Morgen früh bin ich wieder da.« Man sieht Melissa an, dass ihr das nicht gefällt, doch Nala versichert ihr, dass es in Ordnung sei, und während sie zum Flughafen fährt, steigen Bella und Melissa ins Auto und fahren Amalia zu einem Arzt.

Eigentlich ist das gar nicht so schlecht. Sie geht vor dem Boarding extra noch einmal zum Duty-free-Shop, kauft sich Unmengen an Schokolade und legt sich dann während des Fluges auf einen der Sessel und sieht sich einen Film an, irgendwann schläft sie dabei sogar ein. Nala ist für alles dankbar, was sie nicht an den Streit mit Damian denken lässt.

Sobald sie aus dem Flugzeug steigt, erwartet sie der Anwalt, sie sind spät dran für den Gerichtstermin und er rast durch die Stadt zum Gericht. Nala hat eine Jeans, ein weißes Shirt und ein rotes Jackett an. Sie hat sich die Haare geglättet und leichtes Make-up aufgelegt. Sie war nun schon ein paar Mal hier und doch dreht sich ihr Magen immer wieder um, sobald sie dieses Gebäude betritt.

Sie treten in den Gerichtssaal genau in dem Moment, als aus einer anderen Tür Samuels Freund und auch Samuel in Handschellen hereingeführt werden. Nala stockt und sieht verwundert zu ihrem Anwalt, der aber auch nicht weniger überrascht wirkt. »Ah, da sind sie alle endlich. Die Sitzung kann beginnen, es haben sich in der Nacht neue Dinge ereignet, die all das hier noch einmal neu aufrollen lassen werden.«

Nala setzt sich mit ihrem Anwalt an ihren Tisch und der Richter sieht streng zu ihnen hinunter. »Wo ist der Vormund der jungen Dame?« Ihr Anwalt erklärt die Notsituation und dass er aber im ständigen Kontakt zu ihnen steht. »Und Sie möchten noch immer keine Aussage machen?« Er sieht Nala in die Augen, die den Kopf schüttelt und unsicher zu Samuel sieht, der nicht einmal in ihre Richtung schaut. Der Richter macht sich eine Notiz und sieht sich dann im Raum um.

»Gestern Nacht ist Samuel Couper von der Polizei an der mexikanischen Grenze mit zehn Kilogramm Rauschgift aufgegriffen worden. Die genauen Substanzen werden noch ermittelt, doch damit wird dieses Verfahren erweitert. Nach Angaben des Beschuldigten hat die Mitangeklagte Nala Graham den Kontakt zu den Mittelsmännern hergestellt und ihn um diese Handlungen gebeten, um Geld zur Seite zu schaffen für ihre gemeinsame Zeit, wenn sie wieder zurück in den vereinigten Staaten ist ...«

Nala öffnet den Mund, ihr Anwalt springt auf und unterbricht den Richter und im Saal bricht ein kleines Chaos los, doch Nala bekommt all das nicht mehr richtig mit. Drogen? Sie steht jetzt vor Gericht wegen Drogen? Alles erscheint plötzlich wie in Zeitlupe vor ihr. Nala sieht zu Samuel, der kalt zum Richter blickt, während dieser gerade erklärt, dass auch die Mittelsmänner geschnappt wurden und sie in der Fabrik tätig waren, in der Nala gearbeitet hat, nicht Samuel. Und da weiß Nala, dass all das hier böse enden wird.

Nalas Anwalt wird sauer, er fordert Sachen, von denen Nala nichts versteht. Sie bekommt Panik, als sie seine besorgte Aufregung mitbekommt, Samuels Strafverteidiger mischt sich ein, es geht hin und her, bis der Richter die Verhandlung abbricht und aufgrund der neuen Ereignisse auf morgen verschiebt, wenn die genauen Stoffe und Daten ausgewertet sind. Er sieht zu Nala. »Sie sollten sich das mit der Aussage bis dahin noch einmal genau überlegen, Sie dürfen bis zur Verhandlung die USA nicht verlassen.«

Nala schluckt, sie kann sich nicht mehr bewegen, bleibt auf dem Stuhl sitzen, während ihr Anwalt aufgeregt telefoniert. Wie konnte all das passieren? Wie kann Samuel ihr so etwas antun? Nala ist wie versteinert. Ihr Anwalt legt auf und deutet Nala mitzukommen, sie müssen den Gerichtssaal verlassen, die nächste Verhandlung findet statt. »Atmen Sie erst einmal tief aus. Ich habe Ihnen schon ein Hotelzimmer buchen lassen. Ich kümmere mich in der Zeit um alles. Kommen Sie, ich bringe Sie hin.« Sie gehen nur ein paar Straßen weiter in ein Luxushotel, doch all das interessiert Nala nicht, sie fahren in das höchste Stockwerk und ihnen wird eine Suite geöffnet.

Der Anwalt bestellt Essen und sie setzen sich an einen Marmortisch. Nala muss nun wirklich alles erzählen und das tut sie auch, sie lässt nichts aus, erzählt ihm auch von dem Gespräch im Hotel, als sie mit Melissa und Bella in Las Vegas war, von den Telefonaten. Ihr Anwalt sagt ihr, dass sie jetzt aussagen muss, was Nala auch tun wird. Er nimmt das alte Handy an sich und erklärt, dass er es auswerten lassen wird. Nala soll sich keine Sorgen machen, er meldet sich heute Abend noch einmal.

Nala kann kaum etwas essen, sie sieht sich in der riesigen Suite um, man hat einen fantastischen Ausblick auf die Stadt, doch Nala kann all das nicht genießen. Sie legt sich auf das Bett und versucht zu begreifen, was da passiert ist, wieso tut Samuel ihr das an? Wieso macht er alles kaputt? Sie alle haben ihr gesagt, wie schlecht Samuel ist, dass sie sich nicht von ihm in etwas hineinziehen lassen soll. Die Leute auf ihrer Arbeit, Dilara, Melissa, Damian, am meisten trifft sie, dass sie alle recht hatten, während sie noch so naiv war zu glauben, er würde ihr niemals bewusst schaden.

Nala muss sich zweimal übergeben, so aufgeregt ist sie. Was ist, wenn der Richter ihr jetzt nicht mehr glaubt, wenn sie wirklich auch dafür angeklagt wird und vielleicht sogar ins Gefängnis muss? Wieso war sie so dumm und hat nicht von Anfang an die Wahrheit gesagt? Nala kann kaum sitzen, sie läuft hibbelig in der Suite herum, ihr Handy klingelt die ganze Zeit oder piepst, doch sie achtet nicht darauf. Erst als am späten Abend ihr Anwalt erneut auftaucht, kann sie wieder durchatmen.

Er hat mit dem Richter gesprochen, sie haben einige Telefonate ausgewertet, die klar beweisen, dass Samuel die treibende Kraft war und dass Nala ihn öfter gefragt hat, wieso er sie in solche Sachen mit hineinzieht, außerdem gibt es Nachrichten nach ihrem letzten gemeinsamen Treffen, wo Nala darum bittet, dass Samuel keine Dummheiten mehr macht und auf sich aufpasst. Der Richter lässt diese Aufzeichnungen als Beweise zu, Nala muss morgen ihre Aussage machen und wenn der Richter ihr glaubt, ist sie aus allem heraus.

Nala spürt das erste Mal seit der Gerichtsverhandlung wieder den Boden unter den Füßen. Sie bedankt sich beim Anwalt, und nachdem er gegangen ist, nimmt sie erst einmal ein langes Bad, um wieder richtig klare Gedanken fassen zu können. Sie wird das morgen schaffen und dann lässt sie all diese unangenehmen Dinge hinter sich. Das hätte sie schon viel früher tun sollen, doch die letzten Monate haben alles in ihrem Leben so durcheinandergewirbelt, dass sie nicht mehr so richtig weiß, was richtig und falsch ist.

Nala bestellt sich noch etwas zu essen, setzt sich im dicken Hotelbademantel auf die Schwelle der Terrassentür und sieht durch die Gitterstäbe auf die tausende von Lichtern hinab, die sie früher immer so an dieser Stadt geliebt hat. Wird sie nach allem hier wieder ein ganz normales Leben führen können, will sie das überhaupt? Nala weiß es nicht, es gibt so vieles, was sie nicht sollte und genau in ihrer Situation müsste sie doch besser einen Plan haben.

Es klopft leise, dann wird mit einer Karte ihre Hoteltür geöffnet und plötzlich steht Damian im Raum.

Nala hat nicht geahnt, wie nah sie den Tränen die ganze Zeit über war, bis sie ihr die Wangen herunterlaufen, als sie in Damians besorgte Augen blickt. »Ich bin sofort losgeflogen, als wir es erfahren haben. Meine Eltern kommen morgen zur Verhandlung, ich habe gerade noch mit dem Anwalt gesprochen, er ist überzeugt, dass alles gut wird. Hör auf zu weinen, Guapita, es ...«

Nala steht noch immer an der Schwelle der Terrasse. Als Damian näher kommt, hebt sie den Ärmel des Bademantels, der ihr viel zu groß ist, außer ihren nackten Füßen sieht man nicht viel, doch Nala ist all das jetzt egal.

»Weißt du, das hier war mal mein Zuhause und jetzt fühlt es sich so falsch an, hier zu sein. Ich hatte all das nicht geplant, Damian. Ich war nicht darauf vorbereitet. Ich wollte nur schnell die Zeit in Puerto Rico hinter mich bringen und hierher zurück, zurück zu Samuel. Ich kannte nichts anderes. Ich hatte nie viel, keine Familie, keinen Rückhalt, keine Liebe, kein Geld, nichts von alldem. Ich musste immer jeden Tag dafür kämpfen, am nächsten Tag noch ein Dach über dem Kopf zu haben und dass ich etwas zu essen habe.

Ich habe nie gesehen oder gespürt, wie wirklich Liebe ist. Das was Samuel und ich hatten, war nie Liebe, es war ein Abkommen, jeder war für den anderen da, doch das war mehr, als ich bisher kannte und ich dachte immer, das wäre alles, was ich brauche.

Sachen zu entdecken, die ich wirklich mag, wie das Zeichnen, wie es ist, eine Familie um sich herum zu haben, dass es Leute gibt, die sich wirklich Sorgen um einen machen und dass ich dich getroffen habe, der Gefühle in mir ausgelöst hat, die ich noch nie vorher gespürt habe, hat meine ganze bisherige Welt völlig durcheinander gewirbelt und ich wusste nicht mehr, wo hinten und vorne ist, ob ich auf mein Herz oder meinen Verstand hören soll und wie ich mit alldem umgehen soll.«

Nala weint immer mehr. Damian steht vor ihr, sieht ihr in die Augen und hört ihr dabei zu, wie sie vielleicht das erste Mal in ihrem Leben wirklich ehrlich ist. Ehrlich zu sich und zu dem Mann, in den sie sich verliebt hat. Als sie nun kurz stockt, kommt er näher und zieht sie in seine Arme. Nala atmet tief ein. Es tut gut, all das loszuwerden und es ist befreiend, wieder bei Damian zu sein, sie hätte nicht gedacht, dass er in so kurzer Zeit zu solch einem Halt für sie werden würde.

Er küsst ihre Haare und Nala beruhigt sich an seiner breiten Brust wieder ein wenig. »Ich hatte solch ein schlechtes Gewissen wegen Samuel. Ich bin in dieses Leben gekommen und auch wenn ich es nicht wollte, habe ich mich das erste Mal richtig lebendig gefühlt. Ich habe meine Liebe fürs Zeichnen wiederentdeckt, so viel gelacht wie noch nie zuvor. Ich bin das erste Mal gerne nach Hause gekommen, dann habe ich mich in dich verliebt und auch alles andere hat sich geändert.«

Nala sieht hoch, direkt in Damians Augen, er streicht ihr ihre letzten Tränen weg. Noch immer ist sie nicht fertig. »Du, ihr alle habt recht. Ich hätte längst die Wahrheit sagen müssen, doch ich hatte solch ein schlechtes Gewissen wegen alldem, dass ich es einfach nicht übers Herz gebracht habe. Ich habe nicht gesehen, wie sehr er mir schadet, weil ich mir eingeredet habe, ich bin an allem Schuld, dass sich mein Leben so verändert und ich ihn so im Stich lasse. Mir war nicht klar, dass sich alles verändert, sobald ich Puerto Rico betrete und dass du in mein Leben kommst.«

Damian atmet tief ein, er scheint einen Augenblick auch mit seinen Gefühlen zu hadern, doch dann umfassen seine Hände liebevoll ihr Gesicht. »Hör auf, dir wegen irgendetwas die Schuld zu geben, Guapita. Denkst du, ich hatte das geplant? Ich wollte niemals eine Frau lieben und schon gar nicht jetzt, und eigentlich wollte ich noch nicht einmal viel mit dir zu tun haben, doch schon, als du das erste Mal durch die Tür gekommen bist, habe ich geahnt, dass das nicht klappen wird. So ist das Leben, Dinge ändern sich. Ich liebe dich, Nala, und ich bin gestern nur so ausgerastet, weil ich nicht mehr zulasse, dass dir jemals irgendjemand schaden kann, und ich weiß, dass Samuel das tut.

Bei mir ist es anders, wenn du mich brauchst, bin ich da und ich sorge dafür, dass nichts und niemand auf der Welt dir etwas anhaben kann. Keiner von uns hat das geplant, doch ich bereue es auch nicht, dass du jetzt zu meinem Leben gehörst ...« Nala lächelt über seine süßen Worte und die Ehrlichkeit in seinen Augen.

»Ich bereue es doch auch nicht, dich gefunden zu haben, ich habe nur Angst, was jetzt passiert und wie sich meine Welt neu aufbauen wird, nachdem alles durcheinandergewirbelt wurde.« Damian küsst leicht ihre Lippen. »Das wird sich zeigen, doch du kannst dir sicher sein, dass ich da bin, auch wenn es noch so ein Chaos gibt. Morgen machst du deine Aussage und lässt das alles hinter dir.« Nala nickt und legt die Arme um Damians Hals. Sie haben sich gerade gesagt, dass sie sich lieben und Nala ist so erleichtert, dass Damian die gleichen starke Gefühle für sie hat, auch wenn sie nicht weiß, wie all das weitergeht, weiß sie nun wirklich, dass sie trotz allem auf das zwischen Damian und ihr bauen kann.

Damian küsst Nala und hebt sie zurück ins Zimmer. »Ich habe beschissen geschlafen in der letzten Nacht.« Er lässt nur kurz von ihren Lippen ab, Nala schmiegt sich enger an ihn und in dem Moment fasst Damian unter ihren Mantel und spürt, dass sie komplett nackt darunter ist. »Ich … auch.« Seine Hände wandern zu ihrer Taille und ziehen warme Spuren auf ihrer Haut. Nalas Atem geht schon allein bei diesen kleinen Bewegungen schneller, als würde ihr Körper nur darauf warten, von Damian berührt zu werden.

Damian sieht ihr in die Augen und sein Blick verändert sich, er öffnet den Bademantel und Nala lässt ihn von ihrem Körper rutschen. Es fühlt sich nicht komisch an, so vor Damian zu stehen, völlig nackt. Sie liebt seinen Blick auf sich und als er sie dann eng an sich zieht und sehnsuchtsvoll küsst, weiß sie, dass ihm gefällt, was er da sieht. Keine Sekunde später liegt Nala auf dem Bett, Damian steht noch vor dem Bett, über ihr aufgebaut und zieht sich sein Shirt und seine Jeans aus, bevor er zu ihr aufs Bett kommt. Nala genießt den Anblick auf seinen durchtrainierten Körper, die Tattoos, sein wunderschönes Gesicht, die dunklen Augen, die sie betrachten, sie möchte ihm nur noch nahe sein.

Nala empfängt ihn mit offenen Armen, um ihre Lippen wieder zu vereinen, doch das nur sehr kurz, denn Damians Lippen erkunden Nalas gesamten Körper und sie ist froh, dass sie hier im Hotel und nicht im Haus von Damians Eltern sind, als sie ein lautes Aufkeuchen nicht mehr unterdrücken kann, nachdem Damian sie immer weiter verwöhnt und sie kaum mehr an sich halten kann, so bereit wie sie für ihn ist. Nala ist kurz davor, sich ganz fallen zu lassen, da kommt Damian wieder hoch und grinst frech. »Noch nicht, warte, meine Schöne.«

Nala streift ihm die Boxershorts vom Körper und küsst seine Brust und seine Wunde, die immer mehr verheilt. Kurz bevor sie ihre Lippen wieder vereinen und ihre Körper komplett zu einem verschmelzen lassen, hält Damian ein und blickt Nala in die Augen. »Ich liebe dich, Guapita.« Nala lächelt und Damian streicht ihre Haare nach hinten. »Ich dich auch.« Ihre Worte sind leise, doch dafür umso ehrlicher, und als Damian sie dann vereint, küsst er sie ganz zärtlich und sie lieben sich.

Nala treten dabei Tränen in die Augen, sie hätte sich nicht träumen lassen, dass man so fühlen kann. Das, was sie in der nächsten Stunde haben, ist nicht einfach Sex, es ist Sehnsucht und wirkliche Liebe und in jeder Sekunde spürt man, wie sehr sie beide sich lieben.

Diese Nacht nimmt Nala viele Zweifel und auch die Angst vor dem nächsten Morgen. Damian bleibt an Nalas Seite und sie weiß, dass sich das auch nicht so leicht ändern wird.

Im Gerichtssaal treffen sie auf Melissa und Rodriguez. Als Damian sie vor den beiden auf den Mund küsst, weiß sie, dass sich nun einiges ändern wird. Sie sagt aus und das fällt ihr sehr leicht mit Damian im Rücken.

Sie erzählt einfach alles und der Richter glaubt ihr, die Aufnahmen und Nachrichten tun den Rest und der Richter spricht Nala von allem frei. Er rät ihr, die letzten Wochen bis zu ihrer Volljährigkeit im Ausland zu nutzen, um sich genau zu überlegen, wie sie ihr weiteres Leben gestalten möchte und dass sie in Zukunft um Männer wie Samuel einen weiten Bogen machen soll.

Danach gibt es eine Verhandlungspause, bevor es mit Samuel und seinem Freund weitergeht. Nala hat nicht einmal zu ihnen gesehen, es ist ihr egal. Ihr steht es frei zu gehen und sie geht, sie will nicht einmal mehr wissen, was für eine Strafe die beiden bekommen, sie will nur noch weg hier. Melissa umarmt Nala freudig und auch Rodriguez nimmt sie kurz in den Arm, während Damian zu Samuel geht und ihm ein paar Worte sagt.

Melissa legt den Arm um Nala und führt sie aus dem Gerichtsaal. Nala blickt sich auch nicht mehr um oder fragt Damian, als er kommt, was er zu Samuel gesagt hat. Er nimmt ihre Hand in seine und zusammen mit seinen Eltern gehen sie etwas essen.

Für Nala ist dieses Kapitel für immer geschlossen und sie wird auf den Richter hören und sich nur noch auf das Leben konzentrieren, das vor ihr liegt.

Kapitel 21

»Und hier sehen Sie die nächsten Teilnehmer ...« Nala sieht kurz hoch zur Bühne, wo weitere Zeichnungen auf das riesige schwarze Board gehängt werden, welches fast den gesamten vorderen Bereich einnimmt. Ihr Bild wurde schon vor einer Weile aufgehangen, zusammen mit den Bildern der anderen Kursteilnehmer. Der gesamte Zeichenkurs nimmt an dem Wettbewerb teil. Die Jury besteht aus drei bekannten Professoren, die Chance, dass sie gewinnt, ist sehr gering, trotzdem ist Nala gekommen, um sich alles anzusehen, momentan kann sie jede Ablenkung gebrauchen.

Die Gerichtsverhandlung liegt jetzt einige Wochen zurück und danach hat sie jeden Tag einfach nur noch genossen. Ihr ist eine große Last von den Schultern gefallen, sie konnte sich danach völlig frei auf all das hier einlassen. Damian und sie haben viel Zeit zusammen verbracht. Wirklich viel, auch wenn er sich mit jedem Tag, an dem es ihm besser ging, mehr und mehr wieder um die Geschäfte der Familia gekümmert hat, hat er sich auch immer für Nala Zeit genommen.

Nun weiß auch jeder aus der Familie, dass Nala und Damian zusammen sind, obwohl Nala nicht wirklich sicher ist, ob man es so nennen kann, denn ein Problem ist bis heute weiter geblieben: Wie geht es weiter, wenn Nala volljährig ist? Was ist, wenn sie zurück nach Amerika geht? Nala hat es am Anfang weit von sich geschoben, doch der Tag rückt immer näher.

Sie hat das letzte Wochenende mit Damian in einem kleinen Strandhaus an einem traumhaften Strand mit weißem Sand und türkisfarbenem Wasser verbracht. Der Ort ist perfekt und sehr beliebt in Damians Familie, doch sie waren komplett alleine da.

Nala hat sich fest vorgenommen, mit Damian dann darüber zu sprechen. Wenn sie dieses Thema verdrängt, weiß sie nicht, wie sie das nennen soll, was Damian damit tut. Er ignoriert es komplett, wenn einer in seiner Gegenwart anfängt es anzusprechen, steht er auf und muss etwas tun, oder er lenkt vom Thema ab, alles, er will nur nicht darüber sprechen. Doch auch Nala versucht es zu umgehen, und so haben sie das Wochenende sehr genossen, aber dieses Thema nicht angesprochen.

Melissa, Dilara, Rodriguez, sie alle haben sich schon mit Nala hingesetzt und ihr gesagt, dass sie sich sehr freuen würden, wenn Nala bei ihnen bleibt. Sie soll hier weiter zur Uni gehen, den weiterführenden Zeichenkurs belegen und herausfinden, was sie alles im Leben machen möchte. Alle haben sie gefragt, außer Damian. Er hat Nala nicht einmal auf dieses Thema angesprochen. Morgen ist ihr Geburtstag. Sie könnte theoretisch morgen zurückfliegen und tun und lassen, was sie will, doch sie weiß immer noch nicht, was sie tun soll.

Sie liebt es hier, sie liebt Sierra, die Familie und vor allem Damian. Sie hätte sich nie träumen lassen, wie nah man einem Menschen kommen kann, doch Nala stand noch nie einer anderen Person so nah wie ihm. Sie hat das Gefühl, sie liebt ihn jeden Tag mehr, er ist alles, was sie sich jemals erträumt hat und noch viel mehr. Damian ist immer für sie da, wirklich immer, wenn sie ihn braucht. Er denkt manchmal für sie zwei Schritte weiter, plant Überraschungen hinter ihrem Rücken und versüßt ihr jeden Tag.

Manchmal weiß Nala gar nicht, wie sie ihm all das, was er für sie tut, zurückgeben soll, doch wenn sie abends auf seiner Brust liegt und er mit einer ihren Locken spielt und sie ihn fragt, ob er glücklich ist, sagt er ihr immer wieder, dass sie sein Glück ist.

Wie soll sie das hinter sich lassen? Doch andererseits bittet er sie auch nicht, zu bleiben, es war ihnen beiden klar, dass sie sich jetzt trennen müssen und vielleicht ist das in Ordnung für ihn, um herauszufinden, wie es ist, wenn Nala wieder weg ist. Denn es ist zwar alles wunderschön, doch natürlich spürt man, dass es für Damian auch nicht immer leicht ist, jetzt jemanden zu haben, auf den man Rücksicht nehmen muss.

Damian konnte immer tun und lassen, was er wollte, jetzt ist da Nala, die oft, wenn er zu Geschäften unterwegs ist, ein ungutes Gefühl hat, besonders wenn sie weiß, dass es um etwas Wichtiges geht. Sie hat ja gesehen, wozu diese Männer alle für wichtige Geschäfte in der Lage sind.

218

Wenn einer der Cousins im wilden Haus eine Party feiert, taucht meist Nala irgendwann auf und andere Frauen beenden es sofort, Damian anzuhimmeln. Damian sagt nichts dazu, im Gegenteil. Wenn Nala ihn anruft, während er gerade ein Geschäft abwickelt, nimmt er das Gespräch immer an, wenn sie auf einer Party erscheint, zieht er sie immer auf seinen Schoß, doch wer weiß, vielleicht ist ihm das doch langsam zu viel, ein Mann wie Damian braucht sicherlich Abwechslung.

Nala schiebt sich ihre Locken hinter die Ohren, sie kann kaum noch an etwas anderes denken, sie hat einen Flug in einer Woche reservieren lassen, bis dahin sollte sie sich endlich mal entscheiden.

»Hey, steht der Gewinner schon fest?« Zwei ihrer Unifreundinnen kommen herein und setzen sich zu ihr. Eigentlich waren die beiden eher Banus Freundinnen, doch seit ihrem Einkauf in dem Dessousgeschäft und dem unschönen Aufeinandertreffen mit diesem Diddy ist Banu nicht mehr zur Uni gekommen, und das ist jetzt wirklich schon eine Weile her. Nala hat keine Ahnung, was da los ist. Sie war zweimal an dem Haus, in dem Banu wohnt, doch niemand hat ihr geöffnet. Hin und wieder sieht jemand aus der Uni sie, doch Banu grüßt nur und geht schnell weiter, sehr merkwürdig, sie soll auch ihre Telefonnummer gewechselt haben.

Weiche Lippen küssen ihre Wange von hinten. Nala schreckt auf und wird aus den Gedanken gerissen. Damian grinst sie frech an und Nala blickt verwundert zu ihm. »Was tust du hier?« Damian nickt nur leicht zu den anderen beiden und setzt sich neben Nala. »Ich wollte bei meiner Freundin sein, wenn sie gewinnt.« Nala lacht leise. »Du weißt, dass ich das nicht tue, aber schön, dass du trotzdem gekommen bist.« Nala beugt sich zu ihm und küsst seine Lippen. »Du hast gestern schon geschlafen, ich habe versucht, dich wachzubekommen, aber keine Chance.«

Nala legt den Kopf auf seine Schultern und er küsst ihre Stirn. »Ich war müde. Dilaras neue Lieblingsserie, die ich mitansehen musste, ist sehr langweilig.« Damian und Nala schlafen fast jede Nacht zusammen, oft in seinem Zimmer im wilden Haus, manchmal in ihrem Zimmer in Melissas Haus. Gestern ist sie eingeschlafen und hat irgendwann gespürt, wie Damian sich dazugelegt hat, aber richtig wach ist sie nicht geworden.

Die Leute vorne kündigen die Gewinner an, es wird stiller. Die ersten drei Plätze kommen weiter und automatisch in die finale Abstimmung des ganzen Landes. Dort wird der Gewinner des Wettbewerbes gekürt, der für einen Monat nach Afrika fliegt, dort Kinderdörfer besucht und Zeichnungen erstellt, die danach verkauft werden auf einer extra dafür vorgesehenen Ausstellung. Der Erlös geht komplett in die Kinderdörfer. Eine schöne Sache, ein Traum für Nala, aber dass sie gegen all die erfahrenen Künstler eine Chance hat, ist nicht sehr aussichtsreich.

Nala kuschelt sich weiter an Damian. Sie sieht auf das Bild, das sie eingereicht hat, es ist das Bild vom Friedhof. Das Thema des Wettbewerbes sind Gefühle. Die ersten beiden Plätze sind für Nala völlig klar, auch sie liebt die Zeichnungen der beiden Gewinner, doch dann sieht ihr Professor stolz zu ihr.

»Die dritte Gewinnerin ist noch nicht lange bei uns und hat doch ein unglaubliches Talent, Gefühle zu Papier zu bringen. Herzlichen Glückwunsch, Nala.« Damian küsst ihre Wange und Nala glaubt, sich verhört zu haben. »Ich wusste doch, dass du es schaffst.« Nala ist so überrumpelt, dass sie gar nicht reagiert, bis Damian sie sanft anstupst und dazu bringt, aufzustehen. Sie geht nach vorne, ihren Blumenstrauß abholen, ihr Professor umarmt sie und sagt ihr, dass er denkt, sie hat gute Chancen, mit dem Bild den Wettbewerb zu gewinnen.

Auch eine halbe Stunde später, als Nala und Damian in ihre Einfahrt einfahren, kann Nala das nicht glauben. Sie hat auf dem ganzen Weg erklärt, wieso sie eigentlich nicht hätte gewinnen sollen, als Damian hält, sieht er sie lächelnd an. »Du hast aber gewonnen, deine Bilder sind sehr gut, Guapita. Es wird Zeit, dass du das auch endlich mal siehst.« Damian war während der gesamten Fahrt sehr ruhig, nun deutet er auf sein Haus, was so langsam fertiggestellt ist, es fehlen nur noch die Möbel. »Ich möchte dir etwas zeigen.«

Nala ist noch ganz in Gedanken und folgt Damian, sie stockt erst, als sie vor dem Haus eine weiße Bank sieht, die sie bestellt haben. »Sind die Möbel schon gekommen? Ich habe gar nichts mitbekommen.«

Damian nimmt ihre Hand. »Solltest du auch nicht!« Er öffnet die Tür und Nala sieht sich erstaunt um. Es ist alles eingerichtet, alle Möbel sind da und es sieht perfekt aus, genau so hat sie es sich vorgestellt, als sie die Möbel und Dekoartikel bestellt haben. Sie gehen in den Wohnbereich, alles passt genau hier hinein, es sieht sehr gemütlich aus und ja ... wie Nalas Traumhaus, sie hat ja auch fast alles mit ausgesucht.

Damian steht hinter Nala, während sie sich alles ansieht. »Es ist wunderschön geworden, oder?« In der silbernen großen Vase auf dem Tisch stehen weiße Rosen.

Auf dem Kamin steht bereits die schöne Deko und darüber hängt in einem schönen weißen Bilderrahmen das Bild, was sie Damian geschenkt hat, was sie und Damian zeigt, in ihrem Bett, ganz am Anfang. Nala sieht sich zu Damian um. Will er wirklich dieses Bild hier hängen haben? Sie will etwas sagen, doch er deutet ihr mitzukommen.

Sie erhascht noch ein Blick in die Küche, traumhaft, einfach perfekt. Nala folgt Damian die Treppen hinauf, nun wird sie wirklich neugierig, wie das, was sie ausgesucht haben, auch wirklich dann zusammen in den Zimmern aussieht.

Er bringt sie in das große Schlafzimmer und Nala stockt. Sie betritt es ganz langsam, kann nicht glauben, was sie da sieht, und ihr treten Tränen in die Augen.

Überall sind ihre Sachen. Ihr Stativ steht auf dem Balkon, ihre Schminksachen sind im Bad, ihre Anziehsachen hängen im Kleiderschrank. Nala dreht sich zu ihm um. »Du hast nie etwas gesagt ... willst du ...?« Damian lächelt mild, als er Nalas Tränen sieht. »Was dachtest du, Guapita? Dass ich das, was wir beide haben, aufgebe? Ich habe niemals in Frage gestellt, dass du hier bei mir bleibst.«

Nala sieht ihm in die Augen und wischt sich schnell ihre Tränen weg. Sie weint nicht gerne, sie spürt, was für ein Stein ihr vom Herzen fällt, sie hat versucht, nicht darüber nachzudenken, doch dass Damian sie nicht gebeten hat zu bleiben, hat sie wohl doch mehr verletzt, als sie selbst es gedacht hätte.

»Ich habe mir einen Flug für nächste Woche reserviert. Ich habe bis jetzt nicht gewusst, was ich tun soll. Ich weiß einfach nicht, ob das hier mein Leben ist, ich fühle mich sehr wohl hier, aber ich habe immer noch das Gefühl, dass ich nur zu Gast bin … ich weiß nicht, ob du das verstehst.«

Damian kommt näher und nimmt ihre Hände in seine. »Nala, ich denke, für uns beide ist das alles einfach ein großer Schritt, mehrere große Schritte, die wir füreinander tun. Keiner von uns beiden war auf der Suche nach dem anderen, doch wir haben uns gefunden. Du hast dein altes Leben hinter dir gelassen und ich habe meines hier für dich umgekrempelt. Jeder hier sieht jetzt eine Seite an mir, von der ich nicht mal wusste, dass sie in mir steckt.

Manchmal, wenn ich unterwegs bin, kann ich das alles auch nicht glauben und denke, ist es wirklich das, was du jetzt schon willst? Ich wollte nie eine feste Beziehung, jemanden lieben, mein Leben ändern, all diese Sachen, doch wenn ich dann abends nach Hause komme und darüber nachdenke, wo ich schlafe, führt mein Herz mich sofort zu dir und deswegen habe ich alles andere einfach weggeschoben und einfach auf mein Herz gehört, und das solltest du vielleicht auch einfach tun.

Das Haus jetzt hier kann für uns beide ein kompletter Neustart sein. Ich kann mir gar nicht vorstellen, ohne dich hier einzuziehen. Ich weiß nicht, ob das alles für immer ist, ob wir den richtigen Weg gehen, doch ich liebe dich viel zu sehr, als dass es nicht wert ist, es zu versuchen. Ich wünsche mir, dass du hier bei mir bleibst.

Geh weiter zur Uni, ich sehe doch, wie gut es dir tut zu zeichnen, probiere aus, was du damit noch alles erreichen kannst. Meine Familie liebt dich und alle möchten, dass du hierbleibst. Du hast keine Vorstellungen davon, wie froh die alle sind, dass ich durch dich ein wenig ruhiger geworden bin.«

Nala lächelt mild, Rodriguez hat ihr das schon ein paar Mal gesagt und auch Melissa lässt sie oft genug wissen, wie glücklich sie ist, dass

Damian und sie zusammengefunden haben. Nala sieht sich im Raum um, Damian hat recht, es fühlt sich an, als wäre das ihr Zuhause. Sie fühlt sich wohl und der Mann, den sie liebt, ist bei ihr. »Wärest du wirklich wieder gegangen?« Damian zieht die Augenbrauen zusammen und sieht ihr in die Augen, er hat damit wohl nicht gerechnet.

»Ich weiß es nicht, ich liebe dieses Leben hier gerade so sehr, dich so sehr, dass ich nie davon ausgegangen bin, dass ich hier bleibe. Ich habe immer gesagt, das alles dauert nicht lange an, genieße es, solange du kannst. Ich schätze einfach mal, ich habe mich nicht getraut, daran zu glauben, dass das hier alles wirklich zu meinem Leben gehören kann, dass es länger andauert, als die Zeit, die ich vorhatte, hier zu bleiben. Ich hatte noch nie so etwas ... Stabiles wie das hier, noch nie jemanden, der so hinter mir gestanden hat wie du. Irgendwie habe ich immer gedacht, ich wache irgendwann auf und all das ist vorbei und jetzt bittest du mich, hierzubleiben und ...«

Damian legt seine Arme um Nala. »Aber ohne dich wäre das Leben hier nicht so perfekt, zumindest nicht mehr für mich. Bleib bei mir, Nala, lass uns das hier zu unserem Zuhause machen.« Er deutet zu einem schönen Fotorahmen mit weißen Ranken, der ein Bild von Nala und Damian enthält. Es zeigt sie beide vor ungefähr zwei Wochen auf einer Verlobungsfeier eines Freundes von Damian. Er trägt einen grauen Anzug und sie ein schwarzes Kleid und beide strahlen in die Kamera. Leandro hat das Bild geschossen. Nala hatte es bisher nicht gesehen. Er hat all das vorbereitet, um ihr das gemeinsame Haus zu zeigen und sie so zu bitten, zu bleiben, Damian schafft es immer wieder, sie zu überraschen.

Sie nickt und hört auf die laute Stimme in ihrem Herzen. »Ich liebe dich.« Damian küsst sie und man sieht die Erleichterung in seinen Augen. »Ich dich auch, willkommen in unserem Zuhause.«

Nala sieht sich um und atmet tief ein, sie hat eine Entscheidung getroffen und es fühlt sich einfach nur wunderbar an. Damian zieht sein Handy aus der Tasche und tippt etwas ein, bevor er es auf einen der beigefarbenen Sessel wirft.

»Und weißt du was? Wir haben dieses Haus noch immer nicht so richtig eingeweiht, das muss sofort nachgeholt werden.« Nala weicht Damian lachend aus und denkt an das erste Mal, als er ihr das Haus gezeigt hat und sie sich hier geküsst haben. »Wollen wir das nicht erstmal deiner Familie sagen? Ich meine, das ist ja eine wichtige Entscheidung und ...« Sie weiß, dass Melissa sich deswegen große Sorgen gemacht hat.

Damian hat sie schon längst eingefangen und seine Lippen kennen ihre empfindlichen Stellen, Nala schließt die Augen und seufzt auf. »Glaub mir, die werden das schon erfahren. Wir gehen gleich essen und feiern, aber erst ...« Damian hat Nala schon überzeugt, sie verschließt sehnsüchtig ihre Lippen, bevor er den Satz beenden kann und Damian dirigiert sie zum Bett.

Nala ist so schnell ihre Kleidung los, dass sie lachen muss über ihren ungeduldigen Freund. Als er sich auf sie legt und zu verwöhnen beginnt, streicht sie zärtlich über seine breiten Schultern. Sie weiß, dass sie sich immer daran anlehnen kann. Damian verschwindet und knabbert liebevoll an ihrem Oberschenkel, und kurz danach ist Nala wieder soweit, von ihren Gefühlen völlig eingenommen zu werden.

Sie lieben sich das erste Mal in diesem Haus, das nun ihr Zuhause sein wird, in diesem Bett, was sie zusammen ausgesucht haben und Nala spürt genau, dass das nicht das letzte Mal war. Diese Bindung zwischen Damian und Nala war von Anfang an etwas besonders und das wird sich nicht so einfach auflösen.

Erst Stunden später gehen sie zu Melissa ins Haus, weil Damian dort etwas vergessen hat, sie wollen essen gehen, Nala hat auch schon wahnsinnigen Hunger. Der Kühlschrank in ihrem neuen Zuhause ist leider noch leer. Sie haben sich beide zurechtgemacht, es war so ein schönes Gefühl, das alles zusammen in ihrem neuen Haus zu machen. Sie liebt es jetzt schon, sich zu schminken, während Damian duscht. Nala hat sich ein enges goldfarbenes Cocktailkleid angezogen, heute ist eine besondere Nacht, sie müssen das richtig feiern. Auch Damian sieht zum Anbeißen aus, er trägt eine schwarze Anzughose und ein schwarzes Hemd, das sehr locker aufgeknöpft ist. Er hat entspannt die Hände in den Taschen, als sie ins dunkle Haus seiner Familie treten. »Wo sind sie? Ich wollte ihnen davon erzählen, dass ...«

Plötzlich geht das Licht im Garten an und alle stehen da, doch nicht nur Damians Eltern, sondern wirklich alle. »Überraschung! Willkommen in der Familia!« Nala schreckt zusammen und sieht überrascht in den Garten, wo wirklich alle versammelt sind. Damian hinter ihr lacht und schiebt sie sanft hinaus. »Sie lieben es dramatisch.« Es sind wirklich alle da. Nala sieht verwundert auf Melissa, Rodriguez, Sami, Miguel, Leandro, Paco, Bella, Hernandez, Tito, Miko, Juan ... der gesamte Garten ist voll, auch alle Tijuas sind da.

Nala hat noch kein Wort herausbekommen, doch Damian legt die Arme um sie. »Hast du es also geschafft, dass unsere Shaki bei uns bleibt?« Sanchez natürlich. »Ja, das bleibt sie. Ich habe doch gesagt, dass ich sie nicht mehr gehen lasse.« Melissa ist als Erste bei ihnen und umarmt Nala. »Ich freue mich so, willkommen in der Familie, meine Süße, und ich bin mir sicher, dass du hier sehr glücklich wirst.«

Nala drückt Melissa zurück an sich, sie ist ihr unendlich dankbar, dass sie ihr die Möglichkeit für dieses neue Leben gegeben hat und dann begreift sie, was hier gerade passiert.

Sie alle müssen das geplant haben, heimlich vorbereitet und gehofft haben, dass sie auch ja sagt und hierbleibt. Nala kämpft wieder mit den Tränen, sie weiß, dass viele sie hier mögen, doch das hätte sie nicht erwartet.

Die Musik wird laut aufgedreht und nach und nach kommen alle und umarmen Nala, die sich vom ersten Schock erholt hat und sich nun freudig in die Arme von Dania stürzt, die mittlerweile so etwas wie ihre beste Freundin geworden ist. Nala sieht in den Garten, es ist alles geschmückt, Piñatas hängen in den Bäumen, eine riesige Torte steht in der Mitte.

Rodriguez umarmt sie und auch Damian. »Ich habe es dir ja gleich gesagt, mein Sohn. Doch du wolltest mir nicht glauben, dass da mehr ist ... Es war kein leichter Kampf, oder?« Damian lacht und sieht zu Nala. »Ja, ich denke ... du hattest wirklich recht. Nein, leicht war es wirklich nicht.« Damian umarmt seinen Vater zurück, der seinen

Sohn auf die Wange küsst. Man sieht, wie stolz er auf seinen Sohn ist, doch Nala wird von Sami abgelenkt. Er hebt sie hoch und Nala lacht auf.

»Siehst du, Shaki, jetzt hast du auch deine Party und du hast noch nicht einmal Geburtstag, warte mal ab, wie die Party erst startet, wenn es Mitternacht ist. Ich habe dir doch gesagt, dass hier alle ganz versessen auf Feiern sind.« Nala sieht auf die Uhr, es ist gleich soweit. Stimmt, sie hat ihren Geburtstag total vergessen. »Ich werde achtzehn! Das habe ich total verdrängt.« Sami lässt sie wieder herunter.

»Sag mal, was ist eigentlich mit deiner Freundin Banu los? Ich wollte sie zu der Feier einladen, doch als ich sie endlich mal gefunden habe, war sie komplett verändert und so … abwesend. Sie hat mir kaum zugehört. Richtig gruselig.«

Nala muss unbedingt noch einmal nach Banu sehen. »Ich weiß es nicht. Keiner weiß es. Sie hat sich sehr verändert. Ich werde nochmal nach ihr sehen und …« Damian umfasst sie. »Sami, lenk sie nicht ab!« Er deutet auf ein Tuch, was Bella und Sara wegziehen, darunter ist ein riesiges Banner.

'Willkommen in der Familia. Happy Birthday, Nala'

Nala lächelt, als genau in diesem Moment ein kleines Feuerwerk gezündet wird. Sie verschränkt ihre Hände mit denen von Damian. »Happy Birthday, Guapita.« Er küsst Nalas Wange und sie lehnt sich an ihn, sieht auf das Feuerwerk und auf all die Leute, die hier versammelt sind, die sich solche Mühe für sie geben und die sie alle in ihr Herz geschlossen hat.

»Ich liebe dich.« Damian flüstert ihr ins Ohr und Nala drückt seine Hände. »Ich dich auch, mehr als je etwas zuvor.«

Und das meint sie aus vollem Herzen, sie sieht dankbar in den Himmel und weiß, dass sie nicht nur ihre große Liebe gefunden hat, sondern auch eine richtige Familie und das erste Mal in ihrem Leben hat sie das Gefühl, wirklich zuhause zu sein.

Wenn ihr wissen möchtet, ob Sami erfahren wird, was mit Banu passiert ist, wie es Nala mit ihrem neuen Leben geht und was sonst bei den Familias passiert, lasst es mich in den Bewertungen auf Amazon und den anderen Portalen wissen, damit ich mir ein Bild davon machen kann, wie viele daran Interesse haben.

Vielleicht gibt es dann nächsten Dezember wieder eine kleine Weihnachtsüberraschung … aus Sierra.

Ich würde mich freuen.

Jaliah

Tauche ein in die atemberaubende Welt von Jaliah J

HOME   DIE BÜCHER   GEDANKEN - TRAILER - MOODS   KONTAKT   GÄSTEBUCH

www.jaliahj.de